www.tredition.de

Friedel Höllbein

Jägergulasch!

So viel Trottel um einen herum, da kannst ja nur deppert werden! Oder zum Mörder!

www.tredition.de

Verlag und Druck:

tredition GmbH,

Halenreie 40-44,

22359 Hamburg

ISBN

Paperback:	978-3-347-23035-4
Hardcover:	978-3-347-23036-1
e-Book:	978-3-347-23037-8

Diese Handlungen und Personen sind frei erfunden. Ähnlichkeiten mit lebenden oder toten Personen / Tieren sind rein zufällig, aber unvermeidlich!

Das Coverbild stammt von https://pixabay.com/de/photos/wald-nebel-natur-b%C3%A4ume-mystischer-931706/

Free-Photos / Kaffee

Gruß

Friedel Höllbein

Jägergulasch!

So viel Trottel um einen herum, da kannst ja nur deppert werden! Oder zum Mörder!

Winniefred Heroldsbacher, geborene Gansbauer, ist 94 Jahre alt. Sie ist pflegebedürftig und fristet ihre letzten Tage in dem Pflegeheim „Zum Gedenken der trauernden Schwestern Marias", in der Nähe der nächstgrößeren Gemeinde Großfahrenheim. Die Verwandten und Bekannten gaben sich in den letzten Tagen fast stündlich die Türklinke in die Hand. Es war so weit. Gevatter Tod stand an ihrem Bett.

Winniefred war nicht böse darum. Schwach, auf Hilfe angewiesen, in den letzten Zügen; ihr Körper gab auf. Die Organe versagten immer mehr den Dienst, aber der Geist war hellwach. Diese Frau war bis zuletzt ein selbstständiger, selbstbestimmter Mensch gewesen und die teils genervten, meist überarbeiteten Pfleger/innen gingen ihr gewaltig am Arsch vorbei. Die gewissenhaften Pfleger/innen, die ihre Heimbewohner ernst nahmen und gut mit ihnen umgingen, konnte sie an einer Hand abzählen.

Ihr körperlicher Zustand quälte sie furchtbar. Wie hieß das alte Sprichwort noch einmal? Der Geist war willig, aber das Fleisch war schwach! Sei es drum! Sie wartete noch auf einen bestimmten Besucher. Den ehemaligen

Kollegen ihres zweiten Mannes, Peter Danziger, zuletzt erster Polizeihauptkommissar, mit einundachtzig Jahren seit Längerem im Ruhestand. Zwischen ihnen war noch eine alte Rechnung offen. Und er bekam von ihr die Einladung zu einem letzten vertraulichen Gespräch mit der Post zugestellt. Möge er sie erhalten haben!

Peter Danzigers Statistik für erfolgreiche Polizeiarbeit war hervorragend, aber ein für IHN persönliches, ungelöstes Tötungsdelikt, wurmte ihn bis heute, weit nach seinem Ruhestand. Winniefred besaß den Schlüssel zur Lösung. Das wusste er! Er konnte sie aber in all den Jahren nicht dazu bewegen auszupacken, geschweige denn, ihr den Mord an zwei Menschen nachweisen. Dann kam noch der erschwerende Umstand hinzu, dass Winniefred mit seinem inzwischen verstorbenen, ehemaligen Kollegen und Mentor Manfred Heroldsbacher verheiratet war. Peter beobachtete Winniefred all die Jahre mit Argusaugen und ließ nichts unversucht, um an die Wahrheit zu kommen.

Zu Lebzeiten wusste Manfred natürlich von Peters Verdacht, der ihn teils mit einschloss. Zwischen den beiden Kollegen gab es deshalb ständig Streit. Sogar Handgreiflichkeiten. Das war das Ende vom Lied ihrer Partnerschaft. Manfred ließ sich um des lieben Frieden Willens in den Innendienst versetzen, aber Peter vermochte keine Ruhe zu geben. Deshalb zog er mit Winniefred zusammen nach Großfahrenheim und brach den Kontakt zu seiner alten Abteilung im Innendienst ab. Bis auf den zur ehemaligen Nachbar-Abteilung, der Pathologie. Der Chef der „Gruft", der Gruber Michl, war sein bester Freund über all die Jahre hinweg. Die erneute Versetzung brachte in Bezug auf den ehemaligen Kollegen leider nur trügerischen Frieden.

Manfred liebte seine Winniefred von ganzem Herzen. Sie war seine große Liebe! Und das Leben mit ihr ließ er sich von Nichts und Niemanden vermiesen! Peter bekam trotz seiner Hartnäckigkeit keine Chance, ihm seine über alles geliebte Frau zu nehmen, geschweige denn, sie beide einer möglichen Straftat zu überführen.

Es war später Nachmittag, noch 2 Stunden bis zum Abendessen. Winniefred hasste ihre Tagesabläufe. Ab 6:00 Uhr morgens kam jemand zum Waschen und Wickeln, 25 min. im Durchschnitt. Einmal die Woche gab es mit viel Glück eine Dusche.

Frühstück und Medikamente wurden ihr eingegeben, so schnell sie schlucken konnte. Danach vegetierte sie ungefähr bis 10:00 Uhr im Bett vor sich hin, bekam meistens eine Zwischenmahlzeit und eine frische Windel.

Um 11:00 Uhr wurde sie mit einem Kran auf die Toilette gesetzt. Je nach Erfolg beim Stuhl absetzen, gab es noch ein Abführmittel, entweder grob in den Enddarm oder mit Zwang als Zusatz in einer kleinen „Mahlzeit". Nach dem Toilettengang wurde sie meistens in ihren unbequemen Rollstuhl gestopft und an den Esstisch gefahren, um mit den anderen Mumien und sabbernden Gestalten um 12:00 Uhr abgefüttert zu werden. Danach ging es wieder ab ins Bett oder Winniefred blieb in schmerzender Schiefhaltung weiter im Rollstuhl sitzen, bis zum Kaffee um 15:00 Uhr.

Essen und Trinken wurde reingeschoben, ob man wollte oder nicht. Alles zum Wohle der bilanzierten Dokumentation. Qualitätsmanagement vom Feinsten. Und wieder ins Bett zum Wickeln. Danach war man: aus den Augen, aus dem Sinn.

18:00 Uhr: Raus aus dem Bett für ein kaltes Abendessen, meistens Brotzeit, dazu die Abend-Medikamente, die in Winniefred reingestopft wurden. Nach dem Abfüttern schob man sie im Eilflug aufs Zimmer: Nachtwäsche an, die Zahnprothesen kamen aus dem Mund, ab ins Glas. 19:00 Uhr: zum Schlafen verdammt.

Nachts wurde sie mind. dreimal aus dem Schlaf gerissen, gewickelt und gelagert. Mit viel Glück gab es bei netten Pfleger/innen sogar etwas zu trinken. Wenigstens durfte Winniefred einen Fernseher in ihrem Zimmer haben. Sie bat immer darum das er eingeschaltet wurde. Die Fernbedienung für ihr Bett konnte sie auch noch einigermaßen drücken. Und den Alarmknopf, wenn sie ihn denn bekam. Ausgeliefert bis zum bitteren Erbrechen.

Sie dachte in ihren einsamen Stunden oft an ihren über alles geliebten Manfred, den ihr der Tod vor 10 Jahren aus den Händen gerissen hatte. Ein schwerer Schlaganfall vor dem Fernseher, pünktlich zur Tagesschau, raffte ihn dahin. Wenigstens war ihm das gleiche Schicksal wie ihr erspart geblieben: ein hilfloser alter Mensch in einer gewinnorientierten Massenunterbringung zu sein. In dieser Einrichtung freute man sich über hohe, geldbringende Pflegestufen. Nicht über rüstige Senioren. Das sicherte Arbeitsplätze. Und immer den neuesten, von einem Autowerk gesponserten Firmenwagen, in fünfstelliger Höhe, für die Einrichtungsleitung.

Es klopfte an ihrer Tür. Daniel, einer der liebsten, hübschesten und vorsichtigsten Pfleger, fragte höflich, ob alles in Ordnung sei. Winniefred hob die Augenbrauen an. Ob Sie sich vorstellen könne, Besuch zu bekommen? Ein Herr Peter Danziger wäre auf ihre Einladung hin, heute extra hierhergekommen. Winniefred hämmerte der Puls in den Ohren. Sie räusperte sich und bat mit trockenem Mund, ihren Besuch hereinzuführen. Da war er: Peter Danziger! Und er sah genauso verbissen aus wie eh und je! Daniel schob Winniefred in eine halbsitzende Position, stopfte vorsichtig Polster um sie herum, damit sie nicht wieder in die waagrechte rutschte. Er zog ihr Nachthemd glatt, deckte sie noch ordentlich zu und schob für Peter einen Stuhl an ihr Bett. Winniefred und Peter musterten sich. Pfleger Daniel fuhr Winniefred noch einen höhenverstellbaren Beistelltisch über die Beine, mit einer Schnabeltasse Tee darauf. Er lächelte einmal freundlich in die Runde, verließ das Zimmer. Drückende Stille erfüllte den kleinen Raum. Peter und Winniefred starrten sich nun unverhohlen an: der pensionierte Polizist sein Gegenüber sehr hart und feindselig, während Winniefred ihn triumphierend anlächelte. Mochten die Spiele beginnen!

Es ist der 24. Mai 1960. Winniefreds 13. Hochzeitstag. Sie verfluchte den Tag, an dem sie gezwungen worden war, den Sohn des „Dorfkönigsehepaares", den Xaver Scheitelbaum zu ehelichen. Einer, der sich einen blutrünstigen, empathielosen Jäger schimpfen durfte. Ein fetter Mann, der bis zu seinem vorgetäuschtem „Nervenzusammenbruch", die Familie auf seinem anteilig geerbten Hof versorgt und noch zusätzlich mit seiner Arbeit als feister Metzger ernährte. Drei gesunde Kinder hatte die Ehe hervorgebracht.

Die Scheitelbaums lebten in einem ehemaligen Großbauernhof mit Jagd, Scheitelbaumhof genannt, am Rande der kleinen Gemeinde Mürgelberg. Großgrundbesitzer waren sie, mit von Xavers Vater vererbtem Wald und Äckern. Von einem Nießbrauchrecht und Mitnutzungsrecht der Schwiegermutter, für eine große Wohnung im Haupthaus auf Lebenszeit und der erarbeiteten Lebensmittel einmal abgesehen.

Eigentlich war nur Xaver reich, denn er befand, es war sowieso alles sein Eigentum. Seine Frau und Kinder waren schon immer eine schlechte Kosten-Nutzen-Rechnung. Er ließ kein gutes Haar an ihnen allen, quälte und nervte, wo er nur konnte. Komischerweise kamen die Kinder gut damit zu Recht. Sie gingen dem Vater aus dem Weg und gut war's. Der Herr im Haus lebte gerne in Saus und Braus, wo die anderen Familienmitglieder dabeiblieben, war ihm schlichtweg egal. Winniefred glich die von Xaver herbeigeführten Umstände so gut wie möglich aus.

Sein Verhalten, seine bloße Existenz war schon lange nicht mehr ertragbar! Sie kam immer öfter ins Grübeln was das Zusammenleben mit ihm betraf. Genug war genug! Zu viele Schmerzgrenzen waren überschritten worden!

Die „gute" alte Zeit:

Es war der 24. Juni 1946. Winniefred verdingte sich als Stallmagd auf dem Eberhartinger-Hof am anderen Ende von Mürgelberg. Viecher füttern, Kühe melken, Stall ausmisten, beim Schlachten mit zupacken. Heute war wieder ein Schlachttag. Es wurden gleich zwei „besondere" Sauen geschlachtet. Der Bauer fütterte geheimes Spezialfutter, das dem Fleisch einen unnachahmlichen Geschmack verlieh. Nach dem Zerteilen wies sie der Bauer Eberhartinger an, den einen Saukopf extra zu legen. Der war zu einem guten Preis an Scheitelbaums verkauft worden. Für die Sulz nur das Beste Fleisch, für seine allerbesten Kunden! Die zerlegten Sauen waren schneller verkauft worden, als das die Fliegen ihre Witterung hätten aufnehmen können. Die Dörfler standen schon während des Schlachtens Schlange bei dem Schmankerlfleisch. Der Bauer war zufrieden, zog seine wasserdichte Schürze aus, nahm die gut gefüllte Kasse an sich und wies seine Frau und seine Magd an, die restliche Sauerei aufzuräumen. Es war schon 10:30 Uhr. Dem Eberhartinger-Bauern seine Frau war zum vierten Male hochschwanger. Ihr war von dem Blut- und Fleischgeruch übel und die Müdigkeit steckte ihr bleiern in den Knochen. Sie hielt sich den prallen Bauch, sah Winniefred kurz bittend an. Die zwinkerte ihr lächelnd zu. Die müde Bäuerin steckte ihr schnell etwas in die Kittelschürze, schlich sich sofort aus dem gefliesten Schlachtraum hinaus. Die beiden hatten eine Vereinbarung. Winniefred verschaffte Elsa Zeit zum Ausruhen und Elsa steckte ihr dafür ein bisserl Taschengeld extra zu. Die fleißige Winniefred war gerade dabei den Schlachtraum im Keller mit dem Gartenschlauch auszuspritzen. Sie stand mit dem Rücken zur Tür. „Grüß Gott!", ertönte es da lautstark hinter ihr. „Ich komm wegen dem Saukoblblblblff …pfui Deibel! Aufhören! Jessas! Stopp!" Winniefred drehte sich vor lauter Schreck schnell mit dem voll aufgedrehten Schlauch zu der lauten Stimme herum und schoss dem verdutzten Xaver Scheitelbaum mit dem eiskalten Wasserstrahl direkt ins

Gesicht! Winniefred versuchte in heller Panik den Wasserstrahl abzudrehen, zielte aber immer noch auf den inzwischen halb erträkten Xaver, der mit den Händen vorm Gesicht, von dem Druck des Wasserstrahls an die geflieste Wand gepresst wurde.

„Ent ...Ent... Entschuldigung! Oh Gott! Es tut mir leid! Winniefred war endlich wieder Herrin der Lage, drehte das Wasser ab, warf den Schlauch zur Seite und stürmte auf den hustenden und prustenden Xaver zu. Sie drückte seinen Oberkörper nach vorne und hämmerte mit der flachen Hand auf die Stelle zwischen seinen beiden Schulterblättern ein. „Au... Hust ...Aua... Aufhören! Bitte! Nicht mehr! Willst du mich umbringen?!" Xaver rutschte völlig K.O. auf den Hosenboden und versuchte einfach nur noch nach Luft zu ringen. „Ja, was zum Deifi ist denn hier los?!" polterte die Stimme vom Eberhartinger-Bauern in das Gekeuche vom erledigten Scheitelbaum. Der Bauer hatte für Ärger ein sehr feines Gehör und das Geschrei vom Scheitelbaum war ohne Probleme bis in seine Stube vorgedrungen.

„Einen Blattschuss darf ich vermelden, das ist los! Ich hab wohl das Weiberl hier erschreckt und die hat mich dann mit dem voll aufgedrehtem Wasserschlauch fast tot gespritzt!" würgte der Xaver, von heiserem Husten unterbrochen, heraus. „Der Eberhartinger bekam eine dunkelrote Farbe im Gesicht und ballte die Fäuste. Seine gefürchtete Zornesader pochte bereits auf der Stirn! Winniefred wusste dass es jetzt gefährlich wurde! Der Bauer bekam einen seiner gefürchteten Wutanfälle!

Trotz allem blieb sie stehen und beobachtete, wie dem Bauer sein Kamm schwoll. Jetzt sah er selber wie ein Schwein aus. Das „Eber" in Eberhartinger war gut beheimatet. Der Bauer holte aus und wollte Winniefred die Tracht Prügel ihres Lebens verpassen! Aber die duckte sich unter der Watschenhand durch, nahm fix die Beine in die Hand und rannte, was das Zeug hielt. Hauptsache runter vom Hof! Sie hörte noch einen lauten Schrei und Geschepper von den blechernen Schlachtwannen: Der Eberhartinger war garantiert auf den nassen, glitschigen Fliesen gestürzt! Genau in den Wannenturm! „Au weh!", dachte sie sich, das war's dann mit der Arbeit auf dem Hof! Und was ihre Eltern, vor allem der „neue" Vater, ihr heute noch mitgeben würde, konnte sie sich lebhaft ausmalen. Heute gab es garantiert noch Prügel! Aber das Gesicht vom Scheitelbaum und vom Eberhartinger-Bauern würde sie so schnell nicht vergessen! Und die Arbeit bei ihm war eh ein unterbezahltes Trauerspiel, dazu noch die ständigen Grabschereien. Ein paar hundert Meter vom Eberhartinger Hof ging ihr die Puste aus und sie bekam Seitenstechen. Langsam trottete sie den Rest des Weges zu ihrem unseligen Elternhaus vor sich hin. Der Eberhartinger hatte garantiert schon jemanden losgeschickt, um ihren beiden Alten Bescheid zu stoßen, da war nun keine Eile mehr geboten. Ärger stand unheilschwanger in der Luft. Wildes Hupen riss sie aus ihren düsteren Grübeleien. Sie ging doch schon ganz am Straßenrand, was wollte der Idiot? Ein Auto bremste dicht hinter ihr.

Nicht zu fassen! Der nasse Scheitelbaum saß am Steuer! Winniefred machte sich erneut bereit zum Los spurten, setzte sich langsam rückwärts in Bewegung. Man konnte bei den Mannsbildern nie wissen. Xaver stieg aus dem Auto aus: „Winniefred Gansbauer, bitte bleib doch einmal stehen! Ich tu Dir nix! Versprochen!" Winniefred schaute den nassen Xaver misstrauisch an. "Darf ich Dich heimfahren?" fragte er freundlich. „Wie komm ich zu der Ehre, Herr Scheitelbaum? Nachdem ich Sie ja fast ertränkt habe?" Xaver druckste herum: „Ich habe ein schlechtes Gewissen, weil Du wegen mir Deine Arbeit verloren hast...lässt dir der Eberhartinger ausrichten. Und Du bist mir schon länger aufgefallen. Du hast mich nur nie bemerkt." Winniefred lachte: „Beim Bauern Eberhartinger zu arbeiten, war jeden Tag ein Spießrutenlauf. Der hat doch nie seine Hände bei sich behalten wollen. Nicht schade drum! Und stimmt: hohe Herrschaften bemerke ich grundsätzlich nicht." „Ah geh!", greinte Xaver. „Eine hohe Herrschaft ist was anderes! Meine Mutter hat dem Eberhartinger halt schon immer a bisserl besser bezahlt, das ist alles! Die kennen sich schon seit sie klein waren! Jetzt komm halt mit, ich helf Dir auch bei deine zwei Alten!" Winniefred seufzte resigniert und ging auf die Beifahrertür zu, stutzte und warf einen zweiten angewiderten Blick hinein. „Also, Herr Scheitelbaum, wenn Du meinst ich setze mich zu dem Saukopf dazu, dann hast Du Dich aber gewaltig geschnitten!" „Himmel, Entschuldigung!

Den hab ich ganz vergessen!" Xaver eilte zu der Beifahrertür, rempelte Winniefred grob an und drückte sich hektisch an ihr vorbei, nahm den Saukopf vom Sitz und verbannte ihn in den Kofferraum. Er kam zurück ums Auto gerannt und riss die Tür für Winniefred auf, half ihr mit hochrotem Kopf beim Einsteigen. Winniefred lachte. Irgendwie war der Xaver schon ein fescher Bursch, aber auch ein bisserl ein Tollpatsch. Er wollte ihr bei den Eltern helfen, da war sie jetzt aber gespannt! Das Ende der Fahrt würde interessant werden.

Xaver brachte Winniefred wie versprochen über den holperigen Schotterweg zum Federnhof, kurz vor Mürgelberg, wo die Gansbauerin mit ihrem neuen Mann verschiedene Geflügel züchtete. Winniefreds richtiger Vater war im Krieg gefallen. Der neue Stiefvater war sein älterer Bruder, der wegen einer Verwundung am Bein zurückkehrte. Nicht mehr für den Dienst an der Waffe von Nutzen. Ein Säufer noch dazu. Er hatte rein überhaupt nichts für die angeheiratete Tochter übrig, außer Prügel, zu jeder für ihn passenden Gelegenheit. Die Mutter verdiente noch zusätzlich mit Näharbeiten Geld und brauchte den neuen Mann für die schweren Arbeiten zum Erhalt der Geflügelzucht auf dem Hof und sah deshalb schon bei der Hochzeit, dann bei Winniefred mit beiden Augen weg. Selbst als der Franz sie hackedicht fast totgeschlagen hatte, unternahm ihre Mutter nichts. Winniefred musste noch extra ihr Geld verdingen und alles abgeben, damit das Geflügel mit ausreichend Futter und der Stiefvater mit einer Menge

Schnaps für seine gute Laune über die Runden kam. Probleme wurden grundsätzlich totgeschwiegen. Es waren harte Zeiten für alle.

Xaver Scheitelbaum klingelte an der Tür von Winniefreds Elternhaus. Der Gansbauer Franz kam sofort mit einem Holzscheit in der Hand hinausgestürmt. Er mochte halt keine Fremden. Winniefred schluckte hart hinunter. Sie wusste, für wen die Abreibung gedacht war. Der Saukopf mit dem Eber im Namen hatte garantiert bereits mit einem Knecht den Eltern Bescheid gegeben. „Stopp!" Xaver hob beschwichtigend die Hände: "Aber...Aber...Bitte Vorsicht Herr Gansbauer, Grüß Gott erst einmal! Lassens mich Ihnen doch bitte etwas sagen! Ihre Tochter hat wegen einem Missverständnis mit einem kaputten Gartenschlauch und mir die Arbeit beim Eberhartinger verloren und dort bereits Prügel eingesteckt. Ich biete Ihnen an, dass die Winniefred sich ab morgen bei mir auf dem Scheitelbaumhof verdingt. Und als Zeichen meines guten Willens möchte ich Ihnen den guten Saukopf vom Eberhartinger für eine hausgemachte Sulz schenken."

Winniefred und dem Stiefvater klappten die Münder gleichzeitig herunter. „Aber dafür brauch ich ihre Tochter in einem Stück, sonst kann sie mir morgen auf dem Hof nicht zur Hand gehen. Hab ich mich klar ausgedrückt? Morgen um 04:30 Uhr auf dem Hof. In einem Stück. Meine Mutter mag es nicht, wenn das Personal schäbig ausschaut!"

Der Gansbauer Franz nickte nur, ging mit dem Xaver zum Auto und nahm den Saukopf aus dem Kofferraum in die Arme. Winniefred lief sofort ins Haus, schnappte sich in der Küche noch einen harten Kanten Brot und einen Apfel, leerte das Extra-Taschengeld von der Eberhartinger-Bäuerin aus der Schürzentasche auf den Tisch aus und beeilte sich so schnell sie konnte, aus der Reichweite ihres Stiefvaters, vor allem des Holzprügels, zu kommen. Der zugige Heuboden wartete, ihr sicherer Platz, um sich zu verkriechen.

Wie der Xaver Scheitelbaum es bei Winniefreds Vater anschaffte, so war es auch getan. Am nächsten Morgen stand Winniefred pünktlich auf der Schwelle vom Haupthaus vom Scheitelbaumhof, klingelte und wartete auf irgendjemanden, der ihr Anweisungen erteilte und sie auf dem Hof einwies.

Xaver hatte gestern selbst noch Prügel von seinem alten Herrn einstecken müssen. Der alte Otto tobte: Den guten Saukopf einfach verschenkt! Dafür musste der Xaver beim Eberhartinger bittstellen, um noch den anderen kaufen zu dürfen. Aber gefälligst von seinem Ersparten! Außerdem was sollten sie denn mit noch einer Magd? Einer, die sich auf einem Großbauernhof mit Jagd überhaupt nicht auskannte?

Aber da hatten sie sich ganz schön getäuscht. Winniefred arbeitete mit Leib und Seele, von früh bis spät. Die Jagdhunde und die Pferde versorgte sie in- und außerhalb der Boxen mit Links. Die Fischweiher bewirtschaften, also füttern, abfischen und schlachten war ebenso kein Problem. Die Vorbereitungen für die Bienenstöcke traf sie bald selbstständig. Wild häuten, ausnehmen und zerteilen war ein Heimspiel. Die Lehre beim Eberhartinger-Bauern zahlte sich aus. Winniefred lernte alles Neue schnell und scheute keine noch so harte Arbeit. Bald boten Xavers Eltern Hermine und Otto Scheitelbaum, der jungen Frau ein Zimmer auf dem Gestüt an, damit die tüchtige Winniefred sich den weiten Weg morgens und abends nach Hause sparen konnte. Winniefreds Eltern waren damit zufrieden: ein Esser weniger und Geld für Schnaps und Brot, dass den Weg trotzdem zu ihrem Geflügelhof fand.

Winniefred war die glücklichste Frau auf der Welt! Ein eigenes Zimmer mit Waschmöglichkeit! Keine Prügel mehr! Und sogar jeden Tag ein warmes Essen! Die Köchin steckte ihr sogar öfter im Vorbeigehen einen weichen Kanten Brot zu, weil sie so dürr war. Was wollte man mehr? Winniefred entdeckte eine lose Bodendiele unter ihrem Kleiderschrank. Ein Versteck! Dort hatte das mitgebrachte Gotteslob und der Rosenkranz Platz! Und von nun an auch Geld. Alles in ihr hatte es satt, dass hart verdiente Geld für Stiefvaters Schnaps abgeben zu müssen. Sie täuschte den Eltern vor nun weniger zu verdienen, weil sie das Zimmer und mindestens eine Mahlzeit am Tag bei den Scheitelbaums gestellt bekam. Ein neues Kleid mit Schürze musste her und ein paar Haarschleifen! Darauf wollte sie sparen!

Der junge Xaver hielt sich auffällig oft und länger als nötig in der Nähe der neuen hübschen Magd auf. Er half ihr, wo er nur konnte. Auf einmal war nichts zu anstrengend für ihn. Seine Eltern beobachteten ihn deshalb mit Argusaugen. Sie rochen die Lunte. Er sollte eigentlich eine der gut situierten Bauerntöchter aus der näheren Umgebung heiraten, mit ordentlich Mitgift, damit das Vermögen der Familie nicht weniger würde. Daraus wurde nichts. Xaver bat schon bald seine Eltern darum Winniefred ehelichen zu dürfen, und mit der Einwilligung zum Gansbauer zu gehen, um schnellstmöglich um die Hand der Stieftochter zu bitten. Sein Vater gab schnell nach. Xaver wusste von seinen Liebeleien und wollte nicht zögern seiner Mutter und auch noch dem Pfarrer davon zu erzählen, wenn er seinen Willen nicht bekam. Ansonsten bekam der Pfarrer nur die Bitte das Aufgebot zu bestellen. Seiner Mutter war eh keine reich, also gut genug. Sie vergraulte ihm schon seit dem Eintritt ins heiratsfähige Alter alle Kandidatinnen, für die er sich interessierte. Nur weil der Vater das letzte Wort hatte, durfte er zum Federnhof gehen und noch 1946, kurz vor Winniefreds Volljährigkeit, um die Hand der jungen, schönen Frau anhalten.

Winniefred ließ den Xaver am langen Arm verhungern. Natürlich merkte sie, dass er nach ihrer Aufmerksamkeit lechzte. Aber ebenso merkte sie, um den Zorn in seiner Mutter Augen, wenn er zu lange, bei ihr verweilte und das Gespräch suchte. Umso mehr überraschte sie seine Hartnäckigkeit im Nachstellen. Er überraschte sie immer öfter, wenn sie z. B. alleine beim Ausmisten oder Einstreuen in den Pferdeboxen war. Er nahm Winniefred heißblütig in die Arme und gestand ihr jedes Mal erneut seine große Liebe. Und er wollte doch nur einen Kuss, als kleines Zeichen der Hoffnung. Irgendwann gab sie in einem schwachen Moment nach und landete mit Xaver im Heubett. Von wegen nur ein Kuss! Da war sie hin die Jungfräulichkeit! So schnell konnte sie gar nicht schauen, da waren die Röcke nach oben gerafft, der Busen blank und der schwitzende Kerl auf und in ihr. Danach war sie nirgends mehr sicher. Ständig riss er ihr das Mieder auf und befriedigte sich Tag und Nacht an ihr. Schnell war sie beim Ausmisten über den Heuballen gelegt oder im Stehen in der Räucherkammer befleckt. Nicht einmal nachts ließ er sie in Ruhe! Sie schob schon immer automatisch den Schrank vor die Tür und verriegelte die Fenster. Und konnte er sie nicht ganz haben, steckte er ihr ständig die Hände in den Ausschnitt, zwirbelte, kniff, drehte und biss sogar in ihre Brustwarzen, bis sie quietschte und befingerte sie, wo er nur konnte. Keine Körperöffnung war ihm heilig. Sie war jetzt seines, sein Spielzeug und deshalb hatte sie ihm, in seiner lang unterdrückten Gier nach ihr, gefälligst zu Willen zu sein. Er würde ihr wann und wo er nur konnte seine kraftstrotzende Männlichkeit beweisen!

Winniefred hatte verloren. Ihre Eltern stimmten trotz der von ihr angebotenen Summe der abgezweigten Ersparnisse, für ein Nein zu der Heirat mit Xaver Scheitelbaum, zu. Die Scheitelbaums wollten Geflügelgroßabnehmer werden, um zusätzliches Schlachtvieh anbieten zu können. Die Geflügelreste waren gutes Futter für die Jagdhunde. Da sagten die Gansbauers natürlich nicht nein. Es war ein gutes Geschäft!

Seit der offiziellen Verlobung und dem bestellten Aufgebot musste sie sich nun permanent vor ihrer zukünftigen Schwiegermutter in Acht nehmen. Die Missgunst in ihren Augen war noch schlimmer, als wenn sie ihren erduldeten Gatten ansah, wenn dieser von einer Zechtour mit seinen Jägerkumpanen wiederkam und nach billigem Parfum und Rauch stank. Natürlich wusste Hermine Bescheid. Ein untreuer Geselle war ihr Mann. Sie hielt nur das Geld zusammen, soweit es ihr möglich war.

Ab dem Tag der Verlobung wurde die arme Winniefred Tag und Nacht von der Alten Scheitelbaum gescholten und mit einem Haselnussstock gezüchtigt. Hermines ganzer aufgestauter Frust, die Untreue ihres Mannes und der Ungehorsam ihres Sohnes wollten sich endlich entladen. Hermine fand es nur Gerecht, dass jemand büßen sollte. Und jetzt hatte sie ihr Opfer gefunden.

Xaver fand schnell gefallen an der Haselnussgerte. Es erregte ihn, wenn seine Mutter Winniefred damit schlug. Er besorgte sich ebenfalls eine, um sie beim Ficken damit auf den Rücken, auf die Brüste oder auf den

Po zu schlagen. Schon jetzt schwor Winniefred innerlich Rache zu nehmen. An Hermine und Xaver.

Die Heirat wurde schnell und unspektakulär in der kleinen, am Hof angrenzenden Kapelle im Beisein der Eltern und beider angehender Eheleut vollzogen. Einen Monat später wurde sie schwanger und hatte endlich einen Grund sich Xavers unangenehmen Liebeskünsten entziehen zu können. Doch durch die harte körperliche Arbeit, die sie weiter verrichten musste, verlor sie das Baby. Sie wurde trotz allen Flehens, zur barmherzigen Mutter Maria, erst zwei Jahre später wieder schwanger und gebar tatsächlich den ersehnten Stammhalter, den Wickerl (Ludwig). Darauf folgten im Abstand von einem Jahr noch ein Sohn, der Lorenz und nach weiteren zwei Jahren eine Tochter, die Antonia. Eine Wundbettinfektion nach der Niederkunft ihres dritten Kindes ließ Winniefred durch eine Gebärmutterentfernung unfruchtbar werden. Ab diesem Zeitpunkt änderte sich Xavers Haltung zu ihr immens. Sie war jetzt keine richtige Frau mehr, weil sie ihm keine Kinder mehr schenken konnte. Er nutzte ihre Unfruchtbarkeit als Vorwand, um sich offiziell von seinen Dorf-Mätressen befriedigen zu lassen und um sein Leben neu und spannend, mit allen Annehmlichkeiten zu gestalten. Und da war das viele Mitleid, das er wegen seiner armen, kranken Frau einheimste.

Er eröffnete mit seinem Vater zusammen auf dem Hof noch eine Delikatessenmetzgerei mit ausschließlich feinsten Wildfleischprodukten. Dass Geschäft ging gut, weit über die Dorfgrenze hinaus. Das Ansehen im Dorf stieg weiter und Xaver jagte und erlegte das Wild zusammen mit seinem Spezl, dem Gustl, im Blutrausch, schon fast am laufenden Band.

Das Winniefred fast an der eitrigen Infektion, dem hohen Fieber mit anschließender Notoperation krepiert war, interessierte ihn nicht. Auch sonst niemanden. Es waren sehr einsame Jahre für Winniefred. Geschunden, verachtet, ausgebeutet, ein Hauch ihrer selbst. Nur zum Putzen, waschen und in der Küche arbeiten, für Xavers Botendienste und zum Kindergroßziehen noch nutze. Und um das Bild nach außen in der Gemeinde zu wahren. Xaver vermittelte beim Pfarrer und im Dorf den Eindruck, dass er, der vorbildlich, treusorgende Ehemann war. Jemand der sich nach der langen Krankheit seiner Gattin immer noch rührend um sie kümmerte. Obwohl, sie so gut wie keine schweren Arbeiten mehr verrichten durfte. So ein Unglück für Xaver und seine Familie, weil auf dem Hof doch so viel Arbeit zu schaffen ist! Ein scheußliches Leben war das!

Einen halben Trost gab es für Winniefred: Der dominante Schwiegervater verstarb urplötzlich im jungen Alter von 69 Jahren und ihre böse Schwiegermutter verzog sich daraufhin freiwillig in einen luxuriösen Altenteil, einen großen Bauernhof mit sehr viel Weidegrund im überüberübernächsten Dorf, nach Groß Feldsteinberg. Der Nachruf in der Zeitung, für den jung verstorbenen Otto Scheitelbaum, war sogar eine Seite groß! Xavers jüngerer Bruder Herbert ging freiwillig mit nach

Groß Feldsteinberg. Lieber war er seiner Mutter zu Diensten als bei Xaver auf dem Hof. Im Wald und in der Metzgerei brauchte er dann auch nicht mehr weiter hart zu schuften.

Der Xaver machte eh keinen Hehl daraus, dass der faule Säckel Herbert, das Muttersöhnchen vom Dienst, gefälligst freiwillig und möglichst bald auf seinen Erbteil verzichten sollte! Was hatte der Herbert denn schon geleistet? Nichts! Er schnaufte einem nur die Luft weg und fraß sich bei Muttern durch.

Der Xaver war ein Monster.

Wenn man eine Beschreibung für zügellose Raffgier bei einem fiesen Mann in einem Deutschen Literaturwerk suchte, konnte ein Bild von dem Raffzahn Xaver Scheitelbaum mit der dazugehörigen Lebensbeschreibung als Beispiel und Erklärung dienlich sein.

Die Jahre zogen sich dahin, Teile des Gestüts hatte Xaver von seinem großen Erbteil bereits an seine ebenso erwachsenen, geschäftstüchtigen Kinder übereignet. Natürlich um den Fiskus die schwere Arbeit zu ersparen, zu viel Steuern von ihm einzutreiben. Wenn seine Mutter, die Hermine, einmal verschied, dann kam das Thema Bruder Herbert und die Auszahlung des Erbteils wieder auf den Tisch. Der Geier von Bruder lauerte doch schon lange auf das hart erknauserte Vermögen! Aber nicht mit ihm!

Der erstgeborene Sohn, der Ludwig, bewirtschaftete gewinnbringend die Fischteiche und Heufelder.

Der zweite Sohn, der Lorenz, führte erfolgreich die ausgezeichnete Jagdhundzucht. Die Hunde waren im ganzen Land begehrt und bekannt.

Die Tochter Antonia führte schon in jungen Jahren erfolgreich die Pferdewirtschaft. Pferde lagen ihr im Blut.

Und Xaver blieb viel Zeit für die Jagd, mit all seinen Kumpanen, der regelmäßige Besuch beim Jagdhornverbund, der Spaß im Schützenverein und im Wirtshaus und die Arbeit als Aufseher in der hauseigenen Metzgerei mit den berühmten Wildspezialitäten. Jawohl, er war eine der angesehensten Persönlichkeiten im Dorf. Er war sogar ein enger Spezl vom Bürgermeister. Nirgends, bei keinem wichtigen Anlass durfte er fehlen! Und Winniefred „durfte" jedes Mal den feinen Herrn als geschmücktes Beiwerk begleiten: Artig wie ein gut erzogenes Hündchen. Mach Sitz, bleib auf dem Platz und halt dein Maul.

Und Winniefred blieb nichts, außer dem Haushalt und den Anweisungen des Hausherrn zu folgen. Freundinnen waren auch verboten. Nicht dass die ihr Flausen in den Kopf setzten.

Tag ein Tag aus, Jahr um Jahr, ertrug Winniefred Xavers nerviges Gebrüll, weil sie doch nie etwas Anständiges zuwege brachte, egal was man ihr auftrug! Jeden verdammten Tag war, das furchtbare Platzhirschverhalten des lieblosen Gatten stillschweigend zu ertragen! Er war nach wie vor ein rücksichtsloses, respektloses Schwein!

Irgendwann, völlig aus heiterem Himmel heraus, nahm sich der Xaver tatsächlich der leerstehenden Wohnung unter ihrer gemeinsamen an und zu eigen. Mit der Begründung, dass er mit der von Gott verfluchten, der Schande des gesamten Hofes, nicht mehr ein gemeinsames Bett teilen wollte. Nicht, dass sie doch noch auf ihn abfärbte. Eigentlich schwelgte er immer noch in den Erinnerungen an seinen dominanten Vater und einen besseren Vorwand, um sich der Winniefred zu entledigen, und endgültig in seines Vaters mächtige Fußstapfen zu treten, gab es nicht. Seine Mutter hinterließ die Wohnung nach ihrem Auszug genauso, wie sie mit dem Vater jahrzehntelang darinnen gelebt hatte. Alle alten muffigen Möbel standen noch an Ort und Stelle, sogar die Kleidung des Vaters hing noch tadellos gebügelt im Schrank. Ein Segen für Xaver.

Trotz der räumlichen Trennung belästigte, belauerte und bespitzelte er Winniefred Tag und Nacht, in- und außerhalb der ehemalig gemeinsamen Wohnung, zu jeder ihm passenden Zeit! Z. B. mitten in der Nacht mit unermüdlich lautem Pantoffelgeschlurfe im Hausflur und im Treppenhaus. Ständige Kontrolle musste seiner Meinung nach sein! Die Alte durfte schon merken, dass er daheim war! Nicht dass das faule Weibsbild alles verlottern ließ, nicht richtig lüftete, zu lange schlief, etc.

Als Bonus gab es Tag ein Tag aus die zum Teil vorhersehbaren, furchtbaren Zornesausbrüche ihres psychopathischen Mannes. Schlimm war auch die ewige Geldknausrigkeit ihr gegenüber, damit sie nicht die kleinste Freiheit oder Freude genießen konnte! Z. B. war das Geld für den Einkauf beim Bäcker genauestens abgezählt, denn wenn sie sich noch was extra kaufte, dann würde die Altweiberfigur von ihr garantiert dick. Auf seine Kosten fettfressen! Niemals! Mehr als nur Dankbar müsste sie ihm dafür sein, dass er auf sie achtete und nicht dauernd nerven und sein gutes Geld verprassen wollen! Dafür konnte der Herr Scheitelbaum aber die dicksten Spendierhosen bei seinen Jägerkumpanen anhaben…und überall anders auch eine Menge Trinkgeld springen lassen. Ja, er war ein Mann von Welt!

Aber auch jeden Tag so besoffen, das er nicht merkte, wie Winniefred sich immer ein bisschen Bargeld aus seiner Geldbörse herausnahm. Die Sachen, die sie sich davon leistete, wie z. B. Bücher oder ein kleines Duftwasser…, versteckte sie sorgfältig.

Himmel! Sie war doch erst 43 Jahre alt! Seit Kindheitstagen zwar an nichts anderes als an Kummer gewöhnt, aber den von Xaver verursachten Zustand, nicht nur jetzt, sondern bis ans Ende ihrer Tage ertragen müssen? Bis das der Tod sie beide schied? Da zweifelte Winniefred immer mehr daran, dass es einen Gott gab. Zu viel war zu viel! Es hieß in einem ihrer Bücher das sogar die Sklaven auf den Baumwollplantagen hatten singen dürfen. Sie aber nicht! In der Gegenwart des feinen Herren war alles, was ihre Wenigkeit betraf, grundsätzlich falsch. Wenn er ihr das Atmen hätte verbieten können, würde er es anordnen. Seit Jahren durfte von ihr nur die gleiche Frisur getragen werden: Die langen Haare geflochten zu einem Dutt hochgesteckt, wie bei seiner Mutter. Nur immer dieselben Dirndlfarben, die er als angenehm für seine Augen empfand, auch wie bei seiner Mutter. Sogar ihr Bad- und Toilettengang musste wegen ihrer, für ihn unerträglichen Ausdünstungen, nach seinem Tagesablauf ausgerichtet werden. Winniefred hatte nur noch dafür zu sorgen, die aufgetragenen Einkäufe zu erledigen und dass das Mittags- und Abendessen pünktlich für den Herrn auf dem Tisch stand. Es war schon ein Wunder, wenn er überhaupt etwas zu Hause und nicht im Wirtshaus aß! Angeblich bekam er immer Durchfall von dem Fraß, den sie zubereitete. Nein, „pantschte", war der Ausdruck, den er verwendete. Alles Mögliche hatte er ihr Stück für Stück entzogen, um sie wie einen Hofhund an der kurzen Kette halten zu können. Er bestimmte jeden Tag mehr, was sie beide aßen und was von ihr eingekauft werden durfte. Xaver brauchte die totale Kontrolle über alles und jeden, sonst sorgte sein Jähzorn und sein unvorhersehbares Verhalten für Gefahr im Verzug! Der König hat Laune, rettet eure Köpfe!

Winniefreds Leben war auf der einen Seite so trostlos und öde, auf der anderen furchtbar angespannt, voller Angst und Zorn! Sie wandte sich in Gedanken endgültig von Gott ab. Ihre Gedanken kreisten darum, dass

Xaver doch „in drei Teufels Namen" bei den Pferden in eine Heugabel stürzen könnte. Oder auf Nimmerwiedersehen in die Jauchegrube plumpste. Die Sauen, die frisch geworfen hatten, ihn brutal niederstreckten und auffraßen. Die Jagdhunde ihn, beim scharf machen, in tausend Einzelteile zerrissen. Es gab so viele Möglichkeiten für Xaver noch jung zu sterben und eine „schöne Leich" zu sein! Und nix davon passierte, weil…?

Weil sie, Winniefred Scheitelbaum, geborene Gansbauer, schon auf Erden für noch nicht begangene Sünden büßen sollte? So ein verdammter Irrsinn! Winniefred konnte nicht darauf warten, das Xaver auf natürliche Weise das Zeitliche segnete! Gevatter Tod sollte Arbeit bekommen! Winniefred lachte laut und befreit vor sich hin. Sich den Scheitelbaum im Sarg liegend vorzustellen, mit ihr, der traurigen Witwe am Grab! Wundervoll! Genau so und nicht anders! Allein die Ruhe, die dann im Haus einkehren würde. Unbezahlbar!

Der Alltag und Xaver bestimmten leider weiterhin Winniefreds eintöniges Leben. Aber ihr Verhalten änderte sich unmerklich: Sie lauerte auf alles, was der Schinderhannes tat. Konzentriert und berechnend notierte sie über Wochen hinweg Xavers Termine und Tagesabläufe. Bis zum August notierte Winniefred alles akribisch. Wann er am liebsten Schießen ging, wann seine Mätresse für ihn da war. Wie viel er bei welcher Gelegenheit „tankte".

Xavers langjähriger Jägerkumpan, der August Hackl, Gustl gerufen, wurde bei ihren Notizen mit eingeschlossen. Ein Gespräch, das zwischen den beiden stattgefunden hatte, wanderte als Tratsch schon seit ein paar Wochen über den Hof und durch das ganze Dorf: Wie gut der Xaver doch sein Weibsstück über die Jahre erzogen und unter Kontrolle hat. Und dass er ihr, wenn nötig, noch eine bei Bedarf, halt der Erziehung halber, mitgibt. Am liebsten war ihm immer noch die gute alte Haselnussgerte. Unter seiner Führung gab es nur Zucht und Ordnung!

Allein das schrie in Winniefred schon nach Rache! Dazu die jahrelangen Demütigungen von Hermine und ihm!

Aber der Dummbeutel Gustl hing ehrfürchtig an seinen Lippen, nahm alles für bare Münze und ließ seine eh schon von Natur aus ewig Brave und biedere, gottesfürchtige Frau unter dem erzählten Schmarrn leiden. Er führte für sein braves Weib einfach so, aus dem Nichts eine Prügelstrafe ein! Die arme Anna Maria! Grün und Blau hat man sie beim Kramer um die Ecke gesehen: Die „Treppe" ist sie runtergefallen, beim Kartoffeln holen. Tollpatschig halt. Der Xaver machte daraufhin mit dem Gustl noch seine schlechten Scherze: Ob denn die Anna Maria dann wenigstens ein kaltes Bier mit aus dem Keller hochgeholt hatte, wenn sie schon die ganzen Treppen drunten war. Beide wussten ganz genau, dass der Gustl nun immer mit der Faust draufhielt, nur um dem Xaver zu imponieren! Der Gustl konnte von ihr aus auch gleich mit vom Erdboden verschwinden. Wie hieß es so schön? Mitgefangen, mitgehangen! Winniefred versprach Anna Maria in Gedanken, das auch der Gustl schon bald vor seinem Schöpfer stehen würde. Hoffentlich prügelte er die arme Frau bis dahin nicht schon vorher tot.

Ende August 1964 bekam der Xaver einen schlimmen „Nervenzusammenbruch" infolge einer leichten Herzattacke. Ausgelöst durch den hauseigenen Stress! Winniefred hatte die Jagdstiefel des gnädigen Herrn nicht so auf Vordermann gebracht, wie er es denn für nötig befunden hätte. Und eine nächtliche Saujagd stand an! Nach dem minutenlangen Geschrei und dem Affentanz, den der Hausherr deshalb aufführte, griff er sich urplötzlich an die Brust, keuchte, wurde rot und röter, plumpste schließlich wie ein großer Mehlsack auf den Boden. Xaver schnaufte wie eine alte Dampflok weiter vor sich hin und versuchte dabei seine vermaledeite Ehefrau mit Blicken zu töten. Winniefred seufzte genervt, schätzte die Situation aber richtig ein. Es war leider noch nicht so weit, der „Anfall" reichte nicht zum Sterben aus. Das Ekelpaket blieb links liegen, während sie ruhig zum Telefon ging. Es war besser den Landarzt anzurufen, um ihre Situation zu Hause nicht noch mehr zu verschlimmern. Der gute alte Landarzt, Dr. Albert Griesinger, war innerhalb einer halben Stunde vor Ort. Er half seinem Patienten so gut wie es die ärztliche Kunst erforderte. Mit zwei weiteren Knechten zusammen, konnte der verschwitzte, übergewichtige nasse Sack sogar ins Bett gehievt werden. Dort bekam der

Herr Scheitelbaum vom Herrn Doktor noch ein Schlafmittel in den Allerwertesten injiziert. Danach war endlich Ruhe! Eine wunderbar ruhige Nacht wurde ihr beschert!

Herr Doktor Griesinger kam jetzt seit einer Woche ins Haus. Xaver, nicht der gute Doktor, erteilte sich selbst erstmals permanente Bettruhe, um die Dramatik des Vorfalls zu steigern! Der Doktor beruhigte natürlich den Hypochonder nach allen Mitteln der Kunst, aber ermahnte auch gleichzeitig den Herrn Scheitelbaum, nicht mehr so fettig und viel zu essen und mehr auf regelmäßige Leibesertüchtigung zu achten. Dazu empfahl er ihm zum Beispiel regelmäßige Spaziergänge an der frischen Luft, am besten immer zügig nach dem Essen oder nach längerer Schreibtischarbeit. Auch etwas weniger Bier und Schnaps würden ihm keineswegs schaden! Das Temperament gegenüber seiner Umwelt wäre unbedingt zu zügeln, unnötige Aufregung absolut zu vermeiden! Er bekam ein Herztonikum und ein Beruhigungsmittel zur täglichen Einnahme vor dem Schlafen gehen, dazu einen wöchentlichen Termin in der Praxis. Xaver, nicht der Herr Doktor, bestand darauf, um nun regelmäßig sein Herz abhören zu lassen, den Blutdruck zu messen und sich Rezepte für ein zusätzliches Blutdruckmedikament und weiter eine Herzmedizin ausstellen zu lassen. Für den Doktor Griesinger war das leichtes und schnell verdientes Geld, also ließ er dem Drama seinen Lauf.

Dass der Herr Scheitelbaum eine Zeitlang von der Bildfläche verschwunden war, tat seiner Beliebtheit im Dorf keinen Abbruch. Ganz im Gegenteil! Jetzt bekam er noch mehr Mitleid und Zuspruch und das endlich nur wegen sich selbst! Vor allem, wenn er während eines Tratsches sich immer wieder demonstrativ an die Brust fasste, dann seufzte und die Hand eine Zeit lang dort verweilen ließ. Zu guter Letzt massierte er dabei das Herz kreisend und verzog dazu noch schmerzhaft das Gesicht. Die Dörfler bekamen auf jeden Fall gehörig Futter für Ihren Tratsch: Das kam doch alles nur, weil der Xaver so ein guter, gottesfürchtiger, arbeitsamer Mann war, der doch über Jahre hinweg seine arme Frau gepflegt, die Kinder großgezogen und das Essen auf den Tisch gebracht hatte! Und immer war er höflich, freundlich und großzügig gegenüber jedem gewesen. Und keinen Sonntags- und Feiertagsgottesdienst hatte er in all den Jahren in der Kirche verpasst! An Fronleichnam war der schönste Altar im Ort bei den Scheitelbaums auf dem Hof zu finden. So ein feiner, guter Mann!

Wenn Winniefred zu Erledigungen ins Dorf geschickt wurde, kam ihr nur noch der blanke Ekel hoch. Beim Kramer, beim Apotheker, beim Schuster, an der Tankstelle; egal wo sie einen Schritt im Dorf hinwagte, überall kam das Thema sofort auf den armen, kranken Xaver. Permanent wurde Winniefred mit ihrem Manne unglückseligen Zustand konfrontiert: Wie gut sie es doch schon ihr ganzes Leben lang bei ihm hatte. Hoffentlich kümmerte sie sich wenigstens auch so gut um das erschöpfte, kranke Mannsbild, genau wie er das mit ihr die ganzen Jahre schon tat! So ein anständiges, sauberes Mannsbild gab es ja schließlich nicht alle Tage. Ein Eckpfeiler, eine Stütze des gesamten Dorfes!

Winniefred dachte während dieser furchtbaren Schwafeleien immer wieder bei sich: 1000 Mal geschenkt könnts ihr den haben! Ihr habt nicht das kleinste Bisschen von dem aushalten müssen, was ich mit dem Blödmann durchgemacht habe! Alles saudumme Rindviecher hier! Wenn der Alte nicht mehr ist, packe ich als Erstes meine Koffer! Dann lasse ich mich mit einem Auto aus dem Dorf fahren und strecke den Idioten meinen blanken Hintern aus dem Autofenster! So viel Dämlichkeit und falsches Getue, das findet man nur hier in Mürgelberg! Sämtliche Straßen sind gepflastert mit Heuchelei und Lügen!

Sollten die Tratschtanten doch einmal vor ihrer eigenen Haustüre kehren!

Winniefred wurde immer aggressiver und unfreundlicher. Die Leute hatten wegen ihrem Verhalten sofort Futter für einen neuen Tratsch: Die Scheitelbaum war schon wieder überfordert! Aber war das ein Wunder? Die Scheitelbaum war doch schon jahrelang krank und zu nichts mehr fähig! Der Einzige, der sich um sie gekümmert hatte, war doch ihr Mann! Und der Xaver bestätigte das natürlich jedem, der sich für sein Leid interessierte. Das war Öl für seine schwarze, verkommene Seele. Letztendlich besiegelte er damit sein Schicksal endgültig!

Winniefred war gerade außerplanmäßig beim Kramer einkaufen. Eine neue Zahnbürste brauchte der Herr und Meister. Sonst bekäme er noch eine Infektion am Zahnfleisch und die würde auch wieder aufs Herz gehen. Ob sie denn nicht ein bisserl Hirn im Kopf hätte, oder ihn etwa erneut umbringen wollte? Der Irrsinn begann heute Morgen, als Xaver Winniefred als Erstes am Frühstückstisch überfiel und sofort anschrie! Zu allem Übel steckte Xaver ihr seine alte ausgefranste Zahnbürste direkt in den frisch aufgebrühten Kaffee. Er brachte die Zahnbürste extra aus dem Bad seiner Eltern mit! Der Hausherr musste doch seine an den Haaren herbeigezogenen Vorwürfe theatralisch untermauern!

Was für eine furchtbare Ehefrau sie doch war! Nicht einmal saubere Zähne gönnte sie ihm! Geschweige denn, dass er am Leben blieb! Kein bisschen Verlass war auf die einfachsten, notwendigsten Dinge hier im Haus!

Beim Kramer schluckte sie die bitteren Tränen erneut herunter. Genau wie heute Morgen, als sie ihren Kaffee in die Spüle schüttete und die alte Zahnbürste vom Xaver in den Müll schmiss. Nach seiner morgendlichen Gardinenpredigt flog die Haustür weithin hörbar ins Schloss. Aber er kam der Dramatik wegen noch einmal zurück, um sie erneut anzubrüllen. Er dachte nicht daran heute mit einer Mörderin zu Mittag zu essen. Er würde sowieso erst wieder mit ihr an einem Tisch sitzen, wenn sie endlich anständig kochen lernen würde und auch endlich den Anstand hatte, sich für all die Jahre zu bedanken, in der sie schon durchgefüttert wurde. Noch dazu sollte sie sich ehrlich entschuldigen, für alles, was sie ihm hier jeden Tag antat! Um Himmels willen! Was hatte er denn nur verbrochen! So ein Undankbares, bis in die Grundfesten böses Weib als Ehefrau abbekommen zu haben!

Winniefred packte verschiedene Sorten „Heilige-Schikane-Zahnbürsten" ein. Weiche, harte, kurze und lange Borsten, in verschiedenen Farben. Hoffentlich war die „Richtige" für den Herrn und Meister dabei. Der Kramer Wegner sah verwundert auf die vielen verschiedenen Zahnbürsten herab. Sie bezahlte genervt, packte das Sammelsurium in ihren Weidekorb und machte sich zu Fuß auf den langen Nachhauseweg auf. Zur Strafe für den ständigen Ungehorsam durfte sie nicht mehr SEIN Auto fahren. Zu Fuß gehen war außerdem Gesund und dann wurde sie vielleicht ja auch nicht noch fetter!

Dabei war Winniefred eine schlanke, schöne Frau mit glänzenden Haaren und einer reinen, glatten Haut. Ja, der Herr Scheitelbaum sah halt grundsätzlich nur was er sehen wollte und irgendwas musste er sich halt aus der Nase ziehen, um zum einen Winniefred damit zu verletzen und gleichzeitig eine Begründung zu haben, um damit seine eigenen Interessen ständig durchsetzen zu können. Von wegen Fette Altweiberfigur! Der dreiste, feiste Herr hatte wohl wieder einmal ganz vergessen, selbst in den Spiegel zu schauen. Ein fesches, maßgeschneidertes Gewand kann einen wabbeligen, mordsdrum Bierbauch und einen schwabbeligen Schweinskopf mit einem Doppelkinn auch nicht verstecken. Kein Wunder, das er die Wirtshausweiber dafür bezahlen musste, damit die mit ihm rummachten. Bei der Wampe war sogar eine Gefahrenzulage angebracht! Schlachtreif war der! Pfui Deibel!

Jawohl! Der Herr Scheitelbaum war für seine Frau schon seit Jahren ein richtiger Sonnenschein! Winniefred zerbrach sich nun erst recht ihr schönes Köpfchen. Alle guten Mordsideen, wie z. B. den Xaver in die große Jauchegrube zu stoßen, konnten schiefgehen. Und mit welcher Begründung lockt man jemanden dahin?

Zu viele Leute waren ständig um sie und den Xaver herum. Da der Gustl ja auch noch seine Abreibung erhalten sollte, blieb eigentlich nur ein Jagdunfall! Allein für die Blutrünstigkeit gegenüber den armen wehrlosen Tieren! Beide verdienten es im Wald zu sterben! Würden die Jäger zu Gejagten werden? Winniefred ließ innerlich ein Jagdhorn erschallen. Ihr Entschluss stand fest!

Aber wie bringt man einen erfahrenen Jäger um? Winniefred ging mehrere Möglichkeiten durch. Wie wäre es, wenn man eine der Hochsitzkanzeln sabotierte? Die

Leitersprossen ansägte, oder die Kanzel abfackelte? Ist es richtig, dass sich die beiden selbst erschossen? In ihr reifte ein grober Plan. Genau, sie beschloss erst einmal „den" Stein ins Rollen zu bringen und alles Weitere seinem Lauf zu lassen. Der Stein war: dem Gustl schöne Augen zu machen. Xavers Familienehre ins Wanken zu bringen. Und danach? Wie hieß es so schön? Kommt Zeit, kommt Rat.

Es wurde ein ruhiges Mittagessen. Kein Xaver, keine kaputten Nerven. Die verschiedenen Zahnbürsten legte sie ihm am Tag des Kaufs fein säuberlich nach Farbe und Borsten sortiert, auf das schwiegerelterliche Ehebett. Bäh, was für ein Muff hier immer hauste. Von Lüften und Aufräumen hielt der Xaver als unumstrittener Herr im Haus nix. Nicht nur seine Boshaftigkeit stank zum Himmel. Die am Boden verstreute Kleidung roch nach Machtgier und kaltem Schweiß, nach Essen und Sperma, dazu billiges Parfüm und der Geruch von stinkenden Käsefüßen. Winniefred konnte den Hausherren im wahrsten Sinne des Wortes nicht mehr riechen. Als besonderes „Leckerli" lagen gammlige Essensreste auf verkrustetem Geschirr herum, die ebenfalls ihren widerlichen Duft verströmten. Unzählige Fliegen und deren Maden bevölkerten inzwischen Xavers Refugium. Sie erfüllte wie immer ihre Pflicht und räumte mit einem angewiderten Gesicht auf. Dann packte der kleine Teufel im Kopf ihre Hand und ließ sie auf ein großes Blatt: „Wie immer: Danke für Nix!" schreiben. Das sorgte im Anschluss an ihr Abendessen erneut für einen heftigen Streit. Der Xaver tobte so sehr, dass er erneut eine Herzattacke verspürte! Zitternd und aufgeregt riss er seine Herzmedizin aus der Jankertasche hervor und zuzelte die Tropfen gleich direkt aus der kleinen braunen Flasche. Damit das Theater perfekt war hielt und rieb er sich abwechselnd das Herz. Der Hausherr wartete tatsächlich auf Mitleid. Als von seiner Angetrauten kein Sterbenswörtchen kam, meinte er sofort ihr mehrere, stundenlange „Kirchenaufenthalte" verordnen zu können. Um Beichte und Buße für ihr liederliches Frauenverhalten tun zu können.

Winniefred lehnte das zuerst augenrollend ab. Dann aber sagte sie ihm, dass ihr die Beine vom vielen zu-Fuß-gehen wehtäten. Er hielt ihr doch ständig vor wie alt sie doch schon war. Dann sollte er sie halt wieder SEIN Auto fahren lassen und sie würde so oft sie konnte zum Beichten gehen. Nur für ihn! Entweder, oder! Der Xaver schmiss ihr noch mit letzter Kraft seine Autoschlüssel vor die Füße, bevor er nach Luft japsend, schwankend und laut stöhnend, wie ein jahrhundertealtes Schlossgespenst die Wohnung verließ, um sich über das Treppenhaus polternd und stolpernd in die „Muffelburg" unter ihr zu verziehen. Mit einem triumphierenden Lächeln im Gesicht hob Winniefred die Schlüssel auf, steckte sie ein. Plopp, ein Schubs mit dem Fuß verschloss die offenstehende Wohnungstür. Typisches Xaver-Theater! Sicherheitshalber sperrte Winniefred ab. Auf erneute Überraschungsbesuche wollte sie verzichten. Jetzt konnte der abendliche Haushalt erledigt werden. Danach gönnte sie sich ein heißes, langes Bad und schlief postwendend in ihrem großen kuschligen, nicht miefigen Bett ein.

Der nächste Tag verlief bis zum Nachmittag wunderbar ruhig. Der Xaver ging heute Morgen schon sehr früh aus dem Haus. Ein Auto fuhr auf den Hof, bekannte Motorengeräusche waren zu hören. Winniefred warf die schmutzige Kaffeetasse zurück ins Spülwasser, fischte ein Trockentuch vom Ofengriff und ging schnell zum Küchenfenster, um nachzusehen. Ha! Der Gustl! Doch richtig gehört! Was für ein Zufall! Der suchte bestimmt den Xaver! Glück braucht der Mensch. Winniefred eilte ins Badezimmer und legte schnell ihr gutes Duftwasser und Lippenstift auf, rückte den Busen zurecht und vor allem im BH nach oben, dann beeilte sie sich nach unten zu kommen, um den Gustl zu begrüßen und mit ihm ein kleines Schwätzchen zu halten.

Der Gustl wusste gar nicht wie ihm geschah: auf alles, was er sagte, lachte die Scheitelbaum laut und fröhlich und schrie fast, wie charmant und freundlich er doch immer zu ihr wäre. Und zum Abschied drückte sie ihn auch noch an den prallen Dirndlbusen und gab ihm aus Dankbarkeit ein Busserl auf die Backe! Dann winkte sie ihm auch noch hinterher, wie er vom Hof fuhr und schrie laut: „Bis zum nächsten Mal!" Dabei hatte er doch nur darum gebeten dem Xaver auszurichten, dass er heut Nacht gegen 22:00 Uhr auf die Saujagd gehen wollte, zum üblichen Treffpunkt bei den alten Blutbuchen, in Xavers Waldstück.

Die alten Blutbuchen! Gut, sollte die Bäume das Schicksal der zwei Deppen besiegeln. Winniefred begann in Gedanken ihre Vorbereitungen zu treffen.

Sie schickte als Erstes einen Burschen ins Wirtshaus zum „Blauen Barsch", um dem Xaver Gustls Nachricht zu überbringen und den sehr wahrscheinlich schon besoffenen, mindestens aber angeheiterten Mann, nach Hause zu bringen. Der Bursche musste Schwerstarbeit leisten: Er durfte den besoffenen Xaver mit dem Fahrrad vom Wirtshaus bis zum Hof schieben! Dann im Herrenhaus den Scheitelbaum die steile Treppe in die Wohnung seiner Eltern hochwuchten, direkt ins Schlafzimmer bringen, die Schuhe ausziehen und gleich wieder weiterziehen und dieses Mal Bote für den Hausherren spielen, natürlich auch wieder für Nix, kein Trinkgeld von dem Geizkragen! Die gelallte Nachricht lautete: Der August Hackl sollte den Herrn Scheitelbaum nur ja rechtzeitig mit dem Auto abholen! Dann legte sich der müde Hausherr postwendend ab, um seinen Rausch auszuschlafen. Winniefred wartete vor der Tür den Burschen ab und gab ihm für seine Mühen fünf Mark. Der zog überglücklich ab, schwang sich auf sein Fahrrad, um flugs erneut ins Dorf zu radeln und dem Hackl die Nachricht vom Scheitelbaum zu bringen.

Winniefred genoss die Ruhe vor dem Sturm. Sie erledigte den Haushalt in bester Laune und versorgte abends ihren „Liebsten", in weiser Voraussicht, mit zwei extra großen, vorbereiteten Kehrpaketen, gepackt mit geräuchertem Schinken und frisch gebackenen Bauernbrot für die anstehende Jagd. Und zwei Thermosflaschen Jagertee. Natürlich mit einem extra Schuss Rum gegen die „Kälte". Da der Xaver seinen Rausch immer mit einer dunklen Weiße aufwärmte, war es kein Problem, das Bier mit dem vom Herrn Doktor Griesinger verschriebenen Beruhigungsmittel großzügig zu versetzen. Der Xaver schnarchte so tief und fest, der merkte nicht, das Winniefred sich in seiner Nachttischschublade an seinen Medikamenten bediente.

Xaver kam um 21:30 Uhr noch sehr schlaftrunken die Treppen hochgepoltert. Die Wohnungstür schlug an der Wand an, weil er immer wieder kurz das Gleichgewicht verlor. Sein Bier stand bereits frisch eingeschenkt, mit einer perfekten Blume gekrönt, auf dem Tisch. Er ließ sich schwer auf die gepolsterte Holzbank plumpsen, stützte sich sofort mit dem Kopf auf die Arme ab. Er war Käseweiß! Winniefred stellte die Kehrpakete und die Thermobehälter in gebührendem Abstand vor ihm auf dem Tisch. Nicht das dem Herrn noch von dem Schinkengeruch übel wurde. "Tablette" grunzte der Xaver in ihre Richtung. Das lief ja wie geschmiert für Winniefred. Statt einer Kopfschmerztablette schluckte der Xaver freiwillig noch eine Beruhigungstablette. Er bemerkte den Unterschied nicht. Nur beim Bier verzog er das Gesicht.

Das Bier kam ihm bitterer als sonst vor. Das konnte aber auch vom Schnaps kommen. Er hatte einfach zuviel Magenbitter zu seinen üblichen vier Bierle getankt und das einsame Schmalzbrot und der Radi haben den ganzen Schnaps nicht aufsaugen können. Ihm kam vom Magenbitter immer die Galle hoch. Aber der Franzl wollte eine ganze Flasche ausgegeben. Da hat er den doch nicht beleidigen können, indem er „Nein" sagt! An gschenktem Gaul schaut man nicht ins Maul! Die frische Luft wird's schon wieder richten. Der Gustl würd ihn ja abholen und fahren. Und das würzige Geräucherte, das er aus dem Brotzeitpapier herausroch würde später den Magen mit genug Brot schon wieder richten. Er nickte mit dem Gesicht auf seinen verschränkten Armen ein. Spucke lief aus einem Mundwinkel auf seine Arme und dann auf den Tisch. Xaver fing laut zu schnarchen an.

Um 21:45 Uhr klingelte es an der Haustür. Der Gustl! Winniefred dachte sich schon, dass der Xaver sich nach seinem Wirtshausaufenthalt wieder vom Gustl chauffieren lässt. Sie holte den zweiten Unglückseligen im Bunde, zum Xaver in die gute Stube. Der alte gusseiserne Kanonenofen in der Küche heizte noch mit ein wenig Glut. Es war angenehm warm in der Stube. Der Gustl grüßte beide, setzte sich, schaute dem aus dem Schlaf gerissenen Scheitelbaum zu, wie der, immer noch hundemüde, sich seine letzten paar Schluck Bier langsam in die Gurgel hinunterschüttete. Er bat Winniefred das Fenster doch kurz zu öffnen, damit der Xaver ein bisserl wacher wurde. Der Gustl warf derweilen aber immer wieder verstohlen einen Blick zu Winniefred hinüber, während er wartete das der Xaver langsam, aber sicher in die Höhe kam. Xavers Frau war für ihn schon immer recht ansehnlich und nicht so Mausgrau wie seine eigene Alte. Und gut gerochen hatte die, als sie ihn heute umarmt hatte! Und a schöns Holz vor der Hüttn hatte die auch! Also, wenn er nicht mit dem Scheitelbaum so gut befreundet wäre! Dann würd er sein Glück schon wagen! Da! Die Winniefred hatte ihm schon wieder zugezwinkert und a Busserl mit den Lippen geformt, als sie ihm auch ein Bier hingestellt hatte! Gustl wurde immer röter im Gesicht. Wenn er sich unbeobachtet fühlte, zwinkerte er zurück. Das war ja auch kein Wunder mit der Scheitelbaum: wenn man den Xaver und ihn verglich, war er, der Gustl, eindeutig der feschere Bursche! Der Xaver sah halt inzwischen wie ein fetter Metzger aus, der so gierig war, dass er lieber sein Fleisch selber frisst, bevor er es verkauft.

Aber da machte der Gustl die Rechnung ohne den Wirt: „Ja bist du denn von allen guten Geistern verlassen!?! Was zwinkerst denn hier rum!?!" polterte der Xaver los. „Gustl, du machst meiner Alten schöne Augen, oder was? Hamms Dir ins Hirn gschissen? Und du, du blöds Weibsstück! Untersteh dich noch einmal den Gustl auch nur anzuschaun. Ja, meints ihr zwei, ich hab den Tratsch heut im Wirtshaus ned mitge...ge...kriegt? Ich krieg alles mit, was auf meinem Hof passiert! Und auch im Dorf! Denkts ned a mal dran!"

Der Xaver rieb sich die Augen. Ihm war von der Sauferei heut Nachmittag immer noch nicht gut. Dass der garstige Magenbitter so hartnäckig greislig war, so überhaupt gar nicht aus seinem Kopf verschwinden wollte… „So Gustl, sauf aus, auf geht's, bring mich raus hier! Ich brauch a Seidl frische Luft! Und wir zwei…" Xaver versuchte, ohne Erfolg auf Winniefred mit dem Finger zu zeigen. Er rutschte damit immer nach links und rechts. Der verdammte Finger blieb einfach nicht an seinem Platz! „Wir unterhalten uns morgen! Das ist ein Versprechen!" Der Gustl versuchte sofort den Xaver zu beschwichtigen: „Ah geh Xaver! Das war doch bloß a Spaß! Als wenn ich deine Alte möchert! Reicht mir die meinige doch schon!" Er trank schnell das Bier in einem Zug aus. „Bäh! Pfui Deibel!" dachte er sich. „Des schmeckt aber heut komisch. Hat der Geizhals wieder das abgestandene, zusammengeschüttete Zeugs für seine Gäste rausgestellt!

Winniefred nahm Xavers Drohung schweigend entgegen, kicherte still in sich hinein. Das Küchenfenster war immer noch weit geöffnet. Alle, die abends auf dem Hof noch unterwegs waren oder rundherum ebenfalls die Fenster geöffnet, vernahmen Xavers klangvolles Poltern laut und deutlich. Endlich war sein lautes Organ mal zu was Nutze gewesen. Jawohl! Ein weit vernehmbarer Klangkörper! Stinkig war der Hausherr jetzt. Der Dorftratsch hatte also wieder ganze Arbeit geleistet. Nichts hasste der Hausherr mehr, als wenn sein falscher Heiligenschein und seine fürs Volk gebastelte, tadellose Familienordnung einen Kratzer abbekamen. Der Gustl wusste darum, sah jetzt wie ein geschlagener Hund aus. Er versuchte durch seine andauernde Unterwürfigkeit gut Wetter zu machen. Der August fürchtete sich vor dem Scheitelbaum, vor seinen weithin bekannten schlimmen Wutausbrüchen. Weil der ja auch immer gleich grob und vor allem schnell handgreiflich wurde.

Allein das dargebotene Theater erheiterte Winniefred ungemein. Und dass der Gustl ebenso das Beruhigungsmittel vom Xaver auf Ex die Säufergurgel runterschüttete. Sie sah einfach nur zu und schwieg. Der Gustl musste den Xaver zum Abstieg auf der Treppe nach unten stützen, die Kehrpakete und die Thermosflaschen tragen. Dann durfte der Lakaie noch die Büchse des Hausherrn und die Munition, eine Decke, Rauchware und Schnupftabak heranschaffen. Der Gustl erdreistete sich aber trotz seiner vorangegangenen Missetaten zu fragen: „Eh Xaver, hast du denn wirklich heut noch so viel tanken müssen, wo's doch gwußt hast, dass mir zwei heut noch auf d´ Saujagd gehn?" Das war ein böser Fehler: Der Xaver tobte! Bis die zwei beim Auto waren, hieß der den Gustl alle Schimpfwörter, die er kannte, hoch und runter! Und beschwerte sich noch lautstark darüber, dass der feine Herr Hackl nicht einmal die Finger von seinem Weib lassen konnte, der alte Bock, der Greißliche! Ob die anderen Weiber im Wirtshaus denn nicht ausreichen würden? Er würd ihm erst die Finger brechen und gleich danach die Arme ausreißen und ihm dann damit abwechselnd den Watschenbaum ausschütteln! Ihm gehört doch eindeutig der Bockmist aus dem schon nicht vorhandenen Hirn gepfeffert! Der Gustl wehrte sich nur kurz: „Jetzt hör endlich auf! Sonst kann ich nicht fahren!" Daraufhin hörte man den Gustl aufschreien: „AUA!" Ja, bist denn jetzt von allen guten Geistern verlassen!?!" Der Xaver verpasste dem Gustl ein fieses Hirnbatzl! Und gleich darauf brüllte er: „Jetzt fahr verdammt noch mal los!"

Endlich wurden die zwei Autotüren nacheinander zugeschlagen und der Motor von Gustls Auto gestartet. Die beiden fuhren vom Hof in Richtung Wald. Der Hochsitz an der Blutbuche wartete. Waidmanns Heil!

Winniefred sah kopfschüttelnd aus dem offenen Küchenfenster den verschwindenden Scheinwerfern in der Dunkelheit nach, räumte die Küche auf, spülte vor allem die Bierkrüge dreimal sehr sorgfältig und löschte danach das Licht in der Küche. Sie ging wie immer ins Bad, um ihre Abendtoilette zu verrichten. Anschließend begab sie sich ins Schlafzimmer und schaltete die Nachttischlampe ein, das Decken- und Ganglicht aus, verschloss das offene Schlafzimmerfenster, zog die dunklen Vorhänge zu, schlüpfte unter die Decke, wartete noch ein paar Minuten und löschte das Licht. Winniefred stand nun wieder auf, zog die Gardinen für etwas Licht einen kleinen Spalt zur Seite, zog dann das Tagzeug aus und die dunklen Sachen, die sie sich vom Xaver „geborgt" und unterm Bett zurechtgelegt hatte, an. Sogar seine Arbeitsstiefel, die dank dem Dorfschuster das gleiche Profil wie seine Jägerschuhe zeigten, mussten herhalten. Sie stopfte die Schuhkappen mit Wollsocken aus, damit ihre Füße genügend Halt fanden. Ihre Fersen waren vorsichtshalber mit Watte gepolstert. Bloß keine Blasen und Blut im Schuh! Die eigenen schwarzen, enganliegenden, ledernen Handschuhe steckte sie in die rechte Hosentasche. Fast fertig! In die linke Hosentasche kam eine von Xavers schwarzen Socken mit einem dicken Stück benutzter Seife darin. Und zwei mit Wachs beträufelte Wattestückchen. Ihre Haare verschwanden unter einer schwarzen gestrickten Wollmütze. Fertig! Raus zur Wohnungstür! Im dunklen, nur vom Mondlicht beleuchteten Treppenhaus, tastete sich Winniefred vorsichtig bis nach unten in den Wäschekeller. Dort war der wuchtige Sicherungskasten mit der Taschenlampe für Notfälle und eine Tür, die hinters Haus zum angrenzenden Wäscheplatz und ein paar Meter weiter direkt in den Wald hineinführte. Die Taschenlampe baumelte nun schwer mit der langen Schlaufe an ihrer rechten Hand. Winniefreds Hände zitterten. Wenn sie dem dunklen Waldweg hinterm Haus folgte, kam sie nach gut 20 Minuten strammen Marschs bei der Blutbuche am Hochsitz an. Vorsichtig setzte sich Winniefred in Bewegung. „Waidmanns Heil!", kam ihr erneut in den Sinn!

Nachdem sie Gustls Nachricht vom Sauschießen erhalten hatte, zog sie die Betten im Haus ab und Schwupps, bis zum Abendessen war alles wie der Teufel durchgewaschen und zum Trocknen auf dem Wäscheplatz weiträumig aufgehängt. Ein bisschen Deckung konnte nicht schaden! Winniefred sah sich um. Die quietschende Tür vom Wäschekeller öffnete sich dank Xavers fettigem Geräucherten, jetzt still und leise. Eine Genugtuung war das, die alten, dreckigen Scharniere mit dem Speck für das Kehrpaket abzureiben. Wohl bekomms Xaver! Nun schnell und geduckt durch die Wäschestraße schleichen. Kein Mucks, abgesehen das Zirpen von den Grillen im Gras und der Wind, der in den Bäumen mit den Blättern raschelte, war zu hören. Der Vollmond strahlte hell. Nicht unbedingt günstig für ihr Vorhaben. Aber dann konnte sie wenigstens die teuren Batterien in der Lampe sparen und musste auf dem Waldweg keine Angst haben, über eine herausstehende Baumwurzel zu stolpern. Der Kinderreim: Hoppel in der Falle kam ihr wegen den Wurzeln in den Sinn: Hoppel Hüpf! Hooooppel Hüpf!

Der Wald umfing sie mit seinen in der Nacht üblichen Lauten und Geräuschen. Teilweise bahnte sich das Mondlicht seinen Weg durch die Bäume bis auf den Boden, daneben schwarzes Nichts. Winniefred bekam eine Gänsehaut im Genick und an den Armen. Sie zwang sich tief durchzuschnaufen und schalt sich unterm Gehen selbst aus: Du tust das für Dich! Es muss sein! Los jetzt! Nicht schlapp machen!" Eisern marschierten die Füße, in den zu großen Schuhen, den langen gewundenen Weg. Eine gefühlte Ewigkeit später, die in Wirklichkeit nur 20 Minuten dauerte, kam Winniefred bei ein paar Bäumen vor dem Hochsitz an der Blutbuche an. Sie traute ihren Ohren nicht: Unglaublich, was die zwei Deppen heute für einen Radau veranstalteten! Winniefred schlich sich langsam und behände die restlichen Meter an den Hochsitz heran.

Der Gustl schimpfte gerade mit dem Xaver: „Jetzt musst a no in die Büsche, des kann doch nicht wahr sein! Grad hab ich dich zum Brunzen die Leiter runterbracht und wieder rauf! Dass du a grad heut so viel Gesoffen hast! Des darf doch ned wahr sein! Du verscheuchst auch noch die letzte Wildsau!" „Halt bloß dein vorlautes Maul!", lallte der Xaver mehr laut als das er schrie. "Und jetzt hilf mir gefälligst runter! Es ist dringend!" Sein Anliegen unterstrich er mit einem langen, lauten Furz. Ein nachgiebiges Knacken war zu hören, Holz zerbarst, Schreie hallten durch die Dunkelheit!

„Au! Aua! Kreizkruzifix! Das darf doch nicht wahr sein! Die Leiter! Ahhh! Ahhh! Au! Aaaaaaaaaaaah!"

Winniefred lugte sofort hinter dem am nächsten, am Hochsitz stehenden Baum hervor. Drei Sprossen an der alten Hochsitzleiter waren gebrochen und der Gustl, der unter dem Xaver kletterte, um dessen Füße eins ums andere sicher auf die Sprossen zu setzen, war als erstes herunter gekracht. Dabei hatte er noch verzweifelt versucht an Xavers Beinkleidern Halt zu finden und zog diesen ruckartig mit sich herab. Der Gustl fiel erst unsanft auf seinen Allerwertesten, dann auf den Rücken. Der wuchtige Scheitelbaum plumpste direkt auf ihn drauf! Der Xaver war bestimmt um die 50 Pfund schwerer als der Gustl! Zu allem Übel ist der Xaver auch noch mit seinem Gesicht und den Händen an der Holzleiter herabgeschrammt! Es war ein Bild des Jammers! Der Gustl schnappte unter dem Xaver nach Luft und der Xaver erbrach sich auf die Füße vom Gustl, weil er direkt mit dem Bauch auf dessen hoch-gezogene Knie gelandet war. Und der Gustl fing auch zum Kotzen an, weil der Xaver beim Brechen so einen Druck auf seinem Bauch verspürte, dass der sich doch glatt auch noch laut blubbernd in die Hosen schiss! Direkt vor Gustls Gesicht!

Winniefred wusste nicht, ob sie lachen oder weinen sollte bei dem dargebotenen Schauspiel! Der Jagertee zeigte ebenso wie die Beruhigungsmittel seine Wirkung. Die Brechorgie und der Sturz forderten ebenso ihren Tribut. Mehr Tod als lebendig stöhnten die beiden in dieser kuriosen Stellung vor sich hin, unfähig sich zu bewegen. Aber wo waren die Büchsen? Verdammt! Winniefred sah oben im Hochsitz etwas metallisch schimmern. Alles musste man selbst erledigen! Sie zog die ledernen Handschuhe an, holte die Socke mit der Seife heraus, als Notwaffe, falls einer der beiden sich bewegen sollte, suchte dann den nächstbesten am Boden liegenden Holzprügel, bewaffnete sich lieber damit und stopfte die Sockenseife zurück in ihre Tasche. Die Taschenlampe streifte sie vom Handgelenk, legte sie auf den Boden. Jetzt oder nie! Sie trat aus dem Dunkel in das Mondlicht heraus, rannte auf die beiden Männer zu und holte mit einem riesen Schwung aus. „Booong"! machte der Prügel auf Xavers Hinterkopf, „Knaarck"! auf Gustls Stirn. Ihr ehemalig „Liebster" blutete aus einer Platzwunde am Hinterkopf, sein bester Freund aus einer großen Platzwunde auf der Stirn und zusätzlich aus der Nase. Der schwabbelige Xaver war mit viel Glück nun schon tot, aber mindestens ohnmächtig. Der Fettklops lag so günstig auf Gustls Knien, das Winniefred sich die Schuhe auszog und das unfreiwillige Pärchen so als Trittleiter zur Überbrückung der kaputten Sprossen nutzen konnte. Sie kletterte geschickt auf den Hochsitz und schüttete als Erstes den restlichen Jagertee aus, nahm die beiden Büchsen an sich, kletterte mit Ihnen herunter. Sie zog die Stiefel wieder an und schob dem Xaver sein Gewehr mit dem Riemen über die Schulter, verkehrt herumhängend unter dem rechten Arm hindurch auf sein Kinn zielend. Sie entsicherte die Waffe. Beim Gustl erfolgte die gleiche Prozedur, nur hier nahm sie die linke Seite für die Büchse und lies den Gewehrlauf Ziellinie durch das Kinn auf das rechte Ohr zielen.

Zuerst holte Winniefred ihre Wachsbäuschchen heraus und stopfte sich diese in die Ohren, dann drückte Winniefred die Büchse zuerst beim Gustl ab, dann beim Xaver. Sie schob den benutzten Holzprügel zusätzlich neben Gustls rechten Arm hin. Was für eine riesen Sauerei! Winniefred unterdrückte mit aller Kraft ihren

Brechreiz. Irgendwelche blutigen Fetzen waren ihr vom Xaver und vom Gustl, je Schuss, ins Gesicht geflogen und die armen Ohren klingelten trotz der gewachsten Watte. Ihr war von dem Blutgeruch furchtbar schlecht. Aber nun half eh nichts mehr. Winniefred sah sich ein letztes Mal das kuriose Bild von den zwei unfreiwillig aus dem Leben geschiedenen an und sagte laut: „Waidmanns Dank!" Ein Käuzchen antwortete in die Stille der Nacht hinein.

Es war schwer sich aus der unheimlichen Umgebung zu lösen. Schnell zog sie sich neben den beiden Leichen bis auf die Unterwäsche und die Schuhe aus. Die blutigen Sachen wurden auf links ineinander verknüllt und mit dem Gürtel von Xavers „geliehener" Hose verschnürt. Im Anschluss wurde die abgelegte Leuchte gesucht und wieder übers Handgelenk gestreift. Ein großer, herumliegender Ast mit viel Blattwerk fiel ihr ins Auge. Winniefred nahm ihn auf und verwischte mit den Blättern ihre rundherum verursachten Spuren. Mit dem Bündel, der Leuchte und dem Laubwedel stapfte sie zu dem hundert Meter entfernten Bach. Mitten im Bach konnte endlich das Blut und die ekligen Körperfetzen vom Gesicht und von den Händen gewaschen werden. Sie roch an ihrem Arm und an den Händen: Nein, kein Schießpulvergeruch. Die angesaute Lampe und die verdreckte Wollmütze wurden auch noch in das blutige Bündel gestopft. Puh! Ihr war kalt und jetzt war alles unheimlich. Schnell nach Hause! Sie verwedelte mit dem Ast ihre Spuren bis zum Waldweg. Nun musste mit Xavers

Schuhwerk nichts mehr vertuscht werden. Diesen Weg nahm er oft. Jetzt war sie frei. FREI!

Erleichtert, aber gleichzeitig entsetzt über ihr schreckliches Tun, zwang sie sich ruhigen Schrittes mit ihrem fest an den Bauch gedrückten Bündel nach Hause zu gehen. Der Wind kam ihr viel lauter und kälter als sonst vor. Die Luft roch auf einmal nach Moder und Verderben, feucht und aufgeladen. Da, ein Blitz! Sie zählte die Sekunden bis zum Einsetzen des Donnerschlages: 6...7...8...9... Jetzt kam nackte Angst in ihr Hoch, Gewitter waren ihr ein schreckliches Gräuel. Daheim musste gleich eine Wetterkerze angezündet werden!

Die Zeit und der Weg nach Hause flogen nur so unter den Füßen davon. Eine riesige Erleichterung machte sich breit, als der Wäscheplatz passiert war. Leise keuchend stand sie vor der Kellertüre. Schnell schlüpfte sie hinein, legte ihr Bündel neben sich und zog die mit Matsch besudelten Schuhe von ihren klatschnassen Füßen, stellte die Stiefel in die Ecke neben der Tür. Die nassen Socken wurden in die Schuhe gestopft, die Schuhe auf das blutige Bündel gestellt. Und jetzt nichts wie nach oben damit!

Schlotternd schob sie sich in die Wohnung. Das Ganglicht konnte Winniefred anstellen, es konnte von draußen nicht eingesehen werden. Freundliches, warmes Licht! Die Schuhe und das blutige Bündel kamen in die Spüle. Danach ging es direkt in das Bad. Der Boiler war fix bis zum Anschlag auf heiß gedreht. Nach einer ewig langen Zeit hörte der Boiler auf zu rumpeln, das Wasser war endlich warm! Winniefred beeilte sich in die Badewanne zu kommen. Das Wasser lief nur auf halber Kraft, denn es sollte kein bisschen Lärm aus dem Haus zu hören sein. Bei den total überreizten Sinnen hörte sich die Dusche wie ein tosender Wasserfall an. Oh meine Güte! Was für eine Wohltat das warme Wasser doch nach dieser knochendurchdringenden Kälte war! Winniefred schrubbte sich fast die Haut mit der Seife wund. Sie wollte auf keinen Fall irgendeinen Blutstropfen übersehen, oder später ein widerliches Fleischbröckchen in den Haaren spüren. Als das warme Wasser zur Neige ging, stieg Winniefred aus der Wanne. Der bereitgelegte Morgenmantel war warm und kuschelig. Sofort überfiel bleierne Müdigkeit ihre Augen. Aber da gab es noch einiges zu erledigen! Der nächste Weg führte in die Küche. Sie überprüfte den Kanonenofen: Es war immer noch ein wenig Glut da! Sie schürte noch einmal richtig an. Da erhellten mehrere sekündlich aufeinanderfolgende Blitze die Dunkelheit! Durch einen dünnen Schlitz in den achtlos zugezogenen Küchenvorhängen bahnte sich das Licht seinen Weg. Der Donner folgte auf dem Fuße. Es war ein Knall, der das Haus zum Beben brachte. Prasselnder Regen setzte ein. Winniefreds Herz klopfte ängstlich. Das blutige Päckchen in der Spüle musste trotzdem von ihr auseinandergenommen werden. Sie biss die Zähne zusammen, versuchte sich wieder auf das Feuer zu konzentrieren. Mit einem Topflappen öffnete sie die Ofentür und warf als Erstes die

Handschuhe und die Wollmütze hinein. Es folgten Xavers Wollpullover, danach die Hose und die viel Qualm verursachenden nassen Socken von ihren Füßen. Dann die Socken, die sie zum Ausstopfen der Schuhe gebraucht hatte. Der Gürtel zum Schluss. Durch das anhaltende Gewitter würde niemand Verdacht schöpfen, wenn Winniefred Licht machte und den Ofen anschürte. Als Letztes kamen Xavers Schuhe und die Taschenlampe in der Spüle an die Reihe: Alles wurde blitzeblank geschrubbt und zum Trocknen in der Nähe des Kanonenofens aufgestellt. In die Schuhe kam noch dick Zeitungspapier. Fertig. Morgen noch die frische Schuhcreme darauf verteilt und eingearbeitet und die Stiefel waren wie neu! Die benutzten Wurzelbürsten und Trockentücher gaben dem Feuer erneut Futter. Der Rest kam morgen früh beim Kaffeekochen ins Feuer. So, jetzt noch flugs das Treppenhaus und den Keller samt Tür gereinigt. Aber zuerst wird die Wetterkerze angezündet und dazu ein Schutzgebet gesprochen!

25 Minuten später saß Winniefred total erschöpft auf dem Bettrand und die Tränen kullerten nur so herunter. Das ganze Erlebte von Kindheit an, bis zur heutigen Nacht kam ihr in den Sinn. Viel gute Erinnerungen gab es nicht. Jetzt konnte es nur noch besser werden. Ein bitteres Lachen kam in ihr hoch. Der Spruch: „Hilf Dir selbst, dann hilft dir Gott!" durchquerte die Gedanken. Hoffentlich würde ihr Scheußliches Werk keine großen Konsequenzen nach sich ziehen. Irgendwann würde sicher irgendwer die beiden Leichen finden. Und welchen

Rattenschwanz das nach sich ziehen würde, konnte Winniefred beim besten Willen nicht abschätzen. Es machte jetzt keinen Sinn mehr, sich darüber den Kopf zu zerbrechen. Stattdessen kuschelte sie sich in das frisch bezogene, nach Lavendelsäckchen duftende Bett. Morgen würde sie zum Pfarrer gehen und das angehende Gspusi mit dem Gustl beichten. Sicher war sicher. Ja, genau, morgen war auch noch ein Tag.

Peter Danziger, Kriminaloberassistent, 39 Jahre jung und sein Vorgesetzter, der Kriminalinspektor Manfred Heroldsbacher, 45 Jahre alt, wurden beim zuständigen Landeserkennungsamt, der Kriminalpolizei Markelberningen, von einem Polizeiposten in einem sehr abgelegenen ländlichen Gebiet, der kleinen Gemeinde Mürgelberg, zu einer Tatortbesichtigung im Wald angefordert. Es hieß: zum Verschaffen eines allgemeinen, aber sehr speziellen Überblicks. Am besten mit dem Kriminaltechnischen Zeugs. Um die Relevanz des Sachverhaltes richtig einzuschätzen. Und ob evtl., aber eher ned, weils nach einem Unfall ausschaut, oder, ob doch notwendige Täterverfolgungsmaßnahmen einzuleiten sind. Und bitte die richtigen Formulare mitbringen. Zwei tote Jägersleut, aber keine ordentliche Beschreibung der speziellen Auffindesituation. Manfred war schon jetzt am Telefon furchtbar genervt. Der Mürgelberger Polizeihauptmeister, Hans Stücker, wurde permanent von seinem einzigen Kollegen, dem Polizeiobermeister

Franz Hacke unterbrochen. Man konnte dem Kauderwelsch der beiden kaum folgen. Es hörte sich für Manfred an, als wenn der Hacke einen Sitzen hätte und der Stücker den Mund voll mit Essen. Er gab in der Zwischenzeit seinem Kollegen ein Zeichen die Landkarte herauszuholen. Er schrieb Peter die Postleitzahl und den Namen Mürgelberg mit Bleistift auf einen Notizzettel. Und Peter suchte. Lange. Peter hielt Manfred die Karte mit dem eingekreisten Mürgelberg vor das Gesicht. Zwei bis drei Stunden Fahrt durch viiieeele Käfer, alles Alte bucklige Landstraße. Manfred unterbrach abrupt das Telefongespräch mit dem Stücker: „Halt! Das macht so keinen Sinn! Wir kommen ja! Ist der Tatort gesichert? Ob der Tatort abgesperrt ist, um Himmelswillen! Nein?! Das gibt's nicht!" Manfred und Peter sahen sich sprachlos an. „Jetzt schaun Sie bloß schnell, dass Sie sich da drum kümmern! Wie, es wird dunkel und es regnet immer noch? Das glaub ich jetzt nicht!" Manfred wechselte die Gesichtsfarbe auf Dunkelrot und brüllte das sich seine Stimme fast überschlug: „Dann holen Sie sich gefälligst ein paar Planen und sichern den Tatort! Sofort! Was, wie, da stinkts von den Leichen? Dem Kollegen wird schlecht? Sie haben jetzt Feierabend? Wenn wir kommen und es ist keiner bei dem Fundort der Leichen und der eventuelle Tatort ist nicht gesichert, dann steck ich Ihnen beiden persönlich die Polizeiabzeichen in den Arsch!" Manfreds Stimme wurde jetzt gefährlich leise: „Beantworten Sie mir bitte noch eine Frage: Wie lange wissen Sie schon von dem

Leichenfund? Ungefähr 2 Tage?" Peter nahm Manfred den Hörer aus der Hand und legte wortlos auf. Die Kollegen sahen sich schweigend an, nickten sich zu und gingen über die breite Treppe, ein Stockwerk tiefer, zu ihren Spinden. Die beiden hielten immer eine gepackte Tasche darin verstaut. Sicher war sicher. Sie schulterten ihr Gepäck und nahmen den nächsten Aufzug in den Keller zur Fahrbereitschaft, um Anspruch auf einen Kriminaltechnischen Sonderkraftwagen zu erheben. Es war früher Abend, 20 Minuten vor 18:00 Uhr. Es war kurz vor Schichtwechsel. Immer ein schlechter Zeitpunkt. Aber Peter und Manfred hatten Glück: der Bernhard, Chefmechaniker vom Dienst saß noch an seinem Papierkram. „Servus! Hast noch a Schnauferl da?" Manfred grinste den Bernhard an und zog eine Flasche Kirschlikör unter seiner braunen Lederjacke hervor. Der Bernhard fing zum Strahlen an: „Für Dich doch immer! Bei Deinen großen Spendierhosen!" Er nahm den Kirschlikör und ließ ihn in der tiefen Schublade seines abgewetzten Schreibtisches verschwinden. „Hast Glück gehabt, schau da hinten, der weiße Mordwagen, den könnts haben! Generalüberholt und sogar die Zusatzbatterie ausgetauscht und geladen! Aber tanken musst noch." Manfred sah den Bernhard direkt an: "Du hast nicht noch ein oder zwei Reservekanister da? Wir müssen weit in die Pampas rein. Keine Ahnung, wo da eine Tanke sein könnt. Sicher ist sicher." Der Bernhard schaute fragend in die kleine Runde. „Mürgelberg". sagte der Peter. „Au weh!", kam vom Bernhard. „Nie gehört und ich höre viel. Kommts gesund wieder. Der Bernhard quälte sich von seinem abgewetzten Bürostuhl hoch. So, jetzt folgts ihr zwei mir unauffällig und ich geb euch die Kanister und die Schlüssel und ein paar Ersatzschlüssel vom Bus. Wiedersehen macht Freude!" Manfred und Peter nahmen die Schlüssel in Empfang und quittierten dem Bernhard den Erhalt des Buses samt Inhalt, verstauten die Reservekanister und die Reisetaschen. Proviant und Zigaretten würden sie unterwegs noch einkaufen. Dann konnte die große Reise ja beginnen. Auf nach Mürgelberg!

In Mürgelberg beriet sich derweilen, die aus zwei Leuten bestehende und damit komplette Polizeiwache: Der Polizeihauptmeister Hans Stücker und der Polizeiobermeister Franz Hacke, in der einzigen, dorfansässigen Wirtschaft: „Zum Blauen Barsch", in aller Gemütlichkeit bei ein paar Bier und Schnaps sehr ausgiebig, ob das eine gute Idee gewesen war, bei der Kripo in Markelberningen anzurufen. Bei den „Obergscheidn" von der Stadt. Keine Zeit zum Zuhören habens gehabt und unverschämt warens gegenüber ihnen beiden auch gewesen. Nicht einmal zum Abschied gegrüßt hattens. Einfach aufgelegt sogar. Der eventuelle „Tatort" war für den Hans und dem Franz einfach ein Unfallort. Es regnete seit vier Tagen unaufhörlich, mit ein paar kleineren Pausen. Es war für Anfang September schon sehr frisch und in der Kombination, bei dem Unfallort im Wald:

duster, kalt und matschig! Die beiden Polizisten entschieden sich dagegen, Planen aufzuhängen. Zum einen hatten sie nach der erneuten Leichenschau mit dem Doktor Griesinger eh zwei von den alten Pferdedecken, vom Xaver seinem Hof, über die gammeligen Leichen darübergelegt. Durch das dicke Blätterdach bei der Blutbuchengruppe kam mal mehr mal weniger ein Tropfen Regen durch. Der Boden um die Leichen war feucht, aufgewühlt und zerstampft. Zum einen waren da die Wildschweine ein paar Mal durchmarschiert und dann die Burschen, die den Xaver Scheitelbaum und den August Hackl gesucht hatten. Der Doktor Griesinger, der den Tod von den beiden Unglücksraben festgestellt hat und dann die Kinder vom Scheitelbaum. Die ganzen neugierigen aus dem Dorf, die halt auch einmal schauen wollten was passiert war. Die Jägerspezl, die am Unfallort den beiden als letzten Gruß noch mit einem Salut mit dem Gewehr bedacht hatten. Also, der Grund warum die beiden eigentlich angerufen haben war ganz einfach: der Papierkram! Es sollte jemand kommen der zum einen die richtigen Formulare mitbringt und zum anderen jemand der Bescheid wusste, wie man die ausfüllt. So einen Unfall hats halt in Mürgelberg noch nie gegeben. Mehr wollten der Hans und der Franz doch eigentlich gar nicht.

Winniefred verschlief um etwa eine Stunde. Es war schon 06:00 Uhr! Schlaftrunken schleppte sie sich ins Badezimmer und spritzte sich ein paar Minuten lang eiskaltes Wasser ins Gesicht, um endlich wach zu werden. „Jesus und Maria!" entfuhr es ihr. Der Xaver und der Gustl…gestern Nacht… die Schuhe und der Keller und der Wäscheplatz. Sie musste noch einmal alles kontrollieren! Schnell wie der Wind war Winniefred angezogen und unten mit einem Wäschekorb bewaffnet aus der Tür zum Wäschekeller hinausgeeilt und begutachtete die nasse Wäsche. Die Hühnermagd grüßte im vorbei gehen. „An guten Morgen! Jetzt aber schnell mit der Wäsch! Hast du die, die ganze Nacht draußen gehabt. Oh, mei…!" „Ich hab verschlafen, Theresia! Der Gustl und der Xaver sind gestern nach 22:00 Uhr erst zur Saujagd aufgebrochen. Und dann hat mich das blöde Gewitter aufgeweckt! Danach konnt ich lange nicht mehr einschlafen. Ich hab nicht gemerkt, dass das nicht zum Regnen aufghört hat! Jetzt muss ich die ganze Wäsche noch mal schleudern, schau wie die tropft! So ein Mist! Verrat mich aber bitte, bitte, bitte nicht an den Xaver!" Die Resi lachte laut: „Dem alten Miesepeter werd ich den Deifi erzählen… sonst nix!" Winniefred lachte zurück und begann die Wäsche von den Leinen zu nehmen. Die triefnasse Wäsche landete nach dem erneuten Schleudern schließlich fein säuberlich aufgehängt auf den gespannten Leinen im Wäschekeller. Nach der Umgebungskontrolle um einiges entspannter, begab sich Winniefred wieder in die Küche nach oben. Nach einer langen Saujagd kam der Xaver in der Früh nie nach Hause. Die erste Anlaufstelle mit dem Gustl war meistens „Der Blaue Barsch" zum Frühschoppen. Das wusste das ganze Dorf. Wie gut das der Gustl beim Xaver als Förster und Jäger angestellt war. Da konnten die beiden nach Belieben schalten und walten.

Der Tag verlief in Ruhe und Frieden. Die Angestellten auf dem Hof verrichteten ihr Tagwerk wie schon seit Jahren. Niemand fragte nach dem Herrn Scheitelbaum oder dem August Hackl. Im Wirtshaus haben die Saufkumpane den Verdacht geäußert, dass der Xaver und der Gustl bei der Jagd zum einen gut getankt und zum anderen einiges erlegt hatten. Wie man es von den beiden halt gewohnt war und wahrscheinlich den Rest der Nacht das Schwarzwild in der alten Waldhütte beim Froschteich grob zerwirkt und abgeschwartet und dann halt gleich noch das Fleisch in den Rauch gehängt. Eins musste man dem Scheitelbaum lassen, räuchern konnte der Xaver! Der gute alte Räucherofen stand dort schon in der dritten Generation, in der Räucherkammer vom Xaver seiner Familie.

Am Nachmittag, gegen 15:00 Uhr, fuhr Winniefred wie geplant zum Herrn Pfarrer Ferdinand Brecht. Der Herr Pfarrer war gerade dabei, mit dem Messdiener Thomas Zankl und einer von den alten Dorftratschweibern, der Rosa Gehrmann, die Kirche auszufegen und mit frischem Blumenwerk zu schmücken. Dutzende Herbstkränze band die Rosa in stundenlanger Heimarbeit mit ihren zwei Busenfreundinnen, der Anneliese und der Fritzi.

Die drei waren schon gut in den Sechzigern und himmelten den Pfarrer an, dass einem schlecht werden konnt! Für die drei Weiber kam sowieso jede Beichte zu spät. Boshaft waren die. Jeden richteten die aus!

Winniefred straffte sich und grüßte freundlich alle Anwesenden. Dann bat sie den Herrn Pfarrer, vor der Rosa und dem Messdiener Thomas, um etwas Zeit und ihr die Beichte abzunehmen. Der Herr Pfarrer war ganz verwundert: die Winniefred Scheitelbaum war doch immer so ein braves Frauenzimmer. Was die wohl ausgefressen hatte? Der Pfarrer ging ohne Umschweife mit Winniefred sofort zum nächsten Beichtstuhl. Kaum das die Türen vom Beichtstuhl geschlossen waren, schlichen sich die Rosa und der Thomas sofort seitlich an den Beichtstuhl heran, um zu lauschen! Uiuiui! Ja das hätten sie jetzt wirklich nicht von der Scheitelbaum gedacht! Die hat zugegeben das sie dem Hackl Gustl schöne Augen gemacht hat, ihn sogar fest an den Busen gedrückt, nur um dem Xaver eins heimzuzahlen. Weil der nur noch Augen für die Dirnen im „Blauen Barsch" hat! Dann hat der Tratsch vom Scheitelbaumhof ja wirklich gestimmt! Hat der alte Pferdeknecht Martin doch richtig gesehen und gehört! Die Rosa bekreuzigte sich und nahm die Beine in die Hand. Winkte dem Thomas noch einmal kurz über die Schulter zu und war, so schnell kannst du gar nicht schaun, auf ihren alten Drahtesel gesprungen und auf dem Weg zurück ins Dorf. Das mussten die Anneliese und die Fritzi sofort erfahren! Und alle anderen die wissen wollten, wie aufrecht die

Familie Scheitelbaum wirklich war! Ach! Oh mei! Die arme Anna Maria. Was die wohl dazu sagt!

Der Thomas bekreuzigte sich nur und fegte dann gelangweilt den Kirchenboden weiter. Der Herr Pfarrer Brecht und die Frau Scheitelbaum kamen eh schon wieder aus dem Beichtstuhl. Die Winniefred schniefte und beeilte sich aus der kalten Kirche in die warme Sonne zu kommen.

Der Pfarrer Brecht blickte suchend umher, fragte seinen Messdiener wo die Rosa denn hin wäre? „Unaufschiebbarer Tratsch!" entgegnete der Thomas achselzuckend. Der Pfarrer Brecht wirkte verwirrt. Jetzt wollte er aber trotzdem, auch ohne die Rosa, das Kirchenschiff zusammen mit dem Thomas bis zum Abendgottesdienst fertigbekommen.

Winniefred lachte sich draußen ins Fäustchen. Das Rad von der Rosa war weg. Was das bedeutete, konnte man sich an einem Finger abzählen. Es lief alles wie am Schnürchen. Nur leider fing es schon wieder zu regnen an. Bäh!

Die Rosa, die Anneliese und die Fritzi leisteten in der Zwischenzeit ganze Arbeit. Die drei Unheil-Tratsch-Verbreiterinnen überfielen die Anna Maria zu Hause und bearbeiteten die arme Frau den halben Nachmittag konsequent: dass man doch bei dem eigenen Mann nach dem Rechten schauen sollte, wenn da ein liederliches Weibsbild in dessen Nähe wäre. Natürlich nur der Vorsicht halber. Sie hätten da was gehört und das wäre

100%ig wahr! Das schwörten die drei auf die Heilige Mutter Maria! Und auf das Grab ihrer eigenen Mütter! Gott hab sie alle selig!

Eigentlich war die Anna Maria ja ganz froh den Gustl nicht daheim anzutreffen. Wenn er nicht zu Hause herumschwadronierte, konnte er keine schlechte Laune haben. Sie war dankbar, dass es fast zwei Tage schon keine Hiebe und Schelte mehr gab. Aber was blieb ihr übrig? Das ganze Dorf wusste schon vom Gustl und der Scheitelbaum. Da musste sie wegen der Familienehre halt mitspielen. Und neuen Schlägen vom Gustl vorbeugen, weil sie nicht nach ihm Ausschau hielt.

Um 17:00 Uhr, eine Stunde vor dem Abendessen, radelte die Anna Maria Hackl dann gezwungenermaßen auf den Scheitelbaumhof. Sie fragte sich durch das ganze Personal, durch den ganzen Hof, wo denn der Gustl abgeblieben sei. Im „Blauen Barsch" war er auch nicht aufgetaucht, die Tage. Ungewöhnlich für den Gustl. Ohne eine vernünftige Antwort bekommen zu haben, stieg Anna Maria wieder auf ihr Rad. Da kam die Hühnermagd, die Theresia, mit einem Futtersack und einer Schüssel auf sie zu: "Ja Servus, Anna Maria! Hast dich verlaufen? Oder brauchst ein paar Eier?" „Ah geh, nein und nein! Ich such meinen Mann! Der ist seit der Saujagd mit dem Xaver nicht mehr heimgekommen." Die Theresia lachte: „Und du bist der Anneliese, der Rosa und der Fritzi ins Netz gegangen. Stimmts?" Die Anna Maria verdrehte nur die Augen. „Jetzt sei mir nicht bös, aber die Scheitelbaum hat mit dem Xaver wirklich genug zu tun. Du glaubst gar nicht wie greißlich der die behandelt. Pass auf, was du dir von den Tratschweibern sagen lässt! Den Tratsch, den die verbreiten, der kommt direkt vom Leibhaftigen! Da kannst dir dessen sicher sein." Vorsichtshalber bekreuzigte sich die Theresia drei Mal hintereinander. Anna Maria ließ den Kopf hängen: „Mir ist das ja eigentlich auch egal, wo der Gustl abgeblieben ist, aber…" „Passt schon.", fiel die Resi ihr ins Wort. „Ich weiß Bescheid. Wie der Herr, so das Gescherr!" Es fing wieder zu tröpfeln an. Die beiden schauten in den grauverhangenen Himmel hinauf. „Ich fahr dann, Servus, Resi! Und wennst was hörst…!" Die Resi nickte nur und schickte sich an in den Hühnerstall zu kommen. Die Viecher warteten schon auf ihr Futter! Und das sollte nach Möglichkeit nicht nass werden.

Nach dem Hühnerfüttern traf die Resi die Winniefred gerade, als sie vom Hofplatz nach Hause gehen wollte. „Servus, Resi! Hast Du Xaver mit seinem Schatten irgendwo gesehen?" Die Resi lachte: „Servus! Da bist du heut schon die zweite die mich das fragt. Die Hackl war vorhin hier auf dem Hof und hat auch ihre bessere Hälfte gesucht. Diese zwei elenden Mannsbilder! Ich trau mich wetten, die ham eine Sau gschossen und selber gfressen und sich gleich wieder zugeschüttet! Aber pass auf! Die Dorftratschen haben die Anna Maria wegen dir hergeschickt, die richten dich böse aus!" Die Resi winkte zum Abschied und schickte sich an vom Hof zu kommen.

Winniefred grinste, alles lief nach Plan. Gemütlich schlenderte sie zu den Pferden hinüber und lugte beim dicken Bartl, einem riesigen Haflinger, in die Box. „Johann?" Der Johann, der gerne bei seinem „Kumpel" ein Nickerchen machte, erschrak furchtbar und sprang sofort auf. Winniefred lachte: "Johann bleib ruhig, ich tu dir nix! Ich wollt dich nur bitten, dass du ins Wirtshaus radelst und nach dem Xaver und dem Gustl fragst. Richtest den beiden halt an schönen Gruß von mir aus. Die Anna Maria war auch da und sucht den Gustl. Da schau her, kriegst von mir 10 Mark, dann kannst dir gleich noch a gscheite Brotzeit kaufen. Gibst mir halt später Bescheid." Der Johann strahlte übers ganze Gesicht: „Danke! Vergelts Gott! Mach ich!" Der Johann schnappte sich sofort das nächste Rad und machte sich auf den Weg. Zu einer warmen Mahlzeit umsonst sagte er niemals nein! Und da die Scheitelbaum spendabel war, waren das immer mindestens drei!

Um 19:20 Uhr klingelte es unten an der Haustür. Winniefred schlüpfte in ihre Schuhe und nahm die Treppe nach unten und öffnete: „Ahhh, Johann! Hast a Nachricht für mich. Was treibens denn die Herren?" „Nix! Die sind nicht da. Die hat im Wirtshaus schon fast zwei Tage keiner mehr gesehn!" Winniefred gab sich nachdenklich. „Dann holst jetzt noch ein paar Burschen zusammen und dann teilts euch auf und schauts a mal nach, bevors ganz duster wird. Ich vermute die sind noch bei der Räucherhütte im Wald und lassen es sich gut gehen. Gehen zwei nach den Kanzeln schaun, einer zur Waldhütte und einer zum „Blauen Barsch". Kriegts auch alle eine Belohnung von mir!" Der Johann setzte sich prompt in Bewegung. Er holte den Michel von den Hunden weg, den Alfons und den Florian von der Fischerei.

Winniefreds Kinder, die sich sonst selten noch bei ihr einfanden, weil alle schon Eheleut und ein eigenes Haus bei ihren Tagwerken auf dem riesigen Hof bewirtschafteten, kamen alle drei gleichzeitig aufgebracht vorbeimarschiert. „Was das für ein Aufstand ist? Der Vater hat sich doch schon öfter einmal mit dem Gustl eine Auszeit genommen. Dafür die Knechte abzuziehen! Nächstes Mal sollte sie bitte vorher fragen, bevor sie die Knechte wegholt! Die ganze Arbeit machte sich ja nun wirklich nicht von selbst! Nun konnte man mal wieder sehen, wie beliebt und berüchtigt Xaver und der Gustl wirklich waren. Fürs Schießen, Saufen und Fressen waren er und sein Spezl im Dorf bekannt. Da machte sich keiner Sorgen. Winniefred beschwichtigte ihre wütenden Kinder und versprach nächstes Mal vorher mit ihnen zu sprechen und alle persönlich um Hilfe zu bitten. Aber sie beharrte darauf das es doch nicht schaden würde, einmal nach den beiden zu schauen. Fast zwei Tage waren die beiden nicht mehr im Wirtshaus gewesen. Und die Anna Maria Hackl suchte ja auch schon. Die genervten Kinder winkten ab, schalten die Mutter noch wegen ihrer ewigen Übervorsichtigkeit. Zerknirscht verabschiedete Winniefred ihre Kinder an der

Tür. Hinter der verschlossenen Tür gab es aber ein Eigenlob und ein innerliches großes Schulterklopfen. Es lief immer noch alles wie am Schnürchen.

Der Johann teilte die Burschen ein: der Alfons und der Flori sollten die Kanzeln absuchen. Den Michel schickte er zur Waldhütte. Und er selbst teilte sich für den „Blauen Barsch" ein, denn von den 10 Mark Belohnung war noch was über. Deshalb radelte der Johann erneut ins Wirtshaus, um nach dem Rechten zu sehen und um noch einmal eine gscheite Brotzeit zu essen, ein Schmalzbrot war allemal noch drin. Den Burschen war die Abwechslung recht und die Scheitelbaum war immer großzügig mit den Belohnungen. Alle vier machten sich zügig auf den Weg. Und sie hatten Glück, der Regen machte eine Pause.

Der Alfons, der Flori und der Michel nahmen zuerst den gleichen Weg. Am großen Acker, am Waldrand, bog der Michel dann in den ausgetretenen Weg zur Waldhütte ein. Nach ein paar Minuten traf er auf das verlassene Grundstück. Die Räucherkammer war kalt. Der Michel drehte zügig um und gab der Frau Scheitelbaum Bescheid. Fünf Mark bekam er dafür. Der Michel befand den Tag für gut und machte Feierabend.

Der Alfons und der Flori inspizierten die ersten Hochkanzeln am Acker, sie machten sogar die große Runde außen rum, um Zeit zu schinden. Eine Belohnung in harter Mark und ein ruhiger Feierabend, wie konnte es heute noch besser werden! Auf dem Rückweg nahmen sie als letzte Station die Hochkanzel bei den Blutbuchen ins Visier. Da stand am Waldrand auch das Auto vom Gustl. Ja, waren die schon wieder beim Schießen! Sie riefen laut nach dem Scheitelbaum und dem Hackl. Je näher sie den Blutbuchen mit der Hochkanzel kamen, desto lauter war ein Surren und Brummen zu hören. Und es fing zu stinken an. Die beiden sahen sich argwöhnisch um. Vorsichtig schlichen sie an den Hochsitz heran. Der furchtbare Gestank stoppte den Alfons ein paar Meter vorher, brachte ihn furchtbar zum Speien. Der Flori holte noch einmal tief Luft, hielt den Atem an und ging schnurstracks das letzte Stück durch das hohe Dickicht hindurch und ließ ein lautes „Heilige Scheiße!" hören und nahm die Beine in die Hand, stürmte schnurstracks am Alfons vorbei. Der Alfons bekam es nun auch mit der Angst zum Tun und rannte dem Flori einfach hinterher. Der Flori hielt erst keuchend und schnaufend am Wäscheplatz von dem Scheitelbaumhaus an und kotzte wie ein Pferd. Der Alfons kam zwei Minuten später an. Er keuchte und schnaufte ebenfalls steinerweichend. Beide hielten sich die Seiten und gingen in die Knie. Es bildete sich gleich ein Grüppchen um die beiden. Zwei von den Sau- und eine von den Gansmägden und der alte Pferdeknecht kamen herbei. Es klingelte jemand bei der Frau Scheitelbaum im Haupthaus. Die Kinder vom Xaver und der Winniefred kamen mit Anhang. Denen wurde auch Bescheid gegeben, dass der Flori und der Michel wieder da waren. Irgendwie bildete sich ganz schnell ein Volksauflauf.

Aber keiner wusste genau warum. Irgendjemand gab den Burschen einen Schnaps, damit die wieder zu Atem und zur Ruhe kamen. Der Flori ging zuerst zur Frau Scheitelbaum hin und sagte: „Es tut mir so leid, so schrecklich leid." Dann sagte er dasselbe zu den Kindern. Die Antonia verlor zuerst die Geduld: „Verdammt noch mal, Florian! Jetzt sag doch endlich was los ist!" Ihre Brüder, der Wickerl und der Lorenz bekamen eine Ahnung und ballten ungläubig die Fäuste. Der Florian schluchzte: „Tot, da bei den Blutbuchen, da liegens alle zwei, stinken und sind tot…die ganzen Fliegen…dort! Wie aus der Hölle schauns aus!" Die Männer in der Runde schauten sich entsetzt an. Der Wickerl schrie: „Einer holt die Polizei, ein anderer den Doktor Griesinger! Die anderen holen Lampen, es wird duster! Los jetzt! Schau ma nach! Die Weiber bleiben da! Auf geht's! Flori, Alfons! Ihr geht's voraus!" Prompt setzte der Regen wieder ein. Die Ehefrauen der beiden Brüder gingen gehorsam nach Hause. Den alten Scheitelbaum mieden die jungen Frauen eh wie die Pest! Das war ein Ekel und ein Grabscher!

Der Volksauflauf löste sich tuschelnd auf. Niemand wollte dem Suchtrupp in der einsetzenden Dunkelheit beistehen. Zuviel Aberglaube war im Spiel. Der Flori greinte, dass er nicht mehr kann und das nicht noch mal sehen wollte. Winniefred holte wortlos die alte Wolldecke von der Bank vor ihrem Haus, wickelte den Florian einfach damit ein und führte ihn in den Hauseingang. Der Wickerl schimpfte: „Dann geht halt jetzt der Alfons!

Los jetzt!" Dem bleichen Alfons stand die nackte Angst ins Gesicht geschrieben. Der alte Pferdeknecht Martin kam inzwischen mit einer Kutsche vorgefahren. Decken und Lampen befanden sich darauf. Die zwei Scheitelbaumbuam sprangen mit auf. Der Alfons versuchte sich wegzuschleichen. Die Brüder sprangen noch einmal von der Ladefläche, hakten den Alfons grob unter und schleiften den zappelnden und schreienden Kerl auf die Kutsche hinauf. Der Martin schnalzte, gab den Pferden noch ein sanftes „Ho" und die Kutsche fuhr los.

Die Antonia kam ihrer Mutter ins Haus hinterher und fand die Mama am Fenster stehend, den Flori im Sessel sitzend. Jetzt waren alle in dem gemütlichen, elterlichen Wohnzimmer versammelt.

„Mama?" Winniefred hob beschwichtigend die Hände und ging mit ihrer Tochter in den Hausflur. „Pst. Der Flori ist grad eingeschlafen. Der arme Kerl ist fix und fertig." „Mama? Glaubst du wirklich das der Papa tot ist?" Winniefred nahm die Antonia in den Arm und drückte sie ganz fest. „Wollen wir es nicht hoffen. Weißt du wer den Doktor holt?" „Mama, das machen wir!" Antonia suchte neben dem Telefon im Hausflur die Nummer vom Herrn Doktor Griesinger und begann die Wählscheibe zu bedienen. Es dauerte ein wenig, bis die Leitung stand. Es knackte, dann tutete es endlich. „Griesinger am Apparat!" „Herr Doktor, hier ist die Antonia Scheitelbaum! Irgendwas stimmt nicht mit dem Papa, der ist im Wald! Können Sie schnell zu uns auf den Hof kommen? Wir bringen Sie dann hin."

Der Doktor sagte sofort zu, packte seine Arzttasche zusammen und machte sich in seinem schwarzen Nobelgefährt auf den Weg. Die zum Teil holperigen Schotterstraßen mit den vielen Schlaglöchern kosteten den Doktor immer viel Zeit, und den Patienten meist im Notfall das Leben, wenn er heil ankommen und einen Achsbruch vermeiden wollte.

Antonia kämpfte mit den Tränen, so eine Aufregung und Verwirrung war sie nicht gewohnt. Winniefred drückte ihre Tochter erneut ganz fest an die Brust: „Spatzerl, jetzt wollen wir mal das Beste hoffen. Wir wissen doch noch gar nicht was los ist." Die Antonia seufzte und beruhigte sich wieder.

Und wie Winniefred Bescheid wusste. Ihr taten der Florian, der Alfons und ihre Tochter leid und alle die das Ableben vom Xaver und Gustl jetzt mit ausbaden mussten. Aber sonst auch nichts.

Winniefred holte aus dem Wohnzimmerschrank den guten Obstler und zwei Schnapsgläser. Sie schenkte für sich und ihre Tochter ein: „Auf den Papa, wird schon gutgehen!" Antonia prostete zurück und beide tranken den Obstler auf Ex aus. Dann setzten sie sich schweigend hin und warteten auf den Doktor. Es klingelte. Die beiden Frauen sahen sich verwundert an. Das war aber schnell! Da hörten sie Schritte die Holztreppe hochpoltern und schon wurde die Wohnungstür aufgerissen. Der Johann! Er meldete, dass der alte Martin ihm aufgetragen hatte, zwei Pferde zu satteln. Eins für den Doktor und eins für ihn. Sie sollten ihm Bescheid geben, er konnte dann den Doktor Griesinger hoch zu Ross, zu den Blutbuchen führen. Der Acker- und Waldweg ist wegen dem Regen furchtbar matschig. Auto fahren geht da nicht. Da würden sich auf jeden Fall die Reifen von dem schicken Auto unterwegs festfressen. Die beiden Frauen nickten und der aufgeregte Johann, der noch nicht genau wusste was ihn Schreckliches erwartete, erleichterte unten an der Hausmauer noch einmal seine Blase, bevor er zurück zu den Pferden lief. Johann wartete gespannt und nervös weiter auf den Doktor Griesinger. Er trat von einem Bein aufs andere.

Zwanzig Minuten später hörten sie ein Auto auf den Hof fahren. Schnell gingen die zwei Frauen hinunter zur Haustüre, um den Herrn Doktor zu empfangen. Die Antonia gab die noch unbestätigte Geschichte vom Florian wieder. Doktor Griesinger machte ein ernstes Gesicht. „Wie komme ich zu dem Hochsitz?" „Wartens kurz Herr Doktor!" Die Antonia lief eilig zu den Pferdeställen. Fünf Minuten später war sie mit dem Johann und den zwei Füchsen wieder zurück. Der Doktor seufzte, als er die Pferde sah. Winniefred bugsierte den Doktor auf die alte Holzbank vorm Haus. Die Antonia hielt den „Faulpelz" am Zügel und tätschelte ihm den Hals. Der Johann stand auf der anderen Seite auf einem Schemel und zog am Doktor, um ihn aufs Pferd zu bekommen. Das war Schwerstarbeit! Leicht war der auch nicht! Und da sagte der den anderen wamperten immer, dass die nicht so viel fressen und saufen sollten, wegen der Gesundheit! Und was machte der? Sich es im Wirtshaus gut gehen lassen und selber noch schneller als die anderen fett werden! Jesus und Maria! Mei is der schwer!

Der Johann ächzte angestrengt, bis er den Herrn Doktor ganze fünf Minuten später endlich auf das Pferd hinaufbugsiert bekam. Die Antonia reichte ihm noch seine Arzttasche hinauf. Der Doktor sah gar nicht glücklich aus. Der Johann machte sein Pferd „Frechdachs" von der Regenrinne los, saß auf und reihte sich neben dem Doktor Griesinger ein. Gerade als er die Zügel von der Antonia in Empfang nehmen wollte, machte der „Frechdachs" seinen Namen alle Ehre und biss den Doktor in die Wade. Der plumpste vor lauter Schreck und Schmerz vom „Faulpelz" wieder herunter, direkt auf die Holzbank und stieß sich dabei böse den Kopf. Zum allem Unglück war ihm die schwere lederne Arzttasche auch noch auf das Gesicht gefallen. Der Doktor war ohnmächtig. Johann entdeckte eine Beule am Hinterkopf. Die drei sahen sich hilfesuchend an. Dann beschlossen sie den Doktor trotzdem aufs Pferd zu hieven, denn der Xaver und der Gustl brauchten doch einen Arzt! Die Antonia holte eine Schubkarre. Da zerrten sie den Doktor hinein und fuhren ihn zum Pferdestall. Dort war eine Seilwinde. Die Antonia kam mit den Pferden hinterher. Der Johann, der in panischer Angst vorm alten Martin zitterte, weil der ihn garantiert böse verprügeln würde, wenn der Doktor nicht bald bei ihnen am Hochsitz auftauchte, nahm ein Seil und machte eine

Schlinge, zog die geschickt durch die Achseln vom Doktor durch. Winniefred hob unterstützend die Arme an. Damit der Doktor da nicht wieder rausschlüpfte, fesselte er ihm noch vor dem Bauch die Hände und zog eine zweite Schlinge, die er mit an den Händen fixierte und machte sein „Paket" dann an der Seilwinde fest. Keuchend zog er zusammen mit der Winniefred und der Antonia den schweren Doktor Stück für Stück hoch. Die Antonia schob den „Faulpelz" unter den Doktor und dann bugsierten die drei den bewusstlosen Doktor Griesinger bäuchlings liegend auf dem Pferd. Die gefesselten Hände von dem Doktor machte der Johann mit einem Stück Schnur an dem einem Steigbügel fest und die Schlinge, die am Rücken erreichbar war, mit einem Stück Seil am anderen Steigbügel fest. Dass die Beine nicht so rumschlackerten, band er die auch noch einfach hoch. Der Doktor sah jetzt wie ein gut geschnürtes Wurstpaket aus, an dem der Speck überall neben den Seilschlingen herausquoll. Aber so konnte er wenigstens nicht mehr runterfallen. Die Arzttasche konnte er dem Griesinger tatsächlich noch rutschfest zwischen die hochgebundenen Beine stecken! Jetzt war endlich alles verstaut! Winniefred und Antonia lobten den Johann für seine gute Idee und wünschten ihm noch einen guten Ritt. Der saß schnell auf, nahm die Zügel vom „Faulpelz" und eine Öl-Lampe und setzte sich langsam in Bewegung.

Winniefred und Antonia gingen derweilen wieder in die Wohnung hoch, um nach dem Florian zu schauen.

Da fiel ihnen auf einmal die Anna Maria Hackl ein! Der Gustl war ja auch vermisst! Winniefred suchte die Telefonnummer heraus und sagte der Anna Maria Bescheid. Die Anna Maria schluckte schwer. Der Xaver und der Gustl wahrscheinlich tot. Da kamen ihr die Tränen.

Winniefred versuchte sie damit zu trösten, dass sie ja noch nichts Genaues wussten. Was niemand ahnen konnte, die Anna Maria weinte vor Erleichterung. Tiefe Schluchzer kamen direkt vom Herzen! Keine Hiebe und Schelte mehr. Nie wieder! Hoffentlich hatte die Winniefred recht und der Gustl war wirklich Mausetot. Ihr würds ja nicht schlecht gehen. Ihr geerbtes Elternhaus kostete nicht viel. Keine Kinder und viele Ersparnisse. Geleistet hatten sie sich ja ihr ganzes Leben lang nix. Halt, der Gustl ja schon, weil der Xaver bezahlte und spendierte. Bloß für sie war grundsätzlich nichts übrig. Jetzt dann vielleicht schon. Ja, ohne Aufsicht vom Gustl, sehr viel sogar! Die Anna Maria sagte der Winniefred, dass sie ihnen beiden fest die Daumen drücken würde. Und die Winniefred sollte bitte Bescheid geben, wenn sie etwas Neues hörte. Die Anna Maria verabschiedete sich schnell. Selbstverständlich sagte die Winniefred Gustls Frau zu, bei guter oder auch schlechter Nachricht Bescheid zu geben und legte ebenfalls erleichtert auf. Es gab keine Vorhaltungen, von wegen dem angeblichen Gspusi mit dem Gustl! Gott sei Dank!

Der Johann kam trotz Dunkelheit gut voran. Er leuchtete den Weg mit der Lampe aus und folgte den Kutschenspuren. Daran konnte er gut erkennen, wo es zu matschig für die Pferde war und wo nicht. Ab und zu stöhnte das große Wurstpaket auf dem „Faulpelz". Na, hoffentlich war der Doktor gleich wieder fit. Sie waren nämlich schon fast da. Der Johann sah schon die vielen Lampen von den anderen in einiger Entfernung durch die Lücken in dem dichten, feuchten Blattwerk scheinen.

Der Martin kam mit seiner Kutsche meistens gut über den Waldweg drüber. Der Alfons zitterte und wimmerte hinten auf der Ladefläche, dass er nicht wieder mit dahin wollte. Dort wo der Flori den Teufel persönlich gesehen hatte. Dem Lorenz kam mehrmals die Watschenhand aus. Danach gab der Alfons endlich Ruhe. Der Wickerl rutschte zum Martin auf den Bock und leuchtete noch zusätzlich auf den Weg. Sie waren da. Der Martin band die Pferde fest. Die letzten paar Meter ging es jetzt zu Fuß durch das mannshohe Gestrüpp. Der Wickerl und der Martin gingen mit den Lampen voraus. Der Lorenz mit seinen riesigen Pratzen packte den Alfons einfach am Oberarm und zog ihn hinter sich her. Der Alfons fühlte sich, wie wenn er in einem Schraubstock gefangen wäre. Die kleine Lichtung unter den Blutbuchen lag direkt vor ihnen. Es machte sich ein wahnsinnig unangenehmer Geruch breit. Einer, den der Alfons schon kannte. Er zog mit der freien Hand sofort sein Hemd über das Gesicht. Die anderen beeilten sich einfach nur noch die letzten Meter zu überwinden und blieben dann abrupt stehen. Das was das Licht der

Lampen offenbarte, war einfach nur scheußlich! Der Alfons fing zum Schreien an und schaffte es tatsächlich sich aus der Pranke von dem Lorenz zu befreien. Aber auch nur, weil der von dem Anblick der zwei toten Jägersleut, von dem einer einmal sein Vater gewesen, geschockt war. Der Alfons nahm erneut die Beine in die Hand.

Der Wickerl, der Lorenz und der Martin nahmen ihre Hüte von den Köpfen und bekreuzigten sich dreimal hintereinander. Die zwei Leichen lebten. Zappelnde Fliegenmaden, über zappelnde Fliegenmaden. Fadenwürmer und jede Menge Ameisen. Nur noch zwei halbe Köpf und der flüssige Matsch der vom Hirn noch übrig war. Die Augen die übrig waren hatten eine komplett eierschalenweiße Farbe. Und die Haut war grünlich, glibberig. Aufgebläht sahens aus. Stanken zum Himmel, die zwei! Und dann die Stellung, in der die beiden verreckt waren. Heiliger Bimbam! Es sah aus, als ob die beiden von der Hochsitzleiter runtergsaust wären und aufeinander gekracht. Mit ungesicherten Gewehren! Da fehlten auch ein paar Sprossen! Heilige Mutter Gottes! So sollte man seinen Vater nicht vorfinden. Niemals!

Traurig, angewidert, fasziniert war das Grüppchen, alles gleichzeitig. Alle drei Männer konnten sich nicht rühren und kein Sterbenswörtchen kam aus ihnen heraus, sie schauten einfach weiter auf die zwei reglosen Körper, die sie im Lampenlicht mit ihren verbliebenen, toten Augen gespenstisch anstarrten.

Irgendwann hörten die drei das Schnauben von zwei weiteren Pferden. Das musste der Johann mit dem Doktor sein! Die drei blassen Gestalten lösten sich von dem gespenstischen Anblick, setzten ihre Hüte wieder auf und gingen den Pferden entgegen. „Himmel Herrgott!" brüllte der alte Pferdeknecht, als er die gut verpackte Bescherung auf dem Faulpelz sah. Der Lorenz und der Wickerl fingen auch sofort zum Brüllen an. Der Johann sprang vom Pferd und nahm die Beine in die Hand. Aber der Lorenz war schneller. Er erwischte den Burschen und schleifte ihn zum gefesselten Doktor. „Was hast du dir denn da einfallen lassen? Ja spinnst jetzt du komplett?" Der Johann fing zum Schniefen an und erzählte den dreien wie es sich mit dem Doktor zugetragen und dass die Antonia und die Winniefred doch feste dabei geholfen haben, dass der Doktor zum Xaver und Gustl hinkommt. Die beiden brauchten doch bestimmt Hilfe!" Die drei schauten sich gegenseitig an und dann beklommen auf den Boden.

„Nein Johann, der Xaver und der Gustl sind tot. Die brauchen keinen Doktor mehr. Ganz sicher! Aber wenn der Doktor schon da ist, dann soll er sie anschauen und gleich den Totenschein für die Mama und die Anna Maria ausfüllen." Der Johann sah betreten auf den Boden, er musste die schlechte Nachricht erst einmal schweigend verdauen. Dann wollte der Johann sich nützlich machen. Er zerrte erst einmal die Arzttasche zwischen den Beinen vom Herrn Doktor Griesinger heraus. Die schwere Tasche stellte er an den Wegesrand.

Zu viert lösten die Männer die Seile und Knoten von dem Doktor und holten ihn vom Pferd. Leider ging das nicht ganz so glatt, weil der Doktor mit seinem großen Ranzen das Übergewicht nach vorne bekam. Er fiel erneut hin. Jetzt mit dem Kopf voraus in den kalten Matsch. Davon wurde der Doktor Griesinger wenigstens wach. Er stöhnte furchtbar, jammerte über Kopfschmerzen und das ihm übel sei. Ha! Da sollte er mal zu den zwei aufgedunsenen Herren rüber gehen, meinte der Martin. Da könnt ihm dann mal richtig schlecht werden. Dem Herrn Doktor Griesinger dämmerte langsam wieder warum er hier, mitten im kalten, dunklen Wald war, aber nicht warum ihm alles weh tat und er mit eiskaltem, nassen Matsch überzogen war und den auch im Hemd und im Kragen spürte. Der Lorenz und der Wickerl fackelten nicht lange, stützten und schoben den Doktor gegen seinen Willen zu den beiden Leichen. Der wollte aber gleich wieder weg und würgte furchtbar und hat dem Wickerl fast den ganzen Schweinsbraten aus dem „Blauen Barsch" auf die Füße gekotzt. Gut, dass der Wickerl schneller als der alte Doktor war. Nur ein paar Spritzer auf die Schuhe bekam der Ludwig ab.

Der Griesinger hielt sich ein durchgeweichtes Taschentuch vor Mund und Nase: „Ja seids ihr den von allen guten Geistern verlassen? Seids ihr alle miteinander deppert? Wenn die zwei tot sind, wieso bringts ihr mich erst fast um und schleppts mich dann auch noch hierher, bei dem Sauwetter und das mitten in der Nacht?" Der Lorenz murmelte etwas von dem Totenschein, den doch die Mama bräuchte, wegen der Witwenrente. Und sie bräuchten den doch wegen dem Erbe! Und die Anna Maria auch!" Der Griesinger tobte: „Und so was hab ich geholfen auf die Welt zu kommen. Himmel, Arsch und Zwirn! Da sieht mans wieder, der Apfel fällt nicht weit vom Stamm! Und hat von euch schon einer die Polizei geholt? Nein, wahrscheinlich nicht! Und jetzt bringts mich zu meinem Auto! Sofort! Ach übrigens! Mein Beileid die Herren!"

Der Lorenz und der Wickerl schauten sich erst fragend an, dann den Martin und der schaute den Johann an. Der Johann schaute grantig auf den Boden. „Ja, einer muss ja immer schuld sein, ich geh ja schon aufs Polizeistüberl! Ich sag dem Hans und dem Franz Bescheid, das zu euch kommen sollen!" „Johann, hast nicht was vergessen?" Der Wickerl deutete auf den wütenden Arzt. Der wetterte sofort wieder los: „Bei allem was mir heilig ist, ihr kriegts mich heut auf kein Pferd mehr!" Der Johann murmelte: „Gott sei Dank, sonst kriegs ich noch im Kreuz." Der Martin gab ihm gleich eine Schelle auf den Hinterkopf mit, für die ausgesprochene Frechheit.

Der Doktor brüllte jetzt: „Muss ich mir jetzt hier und heute auch noch den Tod holen? Bewegung!" Das kleine Grüppchen um den Albert Griesinger gab auf. „Wir sind doch auch alle müd und können heut hier nix mehr ausrichten! Geh ma Heim! Komm Martin, bring uns nach Haus!" sagte der Lorenz in die Runde.

Zu allem Unglück rutschte der Herr Doktor beim Aufsteigen in die Kutsche, mit seinen nassen feinen Schuhen, mit den glatten Schuhsohlen, von der Steigkante ab und prallte mit dem Hirn auf diese. Bis auf einen roten Fleck konnte man zwar nix sehen, aber der Griesinger war schon wieder weggetreten. Es half nichts, der gute Mann wurde erneut in Schlingen geknotet und mit vereinten Kräften auf die Kutsche gewuchtet. Wie ein nasser Sack Mehl.

Wieder beim Scheitelbaumhof angekommen, überbrachten die zwei Brüder zuerst ihrer Mutter und der Schwester die schlimmste und furchtbarste aller Nachrichten auf der Welt. Der Ludwig verkündete mit dem Überbringen der Nachricht, dass er jetzt offiziell das neue Familienoberhaupt war, weil er ja schließlich der erstgeborene Sohn ist! Alle zukünftigen Entscheidungen, die seine Familie betreffen, werden in Zukunft erst von ihm überprüft und abgegolten. Und als erstes sprach er seiner Mutter und Schwester das Verbot aus, den Vater und den Gustl im Wald beim Hochsitz zu besuchen. Die zarten Weiberseelen würden sonst Schaden nehmen. Sie sollten den Vater und den Gustl im „schönen" in Erinnerung behalten. Ludwigs Schwester, die Antonia bekreuzigte sich sogleich und stimmte ihrem Bruder zu. Winniefred wiedersprach auch nicht. Beide Frauen begaben sich erneut ins Haus, um sich noch ein wenig gegenseitig Trost zu spenden.

Weil der Albert Griesinger immer noch wegetreten war, durchsuchten der Wickerl und der Lorenz seine Sachen.

In der Jackentasche klimperte der Auto- und der Haustürschlüssel. In der Arzttasche fanden sie einen Formular-Block mit Totenscheinen. Da stellten sie gleich zwei, stellvertretend für den Herrn Doktor aus, weil der ja grad nicht konnte. Natürlich vermerkten sie: „Ausgestellt im Auftrag von Herrn Doktor Albert Griesinger". Der Ordnung halber stempelten sie die Totenscheine auch mit dem Griesinger seinem Arztstempel ab. Die zwei Urkunden bekam die Winniefred sogleich zugetragen.

Und übrig blieb der Landarzt. Den Doktor mussten sie ja auch noch aufräumen. Der Martin bekam vom Wickerl den Auto- und den Hausschlüssel vom Doktor und der Lorenz besorgte das Fahrrad vom Johann. Das klobige, dreckige Fahrrad stopften sie einfach auf den makellosen Rücksitz vom Herrn Doktor seinem schicken, blütenreinen Nobelschlitten, mit dem Stern vorne auf der Kühlerhaube. Den Griesinger rollten sie zu dritt von der Ladefläche der Kutsche auf eine Schubkarre. Wegen dem Höhenunterschied ist der halt wieder etwas unsanft mit dem Kopf und dem Nacken aufgekommen. Dann bugsierten sie den Doktor mit grobem ziehen und zerren in den Kofferraum seines Wagens. Die Arzttasche warfen sie obendrauf. Beim Schließen vom Kofferraumdeckel hat der Johann leider eine Hand vom Doktor übersehen und zwei Finger ein wenig eingezwickt. Aber der Griesinger hat so tief geschlafen, der hat das gar nicht gemerkt, obwohl die Finger geknackt haben. Der Johann suchte dann im Auftrag vom Wickerl den Alfons, der sich schon lang zum Schlafen in sein Quartier gelegt hatte. Der Alfons weigerte sich aufzustehen und zu den wartenden mitzukommen. Der Johann rannte zurück und gab den Scheitelbaumbrüdern Bescheid. Da kam der Lorenz mit seinen stählernen Pranken, zerrte grob den zeternden Knecht in seinem Schlafgewand bis zur offenen Beifahrertür des Nobelwagens und schob ihn wortlos zum Martin hinein, knallte dem Alfons die Autotür drei Millimeter vor der Nase zu. Er klopfte noch zum Gruß auf das Autodach und der Martin fuhr los.

Der Johann sagte noch Gute-Nacht und machte sich gleich auf, um sich um die müden Pferde zu kümmern. Er spannte zuerst die zwei Pferde von der Kutsche ab. Dann sattelte er den „Frechdachs" und den „Faulpelz" ab. Die vier müden, fleißigen Pferde bekamen noch eine extra Portion Heu von ihm und wurden gründlich abgerieben. Der Johann war jetzt selber so schrecklich müde und legte sich gleich zum Schlafen, zu seinem Kumpel, dem Haflinger in die Box.

Der Lorenz und der Wickerl besprachen sich noch einmal mit der Mama und der Antonia. Die zwei Totenscheine legten sie gemeinschaftlich neben das Telefon, damit jeder die Urkunden fand, falls einer von ihnen sie bräuchte. Alle warens traurig und betroffen und brauchten erst einmal noch ein paar Obstler zum Verdauen der schlechten Nachricht. Dann beschlossen sie gemeinsam, dass morgen auch noch ein Tag wäre und gingen alle ins Bett. Den Johann konntens auch morgen in der Früh noch zum Hans und zum Franz ins Polizeistüberl schicken. Der Bursche sollte sich lieber die restliche Nachtruhe noch gönnen.

Der Martin und der Alfons fuhren den alten Griesinger nach Hause. Der Martin war es nicht gewohnt ein so schickes Auto zu fahren. Sonst war da der robuste Trecker oder halt die Kutsche. Die Gänge knirschten böse beim Wechseln und die tiefen Schlaglöcher sah er mit seinen schwachen Augen auch immer zu spät. So wie sie vorne in den weichen Sitzen schon arg durchgeschüttelt wurden, polterte und schlitterte der ohnmächtige Fahrgast im Kofferraum viel schlimmer, ohne einen sicheren Halt, hin und her.

Beim Doktor zu Hause angekommen, guckten sie unter dem Fußabstreifer nach einem Haustürschlüssel. Mit Erfolg. Martin sperrte auf, öffnete die Haustür. Alfons holte das Fahrrad vom Rücksitz des Autos heraus und lehnte es an die Hausmauer. Dann fiel dem Martin wieder ein, dass er ja vom Wickerl den Haustürschlüssel mit dem Autoschlüssel bekommen hat und langte sich ans Hirn. Und irgendwie sollte der Griesinger ja noch aus dem Kofferraum heraus. Der Martin und der Alfons begutachteten den Doktor, sahen einander an und schüttelten den Kopf. Der sah irgendwie gar nicht so gut aus. Im Gesicht so geschwollen und fleckig. Und dreckig war der und stank nach Matsch und Brackwasser. Pfui Deibel. Gut, dass der ein Doktor ist! Der konnte sich dann gleich nach dem aufwachen, selber verarzten. Aber es half jetzt nichts. Die zwei hakten den Doktor unter und zogen und zerrten an dem schweren Mann, bis der mit dem Rücken über die Ladekante des Autos mit der Schwerkraft nach unten sauste. Gut, dass der Griesinger einen Arsch wie ein Brauereipferd hat, dann wirds schon vom Aufprall her nicht so schlimm gewesen sein. Der Doktor war furchtbar schwer und nirgends konnten der Martin und der Alfons eine Schubkarre finden. Also nahm jeder einen Fuß und sie zogen den Griesinger einfach über die hohe Tür-schwelle ins Haus hinein. Erst blieb der Doktor mit sei-nem Schweinsnacken noch dran hängen, aber dann gab es einen Ruck und ein dumpfes Geräusch, dann waren sie drüber. Irgendwie bekamen sie den dreckigen Herrn Doktor auf das Sofa, warfen noch eine Wolldecke auf ihn drauf, legten seine Schlüssel und die Arzttasche auf den Wohnzimmertisch, begutachteten noch einmal ihr Werk und verließen dann das Haus.

Das klapprige Fahrrad ächzte schwer unter den beiden Männern. Der Alfons musste auch mit aller Kraft in die Pedale treten, damit er mit dem Martin auf dem Ge-päckträger vom Fleck kam. Es dauerte leicht eine halbe Stunde Fahrt, bis die beiden Knechte wieder beim Scheitelbaumhof waren. Dort bezogen sie sofort ihre Quartiere. Es war schon 02.00 Uhr in der Früh.

Um halb Fünf krähte der Gockel die Hennen aus dem Stall. Für Winniefred und die anderen Beteiligten war es eine kurze Nacht geworden. Aber sie war erleichtert. Keiner hatte Verdacht geschöpft und der Totenschein für den Xaver war bereits ausgestellt. Jetzt brauchte die Anna Maria noch Bescheid über den Verbleib vom Gustl. Und selbstverständlich auch den für sie ausgestellten Totenschein. Die hiesige Polizei musste wahrscheinlich noch einmal mit dem Doktor zum Fundort von den beiden Jägersleut, um ein Verbrechen auszuschließen. Und der Herr Pfarrer Brecht sollte wegen der bevorstehenden Beerdigung für die beiden Jägersleut verständigt werden. Wenn der Flori auf dem Sofa wieder wach geworden war, würde er nach seinem Frühstück heute viel Laufarbeit haben.

Um Punkt 08.00 Uhr drehte sich ein Haustürschlüssel bei Herrn Doktor Griesinger im Schloss. Marga, die treue Zugehfrau, die den Herrn Doktor ebenfalls schon jahrelang mit bei seinen Patienten in der Sprechstunde unterstützte, kam jeden Morgen pünktlich wie ein Maurer in das Arzthaus. Immer um die gleiche Uhrzeit, mit guter Laune und frischen Semmeln für das Frühstück. Argwöhnisch betrachtete sie die breite Schmutzspur, die von draußen, von der ungewöhnlich schlampig geparkten, mit Schmutz übersäten Limousine ausging. Sie folgte der Spur ins Wohnzimmer zu dem schicken hellbraunen Sofa. Marga ließ die Semmeln fallen und fing an zu schreien. Das was vom Doktor Griesinger noch übrig war, stöhnte zum Steinerweichen. Der Körper überall mit hartem verkrustetem Matsch überzogen, der Kopf voll mit Beulen, das Gesicht blaurot verquollen. Eine dick geschwollene blaurote Nase! Und die rechte

Hand erst! Zwei der Finger waren dick geschwollen und blau gequetscht! „Um Himmels Willen, Albert! Was ist denn mit dir passiert?" Die Marga zögerte nicht lange und rannte zum Telefon und forderte in Möhrenhaupthausen sofort einen Krankenwagen an.

Winniefred rief gegen 09:00 Uhr die Anna Maria an und überbrachte ihr die Nachricht vom Ableben ihres Gatten. Und dass es bereits einen Totenschein gab. Die Anna Maria tat genauso falsch betroffen, wie die Winniefred auch. Wenn die Polizei noch einmal mit dem Doktor Griesinger bei den Männern im Wald gewesen war, würden sie mit dem Pfarrer einen Bestattungstermin ausmachen können. Und dann eventuell zusammen aufs Amt nach Möhrenhaupthausen, der nächstgrößeren Gemeinde fahren, um die Witwenrente zu beantragen. Winniefred sagte der Anna Maria zu, dass der Florian ihr heute noch den Totenschein vorbeiradelte. Der Anna Maria wars recht.

Die Anna Maria legte atemlos den Telefonhörer beiseite und konnte ihr Glück nicht fassen. Nach all den unglücklichen Jahren mit ihrem furchteinflößenden Ehemann, fühlte sie sich lebendig und frei! Ein riesen Steinbrocken war mit dem Tod vom Gustl von ihrem Herzen gefallen. Jetzt durfte sie gespielt traurig, die ganze Verwandtschaft und die Freunde vom Gustl, von der schlechten Nachricht in Kenntnis setzen. So kriegt man den Tag auch rum!

Winniefred durfte nun auch einiges ertragen. Die Nachricht vom Tod der beiden Jägersleut verbreitete sich wie ein Lauffeuer. Ständig klingelte es bei ihr an der Tür und sie musste erzählen das ein schlimmer Unfall passiert war. Die meisten waren danach so neugierig, dass sie dem Xaver und dem Gustl heimlich einen Besuch bei den Blutbuchen abstatteten.

Der Wickerl und der Lorenz gaben in der Früh als erstes den Jagdhornbläsern und den anderen Jägersleut in der Umgebung, vom Tod der zwei Kameraden Bescheid. Die fünfzehn verbliebenen Jagdhornbläser fuhren mit den zwanzig Jägersleut, dem Wickerl und dem Lorenz im Konvoi zu der Stelle wo die Verunglückten lagen, umstellten die beiden und spielten ein Stück, zum guten Geleit nach Oben in das Himmelreich. Danach traten die Jägersleut heran und einer nach dem anderen gab einen dreifachen Salut aus seiner Büchse, zur letzten Ehre. Der Platz um die Verstorbenen glänzte jetzt von Schmeißfliegen und Patronenhülsen. Danach fuhren alle zum „Blauen Barsch" auf einen Schnaps, um den Abschied von den beiden Verunglückten zu verarbeiten.

Die Antonia fuhr zu der Fritzi, dort war auch die Rosa und die Anneliese anzutreffen. So schlimm die drei Weiber auch tratschten, so gut konnten sie die Kirche oder Gräber schmücken und hübsche Blumenkränze binden. Nachdem sie die arme Antonia eine halbe Stunde lang über den Tod vom Xaver und dem Gustl aushorchten, nahmen sie den Auftrag an, Xaver sein Grab

auszurichten und ließen die erschöpfte junge Scheitelbaum ziehen. Als nächstes radelten alle drei zum Ster-
beplatz vom Xaver und vom Gustl, um sich selbst von
der Geschichte zu überzeugen. Dann radelten die
Tratschweiber noch zur Anna Maria, wegen dem Auftrag für Gustl seinem Grabschmuck. Von irgendwas
mussten die drei ja auch leben! Und dann war das halt
nur ein Aufwasch! Die Anna Maria freute sich aufrich-
tig über die angebotene Hilfe. Als nächstes schlug das
Trio im „Blauen Barsch" auf, um ebenfalls den Schock
über das schlimme Unglück mit einem Schnaps zu verdauen und um noch einiges an guten Geschichten mit-
zukriegen. So eine Tragödie hat es in Mürgelberg ja tatsächlich noch nie gegeben!

Der Polizeihauptmeister Hans Stücker war in der Früh
mit seinem einzigen Kollegen, dem Polizeiobermeister
Franz Hacke wie jeden Tag beim Frühschoppen.

Ihr Polizeistüberl oder auch amtlich als Polizeiposten
benannt, war im Erdgeschoß von einem üppigen Zweifamilienhaus am Dorfeingang, dass sie beide mit ihren
Familien bewohnten. Neben einem großen Stall und einem Gemüsegarten und einer Obstwiese gab es noch
drei Garagen. In einer war das verstaubte Dienstauto
untergebracht. Ihre Familien verstanden sich soweit
ganz gut und die Kinder waren zusammen in der Dorf-
schule. Alles harmonisch und wie immer ruhig. Dach-
ten sie. Bis die beiden Polizisten den Wickerl und den

Lorenz, samt dem ganzen Volksauflauf im „Blauen Barsch" abbekamen. Dann wars vorbei mit der Ruhe. Der Lorenz und der Wickerl erzählten den Polizisten alles bis ins kleinste Detail. Der Hans und der Franz sprachen den Scheitelbaumbrüdern sofort ihr ehrliches Beileid aus, spendierten ihnen und sich erst einmal einen Schnaps, um den großen Schock zu verdauen. Der Hans und der Franz versprachen, sich heute gleich als erstes „um die heikle Angelegenheit" zu kümmern. Selbstverständlich auch mit dem Doktor Griesinger zusammen und um die Anna Maria würden sie sich auch noch kümmern. In prompter Ausübung ihrer Pflicht tranken die beiden in einem Zug ihr Bier aus, radelten dann rülpsend los.

Wie versprochen war die erste Anlaufstelle der Albert Griesinger. Aber der war nicht daheim. Nur die hysterische Marga, die die beiden vollheulte, dass der Doktor im Krankenhaus läge und wohl überfallen worden sei! So schlimm hat der ausgesehen. Alle Patienten hats in den nächsten Ort schicken müssen! Gott sei Dank, dass sie vorbeigekommen waren und woher sie das denn gewusst hätten?

Der Hans und der Franz tippten sich an die Schirmmützen und vermeldeten: „Die Polizei hört alles und sieht alles!" Wann denn der Doktor wieder heimkäme, fragten sie die Marga. Aber die zuckte nur schniefend die Schultern. Das Krankenhaus wusste die Marga: das Heilige Brüder Krankenhaus in Möhrenhaupthausen. Da wollten die Sanitäter den Albert hinfahren. Sie hat

dem Herrn Doktor noch schnell den großen Koffer gepackt, damit der wenigstens saubere Unterhosen mit-
nimmt. Und mei, wie grob die Sanitäter doch gewesen
waren. Da bekamen sie das Gestell zum Patiententrans-
port wohl nicht richtig eingerastet, legten den Doktor
auf die Liege, schnallten ihn fest und dann ist der arme
Albert mit der Liege auf den Boden gesaust! Der hat
dann so furchtbar vor Schmerzen geschrien und gewim-
mert! Der eine Sanitäter hat ihm dann einfach eine
Spritze in den Oberschenkel reingehauen: „Damit der
endlich Ruhe gibt!" Sonst könnte er sich nie und nimmer nicht auf die Fahrt zum Krankenhaus konzentrieren! Das reichte den beiden Polizisten an Information,
um das Haus vom Albert zu verlassen.

Aber da hatten sie die Rechnung ohne die Marga gemacht: „Ob sie sich das denn nicht alles notieren wollten, was dem Albert da Schlimmes passiert ist? Und wie
sie ihn vorgefunden hatte? Was das denn für eine
schlampige Polizeiarbeit wäre? Ob sie denn dem Verbrechen am Albert nicht nachgehen wollten?"

Der Hans beschwichtigte die Marga. Ihr Gekeife ging
ihm mächtig auf die Nerven. Der Franz sah auch aus,
als ob er nach dem Genörgel erst einmal einen Schnaps
bräuchte! Als Mürgelberger Polizei würden sie doch
persönlich mit dem Albert reden müssen und den
Herrn Doktor natürlich noch heute im Krankenhaus besuchen. Damit war die Marga halbwegs besänftigt und
ließ die beiden Polizisten ziehen.

Die nächste Station war die Anna Maria. Der Hans und der Franz bekundeten ihr Beileid und versprachen sich der Sache anzunehmen. Die frischgebackene Witwe war mit allem zufrieden, was die Polizisten von sich gaben. Darauf trankens mit der Anna Maria noch einen Schnaps und zogen erneut weiter.

Die dritte Anlaufstelle war die heimatliche Garage. Völlig außer Atem waren die beiden Polizisten von der ungewohnt vielen Radlerei. Deshalb kam ihnen die Idee, den Rest des Tages mit dem Wagen zu fahren. Weil das verstaubte Dienstauto nicht mehr ansprang, musste es aus der Garage geschoben und mit der Autobatterie vom Hans überbrückt werden. Schon wieder extra Arbeit! Zur Belohnung fuhren die beiden Polizisten erst noch zu einem „Dienstessen" in den „Blauen Barsch", natürlich mit Blaulicht und Vollgas, weil es doch schon Mittag war.

Von dort aus, gegen 14:00 Uhr, ging die Dienstfahrt weiter ins Heilige Brüder Krankenhaus nach Möhrenhaupthausen, um den Doktor dort für die geplante Leichenschau unter Polizeiaufsicht abzuholen.

Das Krankenzimmer fanden die zwei Polizisten groß und beeindruckend, die hübschen Krankenschwestern auch. Aber der Albert Griesinger sah tatsächlich nicht gut aus. Der Wickerl und der Lorenz haben zwar erwähnt das der gute Doktor vom Pferd gefallen war, aber gleich so saublöd! Schön war der eh noch nie gewesen! Jeder im Dorf fragte sich, warum die Marga ausgerechnet den „alten Hammel" so dermaßen anhimmelte. Aber wie der jetzt aussah: Pfui Deibel! Vielleicht war das ja jetzt ganz heilsam für die Marga und die sucht sich dann mal ein Mannsbild von dessen Anblick man sich nicht gleich besaufen musste!

Irgendwie roch der Doktor trotz der ganzen benutzten Seife und Desinfektionsmittel immer noch nach moderigem Brackwasser.

Ein Krankenhausarzt kam im Patientenzimmer vorbei, als er von dem Eintreffen der Polizei in Kenntnis gesetzt wurde und erklärte dem Hans und dem Franz, dass der Arztkollege Griesinger böse verunglückt war. Er zählte auf: „Angefangen mit einer Gehirnerschütterung. Eine mehrfach gebrochene Nase. Multiple Prellungen und Blutergüsse am ganzen Körper. Drei gebrochene Rippen, zwei gebrochene Finger an der rechten Hand. Und wie schlimm der gestunken hatte! Vier Schwestern waren nötig gewesen, um den Herrn Griesinger zu reinigen!" Der Krankenhausarzt, Doktor Kurz, erklärte den Polizisten, dass der Herr Doktor mindestens drei bis vier Wochen ohne Aufregung und in absoluter Ruhe liegen sollte. Das hieß mindestens fünf Wochen stationärer Krankenhausaufenthalt oder mehr. Und verhören konnten sie den Doktor frühestens morgen, aber eher später, da der Chefarzt dem Kollegen ein starkes Schlafmittel verabreichen ließ. Danach eilte der Arzt aus dem Zimmer, um seine Visite fortzusetzen.

Der Hans und der Franz berieten sich: So lange konnten sie doch nicht warten, um die beiden Leichen mit dem Doktor zu besichtigen! Bis dahin hätten die Vögel und die Wildsäue den Xaver und den Gustl schon ganz zusammengefressen! Und der Doktor war ja eh schon ohne sie dagewesen. Aber wegen dem Bericht, den sie schreiben mussten, sollte schon alles seine Richtigkeit in einer nachvollziehbaren Reihenfolge haben. Und wenn sie einen anderen Doktor von der Nachbargemeinde anforderten, der könnte Ärger wegen der bereits ausgestellten Totenscheine machen. Es blieb gar nichts anderes übrig, als den Albert nochmal zu den Leichen hinzukutschieren. Und den Bericht datierten sie halt zurück. Natürlich nur für das gute Gewissen.

Gesagt, getan. Der Franz kundschaftete den Weg zum Hinterausgang vom Krankenhaus aus und leerte dort auf dem Rückweg ins Zimmer einen Rollstuhl aus, indem ein Patient, mit nur einem gebrochenen Bein, drinsaß. Er kippte den Mann einfach nach vorne aus dem Rollstuhl heraus. „Ein Polizeinotfall, ich muss das Transportgefährt beschlagnahmen!" erklärte er dem Mann. Der schrie wie wild, mit sich überschlagener Stimme herum. Schmerzen und Hilfe konnte man Ansatzweise aus dem undeutlichen Geschrei heraushören. Der sollte sich mal nicht so anstellen, mit dem gesunden Haxen würde der schon wieder auf sein Zimmer kommen. Der Hans fuhr in der Zwischenzeit das Polizeiauto zum Hintereingang, parkte fast ungesehen im überdachten Eingangsbereich. Fünf Minuten später trafen sie sich im Zimmer vom Albert wieder.

Also das der Griesinger sich so überhaupt nicht bewegen wollte, der schnarchte einfach weiter! Alles anstupsen und schütteln, Spuckefinger ins Ohr stecken, an der Nase ziehen, ein paar sanfte Watschen ins Gesicht, half nichts! So kamen sie nicht weiter! Der Franz parkte den Rollstuhl seitlich vor dem Bett. Er zog an den Füßen vom Albert und der Hans schob von hinten. Ja so was Blödes aber auch! Jetzt lag der Griesinger mit dem Rücken auf dem Sitz und die haarigen Haxen schauten nach oben! Und der schwere bandagierte Kopf schlug erst auf der eisernen Bettkante auf und hing dann schlapp nach unten, dort wo die Füße sein sollten. Und das blöde Krankenhaushemd rutschte immer wieder nach unten, auf dem Albert seinen dicken Ranzen. Dabei hatte der doch gar keine Unterhosen an! Der Franz fackelte nicht lange. Er lieh sich vom Albert die Koffergurte aus, um ihn grob festzuschnallen und die Fußstützen klappten sie wegen dem Kopf nach oben, in die waagrechte, damit der nicht so saudumm rumschlackerte. Das verrutschte Krankenhaushemd wurde mit dem Kissenbezug aus dem Griesinger seinem Bett kaschiert. Bei dem großen Brauereiarsch war in der Ritze genug Platz, um einen Zipfel vom Kissenbezug tief reinzustopfen. Jetzt konnten sie endlich aufbrechen. Der Franz öffnete die Türen und gab Zeichen, wenn der

Krankenhausflur frei war, der Hans schob den Albert durch die beleuchteten weißen Gänge ins Freie.

Jetzt wartete auf sie die nächste Bescherung: den schweren Albert erst ins Auto hieven und dann auf dem Feld bei dem Hochsitz wieder ausladen. Die beiden Polizisten atmeten hörbar genervt aus.

Da hatte der Franz doch eine bessere Idee! Im Polizeiauto lag ja ein dickes Abschleppseil! Also schoben sie den Albert vor das Polizeiauto, direkt vor die Stoßstange und banden den Rollstuhl zusammen mit dem Griesinger daran fest. So konnten sie fahren. Leider nur bis zu 20 Km/h schnell. Die Rollstuhlreifen gaben nicht mehr her. Aber das war besser als nichts. Und das letzte Stück des Weges war ein Problem wegen der vielen Schlaglöcher und dem Schotter. Nach einer eineinhalbstündigen Fahrt, inklusive mehrerer Raucher- und Pinkelpausen, kamen sie endlich beim Scheitelbaumhof an.

Sie klingelten Sturm bei der jungen Witwe, weil es schon 16:30 Uhr war. Bald gab es Abendessen und der Griesinger sollte ja ebenfalls bis zum Abendessen wieder in sein Krankenhauszimmer zurückgebracht werden. Beim genaueren Hinsehen war der Albert voll mit Insektenbätz und ganz weiß-staubig von dem befahrenen Schotterweg. Und irgendwie schief hing der da in dem Rollstuhl. Damit keine Fragen aufkamen, lieh sich der Franz einfach die Decke von der Holzbank vorm Haus aus und warf sie schnell über den Albert drüber. Jetzt konnte man nicht mehr erraten was da drunter war! Die Winniefred war nicht da. Aber die Theresia kam mit dem Florian gerade vorbei, mit Draht und Werkzeug bewaffnet. Der Zaun um die Hühner herum war kaputt, den wollten sie flicken.

Die beiden Polizisten forderten eine Auskunft ein: Wie man denn zu dem Gustl und dem Xaver hinkäme? Der Florian wurde sofort wieder ganz bleich. Der Hans schaltete sofort: „Aha, du weißt, wo wir hinmüssen, ab ins Auto!" Aber der Flori dachte gar nicht daran. Nach einer kurzen Verfolgungsjagd triumphierten die zwei Polizisten. Aber auch nur weil dem Florian seine Schuhbändel aufgegangen waren und der sich deshalb voll auf die Nase gelegt hat. Sie legten dem Flori Handschellen an.

Weil der immer noch so wild zappelte, wickelten sie ihren „freiwilligen Helfer" in zwei ausgeliehene alte Pferdedecken aus dem Stall und schoben ihn hinten in das Dienstauto hinein. Die Resi schüttelte nur noch den Kopf und ging mit dem Draht und dem Werkzeug alleine weiter zu den Hühnern.

Trotz des festgebundenen Rollstuhls vorne an der Stoßstange des Polizeiautos, war der noch leicht lehmige Untergrund kein Problem. Der Dreck spritzte zwar an den Seiten hoch, aber durch den regen Mürgelberger Pilgerverkehr, zum Xaver und zum Gustl, waren stabile Spurrinnen auf dem Ackerweg entstanden. Mit der heutigen Hitze, die stundenweise noch einmal so richtig ge-

zeigt hatte was sie konnte, war der Weg zu einem großen Teil angetrocknet. Beim Gustl seinem geparkten
Auto hielt der Franz an. Der Florian der sich stark
schwitzend, weitgehend aus den Pferdedecken geschält
hatte, weigerte sich erneut zu helfen und klammerte
sich so stark an die Kopfstützen des Dienstautos, dass
sie ihm die Finger hätten brechen müssen, um ihn mit-
zunehmen.

Der Hans lugte unter die Decke vom Albert: "Au weh!
Jetzt ist der gute Doktor noch schmutziger geworden,
schlimmer wie unser schönes Auto!" Die Decke legte
der Hans über das Autodach zum Trocknen. Die beiden
Polizisten beschlossen den Griesinger am Auto ange-
bunden zu lassen. Zum einen war er ja schon einmal da
gewesen und jetzt war ja nur seine Anwesenheit erfor-
derlich. Ob ein akuter Tatverdacht bestand würden ja
sie als erste Obrigkeit hier vor Ort feststellen! Die beiden stapften den Rest des Weges zu den Blutbuchen.

Am Hochsitz angekommen nahmen der Hans und der
Franz die Schirmmützen ab. Eine furchtbare Bescherung war das! Matsch, Erbrochenes, Fliegen, Würmer,
augenscheinlich noch einiges an Tierbiß an den Leichen
und eine Menge Patronenhülsen! So greißliche Tote hatten der Hans und der Franz noch nie gesehen. Und der
Leichengeruch mit dem Gestank von Erbrochenem,
Urin und Kot gemischt, war kaum zu ertragen. Der
Franz fing auch prompt zu speien an. Der Hans brachte
den Kollegen zum Auto zurück und gab ihm den Not-
fallflachmann aus seiner Uniform heraus in die Hand,

nahm ihm den noch einmal weg, trank selber einen
Schluck und drückte den Flachmann dem Kollegen erneut in die Hand. „Weil du gespuckt hast! Wenn er leer
ist Saubermachen, gell! Ah, weißt was, behalt den einfach!" Der Franz bekam nach einem großen Schluck
Brombeerschnaps auch gleich wieder Farbe!

Die beiden Polizisten beschlossen, genug gesehen, also
alles genauestens unter die Lupe genommen zu haben.
Deswegen nahm der Hans dem Florian die zwei Pferdedecken weg, stapfte tapfer noch einmal zum Xaver und
zum Gustl zurück und warf die Decken mit Schwung
über die beiden drüber. Auf der Rückfahrt beratschlag-
ten sich die Polizisten. Wie beschrieb man denn so ein
deppertes Jagdunglück? In ganz Mürgelberg waren in
den letzten Jahren die einzigen Verbrechen: geklaute
Äpfel direkt vom Baum, und der abhanden gekommene
Maibaum in der Kirchweihzeit! Und die regelmäßigen
Prügeleien im und vorm „Blauen Barsch"! Und brauchten sie jetzt nur ein Unfallprotokoll mit dem Arzt zusammen unterschreiben oder doch ein Fallformular,
weil ermitteln wolltens ja eigentlich nicht. Also fuhren
sie mit dem zugedeckten Albert im Rollstuhl vorne
dran, erst einmal den Flori zurück, damit der weiter mit
der Resi zusammen am Hühnerzaun arbeiten kann.

Die schmutzige, stinkende Decke legte der Hans zurück
auf die Bank. Dann hieltens noch kurz am Polizeistüberl, tranken einen Schnaps und versuchten gemeinsam das Unfallprotokoll mit Todesfolge auszufüllen.

Als Zeuge gab der Albert unwissentlich seine Unterschrift zu der Unfallortsbesichtigung. Der ideenreiche Franz drückte ihm einen Kugelschreiber in die Hand und übernahm das Schreiben für den Herrn Doktor. Die Papiere wurden sauber abgeheftet. Weiter ging es danach in Richtung Möhrenhaupthausen, letzte Haltestelle: Heilige Brüder Krankenhaus.

Die zwei Polizisten brauchten eine ewig lange Fahrzeit, um den Griesinger zurück in das Krankenhaus zu bringen. Die Rollstuhlreifen machten langsam schlapp. Vorsichtshalber parkten sie mit dem Albert gleich beim Hintereingang. Der Franz kundschaftete die Gänge, die allgemeine Lage aus. Da kam auch schon der Herr Doktor Kurz aufgeregt auf ihn zu: Der Doktor Griesinger wäre verschwunden! So etwas wäre in diesem Krankenhaus noch nie passiert! Der Franz stellte sich dumm und bat den Doktor Kurz ihn anzurufen, falls sie denn den verlorenen Patienten wiedergefunden hätten. Sie müssten dem Herrn Doktor ja schließlich noch ein paar Fragen zu seinem Unfall oder Überfall stellen. Der Doktor Kurz wirkte erleichtert: Der Polizeiobermeister hätte also nicht vor, das vorübergehende Verschwinden von dem Landarzt Griesinger an die große Glocke zu hängen? Der Franz verneinte das natürlich: Er wollte eigentlich nur noch von der Haushälterin, der Marga aus fragen, ob der Albert Griesinger noch irgendwelche Sachen bräuchte, wie z.B. eine Zahnbürste! Der Doktor war überfragt und verwirrt, deshalb verabschiedete sich der Franz ganz schnell. Er eilte zum Hinterausgang und scheuchte den Hans aus dem Dienstwagen: „Schnell, hilf mir! Die suchen den Albert schon! Reinschieben können wir den nicht mehr!" Im Eiltempo schnitten sie den geklauten Patienten los und schoben den Rollstuhl vor den Hintereingang, sprangen ins Polizeiauto und gaben Gas. Das war fein! endlich wieder Vollgas fahren, ohne eine Behinderung am Wagen! Das hieß gerade noch pünktlich zum Abendessen zuhause sein!

Das Abendessen servierte ihnen, ihre angeheiratete, holde Weiblichkeit in dem Arbeitszimmer vom Polizeistüberl. So viele unaufschiebbare, heillose Überstunden! Die beiden überlegten wegen der Formulare immer noch hin und her. Dann beschlossen sie übereinstimmend, das unlösbare Problem weiterzugeben. Sie suchten im Telefonbuch die Nummer von der Kriminalpolizei in Markelberningen heraus, um jemanden anzufordern der den restlichen Papierkram für sie erledigte. Dann konnte die Polizeiroutine in Mürgelberg endlich wieder Einzug halten: im Wirtshaus zum „Blauen Barsch."

Im Heilige Brüder Krankenhaus in Möhrenhaupthausen schlug indessen ein Patient Alarm. Der heimliche Raucher fand den verlorengegangen Patienten, Albert Griesinger, direkt vor der Tür des Hintereingangs im Rollstuhl geparkt. Die Ärzte und Schwestern waren heilfroh den Patienten wiederbekommen zu haben! Aber der Zustand, in dem sie ihn vorfanden, war katastrophal!

Mit Staub, stinkendem Matsch und toten Insekten be-
schmiert, verkehrt herum auf einen Rollstuhl geschnallt.
Die Haut, die aus der Gesichtsbandage herausschaute
war teilweise sonnenverbrannt, genau wie die Beine
und die Arme! Und der Kopf war noch mehr geschwollen wie vorher! Der bedauernswerte Arzt musste furchtbar lange, kopfüber in dieser Position gelegen haben!
Wer, um Himmels Willen, tut denn einem armen kranken Menschen so etwas an?

In dem Mordwagen war die Stimmung gut. Der Radio
dudelte alle Schlager, die gerade angesagt waren rauf
und runter. Kurz bevor sie die Stadtgrenze von Markelberningen verließen, fuhren Peter und Manfred auf den
Parkplatz von „Michaelas Tankstelle mit Bistro!" Das
Schild sah schon etwas verwittert aus. Aber die Michi
war ein Pfundskerl! Sie grüßte die beiden Polizisten
schon laut als sie das Bistro betraten. Die Musikbox dudelte vor sich hin. „Ja Servus! Was hat euch denn mal
wieder hierher verschlagen? Ist die Welt mal wieder
schlecht und muss von euch zwei feschen Burschen vor
dem Bösen gerettet werden?" Der Peter stand schon
lang auf die Michi. Seine Brust schwoll auf, wie die von
einem Gockel auf Freiersfüßen. Der Manfred rollte bloß
mit den Augen: Was Genaues wissen wir noch nicht!
Wir schaun halt einmal nach!" Die Michi lachte, weil
der Peter versuchte, sich mit herausgestreckter Brust
vor ihr an den Tresen, auf den glatten, abgewetzten Le-

derhocker zu setzen. Er rutschte aber dabei ab und verschwand halb unter diesem. Peinlich berührt richtete er sich wieder auf und nahm ganz „normal" Platz. Wie wenn nichts passiert wäre, bestellte er für Manfred und sich einen Kaffee. Die Michi stellte jeweils einen großen Kaffee mit Zucker und Milch vor die beiden Männer hin. „Kann ich den Herren sonst noch irgendwie helfen?" „Ja, das kannst!" antwortete der Manfred und schob die Autoschlüssel vom Mordwagen der Michi über den Tresen. „Machst mit dem Peter bitte den Bus voll? Und Peter, die Reservekanister nicht vergessen!"

Die Michi salutierte vor dem Manfred, nahm die Schürze ab und zog den Peter samt Autoschlüssel hinter sich her. Der Manfred seufzte. Hätt er sich doch vorher noch was zum Essen bestellt. Er zündete sich eine Zigarette an und ließ das seltsame Telefonat aus Mürgelberg noch einmal Revue passieren. Drei Zigaretten später saß der Manfred vor seiner leeren Kaffeetasse. Keine Michi und kein Peter. Keine anderen Gäste mit denen man sich die Zeit vertreiben konnte. Wo zum Henker blieben die Zwei? Manfred ging erst in den Tankstellenladen: Leer. Er plünderte die Regale. Süßigkeiten, Brot, einen Kasten Wasser, zwei Flaschen Bier, eine Stange Salami und Fleischwurst in Dosen. Eine Stange Zigaretten. Zündhölzer und zwei Feuerzeuge. Gemahlener Kaffee und Filtertüten, eine Flasche Kräuterschnaps und zwei Lutscher. Er schrieb der Michi alles auf, tütete die Sachen ein. „Die Spesenrechnung bitte wie immer an das Landeserkennungsamt Markelberningen, Abteilung Kripo, zu Händen der Leitung, Kriminaloberrat Herrn Alfred Kollmannsberger. Plus Benzin und Abendessen." stand auf dem Zettel, darunter Manfreds Unterschrift. Jetzt wollte er doch einmal nachschauen, wo sein Kollege blieb. Der Bus parkte an der Zapfsäule. Der Tankrüssel steckte im Tank. Weit und breit keiner zu sehen, aber der Bus schaukelte rhythmisch. „Au weh, muss das jetzt sein!" sagte der Manfred laut vor sich hin. Er stellte die Einkäufe vor dem Bus ab und nahm das Bistro wieder in Beschlag. Er legte sich in eine der bequemen Sitzecken und machte ein Nickerchen. Zwanzig Minuten später schreckte der Manfred hoch. Lautes Geplapper und Gekicher stürmten ins Bistro hinein. „Schön, dass es euch auch noch gibt!" grummelte der Manfred. „Michi, machst mir bittschön noch was zum Essen, bevor wir los fahren. Hast noch was von deiner berühmten Gulaschsuppe da?" Die Michi band sich ihre Schürze um und schaute den Peter fragend an: „Na klar, zwei Mal dann?" Der Peter grinste wie ein Honigkuchenpferd: „Ja bitte, ich hab jetzt einen Mordshunger!" Der Manfred verdrehte die Augen: „Hast du die Einkäufe schon verstaut? Benzin ist drin?" Der Peter nickte nur und machte sich sofort über die dampfende Gulaschsuppe her, die er zuerst serviert bekam. Manfred seufzte: „Und? Darf man euch zwei Hübschen jetzt gratulieren?" Der Peter grinste: „Gell Michi, aber sowas von! Wenn ich wiederkomm dann feiern wir zwei Hübschen Verlobung!" Die Michi kicherte erneut.

Die beiden schauten sich wie zwei verliebte Karnickel
an. Manfred war genervt, aß auf, rauchte noch ein paar
Zigaretten, trank in Ruhe einen weiteren Kaffee. Der Peter tat es ihm gleich. Nur das er dabei die ganze Zeit mit
der Michi flirtete und anzügliche Scherze machte. "Jetzt
komm Peter, trink aus! Wir haben noch ein ganz schönes Stück zu fahren!" Der Peter seufzte, zwinkerte der
Michi zu, zuckte lässig mit den Schultern und verzog
sich noch einmal auf die Toilette. Der Manfred kam ihm
im gebührenden Abstand hinterher. Dann verabschiedeten sich die Polizisten und schlenderten zu dem Bus,
um weiterzufahren. Manfred setzte sich automatisch
ans Steuer. Kaum waren sie auf der Straße, schnarchte
der Peter schon zufrieden vor sich hin. Manfred grübelte. Er gab Gas. Der Peter war zwar sein Freund, aber
dass ausgerechnet der die scharfe Michi abschleppte
und die ihn nach all der Zeit der blöden Anmachsprü-
che auch noch wollte…ein Wunder? Wo der Peter doch
sonst immer mit allem so pedantisch war, immer
1000%ig und ewig misstrauisch. Sogar für den spin-
nernden Topf gabs einen Deckel? Nur für ihn nicht. Er,
der ewig einsame Wolf. Hatte aber auch Vorteile: Keine
Weiber, kein Stress!" Dann auf nach Mürgelberg.
Nächster Halt war Stirzinzgen. Eine Stunde Fahrt über
die Landstraße. Die ersten Fischteiche tauchten auf. Alte
Einzelgehöfte mit teils verfallenen Scheunen. Manfred
beschloss am Ortsrand zu parken und ebenfalls bis Son-
nenaufgang zu schlafen.

Der große Reisewecker klingelte pünktlich. Direkt vor Peters Gesicht am Armaturenbrett. Den Peter hob es fast einen Meter aus dem Sitz und er quiekte wie ein kleines Schweinchen vor Schreck. Manfred nahm das zufrieden mit einem halbgeöffneten Auge zur Kenntnis, quälte sich langsam mit einem boshaften Lächeln von der Luftmatratze hoch. „Moin! Mach du mal Kaffee, ich muss schiffen!" Der Peter jammerte herum, dass der Manfred ihn nicht aufgeweckt hat. Schließlich wollte er sich auch anständig hinlegen können! Alles an ihm wäre verbogen! „Kaffee!!!" ordnete der Manfred erneut an. Der Peter richtete brav Frühstück für beide her. „Kannst schon mal üben!" grinste der Manfred. „Ab jetzt gibt's für den Herren keine Widerrede mehr! Nie, niemals, wieder!" „Nur kein Neid bitte schön, Herr Vorgesetzter!" murmelte der Peter schlaftrunken in die Dose Kaffeepulver.

Der Manfred holte die Straßenkarte heraus: „Wir sind hier, in Stirzinzgen. Jetzt geht's weiter nach Hirschmellhausen. Dann über Ober- und Unter-Kutscheln. Wummelhach kommt noch dazwischen. Das Dörfchen Mannsingen, danach Warzelhausen, Stadt Möhrenhaupthausen und dann endlich unser Zielort: Mürgelberg! Am Arsch der Welt! Unterwegs machen wir nochmal Frühstückspause. Peter, halt nach einem ordentlichen Wirtshaus Ausschau! Ein Zimmer in der Nähe von Mürgelberg wäre auch nicht schlecht! Auf geht's!"

Mit gemischten Gefühlen setzten sie die Fahrt in dem Bus fort. Je weiter sie ins Landesinnere vordrangen, desto karger wurden die Dörfchen. Es roch nach Gülle und Mist. Wenn sie tatsächlich mal ein paar von den Einheimischen zu Gesicht bekamen, sprang ihnen aus den Augen das blanke Misstrauen entgegen. Und die Einheimischen verschanzten sich sofort hinter verschlossenen Türen. Aber im Erdgeschoß wurde immer in einer Ecke vom Fenster die Gardine gelüpft, weil sehen wollte man ja doch alles!

In Möhrenhaupthausen, der vorletzten Station, sah die Welt doch gleich wieder ein bisschen freundlicher aus. Um die 6000 Einwohner hatte die Stadt. Sogar vier oder fünf Wirtshäuser, zwei Tankstellen und ein Krankenhaus vervollständigten die Stadt. Und es gab ein Hotel am See. Hier gab es tatsächlich Tourismus! Der große Morzninger See war zum Segeln und Angeln geeignet und deshalb als Ausflugsziel oder auch für große Hochzeiten sehr beliebt. Es gab einen ungewöhnlich riesigen, familienfreundlichen Campingplatz. Dem Augenschein nach war kein einziges Fleckchen mehr frei. Der Platzwart bestätigte den Verdacht. Überall Menschen. Sie sahen sich in dem lebhaften Treiben um. Mehrere Fahrrad- und Bootsverleihe zierten die Strandpromenade. Kleine Geschäfte, die außer Souvenirs, Postkarten und Briefmarken auch noch Sonnencreme, Sonnenhüte, Sandspielzeug, Luftmatratzen und Schwimmhilfen anboten. Unzählige Eisverkäufer marschierten mit ihren Eiswagen rund um den See. Kleine Kioske, die Süßigkeiten, Zigaretten und Getränke verkauften, aber auch

Pommes Frites und Bratwürstchen. Die Gerüche der Buden mischten sich mit der frischen Seenluft.

„Ha! Glück muss der Mensch haben! Dann auf ins Hotel!" freute sich der Manfred wegen dem ausgebuchten Campingplatz. Es gab im Hotel tatsächlich noch ein einziges Doppelzimmer für die beiden. Aber der Preis war nicht der günstigste. Das würde wieder Ärger wegen der Spesenabrechnung geben! Aber bis dahin hatten sie jetzt dafür ein sauberes Zimmer und konnten eine heiße Dusche genießen. Im Anschluss gab es einen heißen Bohnenkaffee und Frühstück, das nicht aus der Konserve kam!

Die beiden Polizisten machten sich frisch und genossen das Frühstück auf der Hotelterasse mit Ausblick auf den See. Es war schon 09:30 Uhr. Der Peter versuchte ein paar Mal vom Hotel aus bei der Mürgelberger Dorf-Polizei anzurufen. Beim sechsten Versuch ging ein Frauenzimmer mit einer furchtbar quietschigen Stimme an das Diensttelefon. Auf Peters Frage, ob er den Polizeiober- oder Hauptmeister sprechen könnte, kam nur patzig: Nein, es ist keiner da. Bei einem Notfall sollte er es halt einmal im „Blauen Barsch" versuchen. Die beiden wären bestimmt wie jeden Tag zur Dienstbesprechung beim Frühschoppen! Der Peter kam zum Manfred mit hochgezogenen Brauen an den Tisch zurück: „Das glaubst du nicht! Die sind tatsächlich nicht da! Die gehen jeden Tag zum Frühschoppen! Bei einem Notfall soll ich es halt dort im Wirtshaus versuchen! Im „Blauen Barsch"! Und keine Ahnung wer da am Telefon war!" Manfred schüttelte den Kopf. Ihm schwante übles! Das könnte ein anstrengender Tag werden! Hoffentlich handelte es sich bei den toten Jägersleut tatsächlich nur um einen Unfall, damit sie schnell wieder zurück nach Markelberningen konnten. Aber erst den guten Kaffee austrinken!

Manfred und Peter machten sich satt und zufrieden in ihrem weißen Polizeibus auf den Weg nach Mürgelberg. Die Landschaft änderte sich schlagartig wieder. Nichts als Wald und Wiesen. Ab und zu ein paar Einsiedlerhöfe, die an der mit unzähligen Schlaglöchern übersäten, fast schon gemeingefährlichen Hauptstraße lagen. Gerissener Teer, der sich mit Schotter abwechselte, teilweise nur festgestampfte Erde mit Spurrinnen. Das war mit dem Bus oft schwerste Millimeterarbeit, um einen Achsbruch zu vermeiden. So etwas war ihnen noch nicht untergekommen! Ob sie wirklich noch auf dem richtigen Weg waren?

Nach einer Dreiviertelstunde erreichten sie tatsächlich das halbverrostete Ortsschild Mürgelberg. Zum Glück befand sich gleich am Ortseingang der Polizeiposten! Ausgewiesen durch ein handgemaltes, verwittertes Schild an einem üppigen Zweifamilienhaus.

So übel durchgeschüttelt, wie die beiden Polizisten waren, nahmen sie die unverhoffte Pause mit Freude zur Kenntnis. Der Hof war mit tiefen Pfützen übersäht. Ein

Spießrutenlauf für die beiden Männer, bis sie die Eingangstür vom Polizeiposten erreichten. Es blieb bei dem Versuch ihre Beinkleider nicht zu verschmutzen.

Das alte verrostete Glockengeläut machte mächtig Krach. Es kam aber niemand heraus. Jetzt war der Manfred mächtig genervt! Er läutete die Glocke ohne Pause! Irgendwann hörten die beiden Männer Türen in dem Haus schlagen. Wütende Schritte polterten die Treppensteige herunter. Es waren die beiden Ehefrauen der hier sesshaften Polizisten, die Frau Hacke und die Frau Stücker. Dass das Keifen den beiden im Blut lag, sah man sofort. Solch verbissene Gesichtszüge! Und in den abgewetzten Kittelschürzen, mit den großen Lockenwicklern im Haar, gaben die garantiert keine Augenweide ab. Ein kleines bisschen konnte man den täglichen Frühschoppen zur Dienstbesprechung jetzt nachvollziehen. Der Manfred und der Peter unterbrachen die tobenden Damen, indem sie ihnen die gezückten Dienstmarken, die in ihren schwarzen, aufgeklappten, ledernen Geldbörsen befestigt, zielsicher in Augenhöhe unter die Nase hielten. Das stoppte die Frau Stücker aber nur kurz. Garantiert war einer von denen beiden das gewesen, mit dem ewigen Telefongeläute! Und jetzt schon wieder so ein Lärm! Der Peter gab ihr frech grinsend recht. Wo denn der „Blaue Barsch" zu finden sei? fragte er freundlich. „Am Ortsausgang! Gleich rechts bei den drei Eichen!" Ohne ein weiteres Wort des Grußes drehten sich die Damen um und verschwanden wieder im inneren des Hauses. Man konnte noch gekeifte Wortfetzen mitbekommen, wie Störenfriede, Wichtigtuer, bestimmt wieder neue Saufkumpane.

Die Kripobeamten schüttelten den Kopf und stolzierten wie die Störche zurück zu dem Bus. „So eine Scheiße!" sagte der Peter. Jetzt bis zum nächsten Ortsausgang die Buckelpiste hier abfahren!" Der Manfred grunzte nur genervt und setzte sich erneut hinter das Lenkrad, startete den Motor. Langsam wendete er den Dienstwagen auf dem Vorplatz des Einzeldienstgehöftes, um wieder auf die Hauptstraße zu kommen.

Wegen der schlechten Schotterpiste dauerte es dreißig Minuten, bis sie bei dem Wirtshaus ankamen. Manfred parkte auf dem ebenen Platz unter den drei Eichen. Als die Kripobeamten die Tür vom Wirtshaus öffneten und wortlos eintraten, wurde es schlagartig still. Sofort machte sich eine greifbare, feindselige Stimmung breit: „Wir wollen keine Fremden hier! Geht's weiter in den nächsten Ort! Aber zackig! Sonst helfen wir euch raus!" Der Wirt griff unter die Theke und holte seine Schrotbüchse hervor, legte sie demonstrativ auf den Tresen vor sich. Die anwesenden Gäste, alles bullige Männer, standen von ihren Tischen auf. Der Manfred und der Peter blieben ruhig in dem Eingangsbereich stehen und zückten ihre Dienstmarken. „Den Polizeihauptmeister Hans Stücker und den Polizeiobermeister Franz Hacke suchen wir. Kripo Markelberningen. Wenn die beiden nicht unfreiwillig den Polizeidienst quittieren wollen, lasst ihr uns mal lieber in einem Stück! Also, wo finden wir die Zwei?" Die anwesenden Gäste setzten sich wieder, bis auf zwei Männer. Der Wirt verstaute seine Büchse wieder unter der weitläufigen Theke. Der Hans und der Franz winkten die beiden an ihren Tisch. „Ah, die Kollegen aus Markelberningen! Habts ihr die Formulare mitgebracht?" Der Peter und der Manfred sahen sich erst einmal das Trauerspiel, das sich Kollegen nannte, an: rote Knollennasen vom Saufen, rotgeäderte Augen vom Wirtshausdunst, jeder einen mordsdrum Bierbauch! Die Dienstjacken deswegen weit offen. Bis auf die Handschellen am Gürtel und die Schnupftaksdosen, die vor ihnen am Tisch lagen, waren die beiden Dorfpolizisten unbewaffnet. Manfred und Peter sparten sich die Gardinenpredigt, die ihnen auf der Zunge lag. „Bevor wir euch irgendwas ausfüllen und unterschreiben, werden wir erst einmal den Tatort besichtigen! Ist das angekommen? Jetzt!"

Der Hans und der Franz schauten sich ein wenig verloren an. „Ja, gut, dann trink ma unsere Halbe halt später aus. Das ihr Städter immer alles so eilig habts!" Die zwei Dorfpolizisten wedelten mit den Händen nach dem Toni, dem Wirt, zeigten auf ihre Maß: „Ned, wegschütten! Wir kommen bald wieder!" Dann standen sie langsam auf. Stetig verließen die vier das Wirtshaus. Der Manfred stopfte die zwei Dorfpolizisten auf die Rücksitzbank und deren klapprige Drahtesel auf die noch freie Ladefläche des Buses. „So, wohin jetzt?" forderte Peter eine Wegbeschreibung an. „Ja mei, am besten erst einmal zum Scheitelbaumhof, von da aus weiter zum Hochsitz im Wald." „Und wo können wir den Hof finden?" fragte Manfred genervt. „Ja da fahren wir halt zurück bis zum Dorfplatz, zum Dorfbrunnen und von dort aus nach rechts, da kommen wir dann direkt hin!"

Der Manfred hämmerte genervt mit dem Kopf auf das Lenkrad. „Gut, probieren wir es aus!" Die Fahrt zum Scheitelbaumhof mit den beiden Dorfpolizisten im Gepäck war ein Graus! Bei fast jedem Schlagloch furzte einer der Beiden oder hustete, rülpste und furzte gleichzeitig. Die heruntergekurbelten Autofenster halfen bei den fiesen Ausdünstungen, die die beiden produzierten, nichts! Rein gar nichts! Manfred und Peter zündeten sich Zigaretten an, um mit dem Rauch den Gestank abzuschwächen. Der Hans fing zum Jammern an, das er dringend beim Scheitelbaumhof einen abseilen müsste und der Franz stimmte ihm zu. Er auch! So viel Zeit müsste immer sein! Peter sah seinen wütenden Kollegen von der Seite an: „Bleib ruhig! Gleich sind wir da!" Manfred atmete hörbar aus: „Hoffentlich, sonst kotz ich dir noch auf die Füße!"

Am Scheitelbaumhof angekommen, klingelte der Franz wie ein Berserker, stürmte in die Wohnung von der Winniefred. Nach einem kurzen „Grüß Gott! Ich darf doch?" nahm er ohne weitere Worte die Toilette mit Bestimmtheit in Beschlag. Daraufhin sah die Winniefred aus dem Küchenfenster und entdeckte die unten stehenden Fremden, darunter der Kollege vom Franz. Und weil die Winniefred merkte das auch der Hans ein arges Bedrängnis in sich hatte, so wie der von einem Fuß auf den anderen stapfte und sich den dicken Ranzen hielt, rief sie ihn herauf und öffnete ihm Xavers ehemalig heiliges Reich: die Wohnung der Schwiegereltern. Der Hans verzog sich ebenfalls auf die Toilette. Nun konnte sie die zwei fremden Männer begrüßen, die den Hans und den Franz bei ihr abgesetzt hatten. „Hallo! Grüß Gott! Kann ich Ihnen irgendwie behilflich sein? Ich bin die Winniefred Scheitelbaum. Und Sie Beide sind?" Der Manfred und der Peter konnten sofort davon ausgehen, dass sie die Witwe von einem der toten Jägersleut vor sich hatten. Schwarz gekleidet, blass, mit dunklen Augenringen. Aber für den Manfred war diese Frau trotzdem wunderschön!

Der Peter machte sich natürlich auch, wie immer, sofort wichtig! Normalerweise war der ja auch nicht Blind und ein kleiner Flirt ging bei ihm immer! Witwe oder nicht! „Peter Danziger, Guten Tag! Kripo Markelberningen. Wir wurden zu einer Tatortbesichtigung von der örtlichen Polizei angefordert. Zwei tote Jägersleute an einem Hochsitz. Was können Sie uns darüber erzählen?" Winniefred wurde noch eine Spur blasser und setzte sich auf die Holzbank vor dem Haus. Manfred ging auf sie zu: „Hallo, mein Name ist Manfred Heroldsbacher, ebenfalls Kripo Markelberningen. Darf ich mich zu Ihnen setzen?" Die junge Witwe nickte nur. Manfred sah den Peter böse an und richtete erneut das Wort an die Frau Scheitelbaum: „Sie gehören zu einem der verstorbenen Jägersleute? Können Sie uns einen Hinweis geben, was passiert ist?" Winniefred schluchzte: „Ich kann Ihnen nur das wiedergeben, was man mir erzählt hat. Meine Söhne haben mir und meiner Tochter Antonia verboten zu dem Hochsitz zu gehen. Ich soll meinen Mann und seinen Freund so in Erinnerung behalten, wie ich ihn zuletzt gesehen habe. Gefunden haben sie der Alfons und der Florian. Unser Pferdeknecht, der Martin ist dann mit meinen beiden Söhnen, dem Wickerl und dem Lorenz und mit dem Alfons in der Kutsche zum Hochsitz gefahren, weil es so geregnet hat...wegen der aufgeweichten Straße. Der Johann war extra mit dem Herrn Doktor Griesinger auf den Pferden unterwegs, weil der erst von sich zu Hause aus, zu uns auf den Hof gekommen ist und dann nicht gewusst hat wohin. Alle Männer waren sich einig, dass der Xaver und der Gustl tot sind! Die Nachricht hat sich im Dorf wie ein Lauffeuer verbreitet. Dann haben sich dort im Wald die Jägerspezl aus dem Schützenverein und die Kumpane vom Jagdhornbläserverein aufgestellt. Natürlich um sich auch vom Xaver und vom Gustl ehrenvoll zu verabschieden. Und halt die, die besonders neugierig sind, haben auch einen Blick riskiert. Aber die haben sich wohl dann alle den Teufel aus dem Leib gekotzt, wegen dem grausigen Anblick. Der Hans und der Franz waren noch einmal mit dem Herrn Doktor Griesinger vor Ort. Und nun warten die Anna Maria und ich, dass wir die beiden endlich begraben dürfen."

Peter sah wegen des zertrampelten Tatortes wütend zu Manfred und wurde ungeduldig. Seine Stimme nahm einen gefährlichen Tonfall an: „Wissen Sie, wie die beiden zu Tode gekommen sind?" Winniefred schluckte hart: „Man hat mir gesagt, dass die Leiter vom Hochsitz kaputt ist, dass der Xaver und der Gustl abgestürzt sind und deshalb furchtbar aussehen!" Peter presste die Augen zu schmalen Schlitzen zusammen: „Und Sie behaupten, nicht einmal dort gewesen zu sein? Es liegt ihr toter Mann und sein Freund im Wald und sie haben nicht einmal heimlich ein paar Blumen abgelegt, geschweige denn nachgesehen, ob er wirklich nicht mehr lebt? Und die andere Frau, die Ehefrau von dem Spezl ihres Mannes, diese Anna Maria? Hat die auch nicht nachgesehen?" Winniefred schluchzte, und schüttelte einfach nur noch den Kopf und ließ die Schultern hängen. Aber nicht wegen der Befragung oder den toten Männern, nein wegen ihrer bösen Schwiegermutter. Diese war wie eh und jeh ein nicht enden wollendes Problem. Und dieses Problem kam unweigerlich auf sie zugerollt.

Die alte Hexe terrorisierte sie Tag und Nacht am Telefon. Inzwischen hatte sie das Telefon ausgesteckt, aber sie konnte förmlich vor ihrem inneren Auge sehen und es fast körperlich spüren, wie die alte Scheitelbaum die Wählscheibe malträtierte und dabei Zeter und Mordio über sie keifte. Winniefred bekam sofort wieder eine Gänsehaut.

Der Terror ging los, seit die alte Scheitelbaum von ihrem Enkel, dem Wickerl, mit einem Kondolenzbesuch überrascht wurde, um ihr die schlechte Nachricht zu

überbringen. Dass ihr geliebter Xaver vom Hochsitz gefallen ist und das nicht überlebt hätte, konnte die Hermine nicht glauben. Wenn das stimmte, dann läge garantiert die Schuld bei ihrer Schwiegertochter! Wer
sonst könnte wollen, dass der Xaver Tot ist? Das unse-
lige Frauenzimmer, das die Winniefred schon immer
gewesen war, wünschte ihrem armen Sohn doch schon
seit Jahren den Tod! Geld wollte die Erbschleicherin
und sonst nix! Aber Gott sei Ihrer armen Seele gnädig!
Sie würde der Polizei alles erzählen und dann würde
das Weibsbild schon sehen, wie es ist, wenn man ins
Gefängnis käme! Vorbei ist es dann mit dem schönen
Leben! Und damit wieder Ordnung auf dem Hof
herrschte, käme sie mit Xaver seinem Bruder, dem Herbert zurück und zöge wieder in die alte Wohnung zurück ins Haupthaus! Das ganze Schimpfpaket überbrachte der Wickerl nach dem Besuch in Groß Feldsteinberg seiner Mutter und damit Winniefred zum
Weinen. Hörten die Grausamkeiten in diesem Leben
denn nie mehr auf?

Manfred nahm die weinende Winniefred in den Arm
und tröstete sie. Er spürte, dass die Tränen und die Verzweiflung echt waren. Aber sein untrüglicher Spürsinn
vermutete auch eine Geschichte hinter den Tränen.
Aber kommt Zeit, kommt Rat! Noch etwas passierte:
Winniefred und Manfred fühlten sich just in diesem
Moment sehr wohl miteinander.

Peter konnte nicht glauben was er da sah! Der Manfred
tröstete eine potenzielle Verdächtige! Unglaublich! Was

war denn bei dem kaputt? Zu viel Landluft? Er war doch immer der böse Bulle und sein Chef klaubte dann die Scherben in der richtigen Reihenfolge wieder auf! Manfred winkte dem Peter beschwichtigend zu. Da hörten sie von oben, wie ein Fenster geöffnet und die Spülung mehrmals wild gedrückt wurde: „Pfui Deibel! Der blöde Blumenkohlauflauf gestern! Hätt ich da doch heut nur kein Zwiebelschmalzbrot mit den ganzen Radiserln zur Brotzeit gessen! Pfui Deibel! Des stinkt ja schlimmer als im Kuhstall!"

Alle drei Wartenden vorm Haus, blickten gleichzeitig nach oben in Richtung des Badfensters und verzogen angewidert das Gesicht. Man konnte sich die Situation im zweiten, vom Stücker Hans vereinnahmten Bad, ebenfalls vorstellen. Nur zu gut. Als wenn das nicht reichen würde, kam aus dem unteren Bad laut hörbar durch das gekippte Fenster: „Pfpfpfpfpfpröhrrummsplatschrummmsplatsch...Aaaah, Aua, oh, oh mein Gott! Mein Arsch! Hilfe! Jesus und Maria!"

Die Winniefred straffte sich wieder, atmete hörbar tief ein, weil sie sich das schlimmste ausmalte, was die beiden Toiletten betraf.

Der Manfred und der Peter fragten bei ihr nach, wo sie die im Vernehmungsgespräch genannten Personen vorfinden würden, verabschiedeten sich vorerst bei ihr, um im Bus das erfragte zu notieren. Peter konnte es natürlich nicht lassen, Kritik zu üben, über Manfreds Umgang mit der potenziellen Verdächtigen, Winniefred

Scheitelbaum. Der winkte aber nur müde ab und erinnerte seinen Assistenten daran, dass er während der Dienstzeit herumgevögelt, also quasi unerlaubt Privatkram erledigt hatte. Und der Chef war immer noch er, das sollte er sich hinter die Ohren schreiben! Und nicht noch einmal seine tiefgründigen Ermittlungsmethoden anzweifeln! Vor allem, wenn er auch einmal von seiner gewohnten Verhörmethode abwich! Aus! Basta!"

Der Franz kam als erster wieder vom Topf herunter und klopfte an die Tür des Einsatzwagens. Der Hans folgte fünf Minuten später auf dem Fuße. Weiter ging es mit dem Bus in den Wald. Der vermeintliche Tatort wartete. Der Hans und der Franz furzten nach wie vor. Nach zehn Minuten wilder Fahrt auf dem Ackerweg, setzte der Regen erneut ein. Gustl sein Fahrzeug befand sich immer noch am Rande des Ackers. Manfred parkte aber lieber auf dem Weg, aus Angst mit den Reifen im aufgeweichten Ackerboden zu versinken. Schweigend folgten die Kripobeamten den Dorfpolizisten zu den verstorbenen Jägersleut.

Der Tatort war ein Schlachtfeld. Manfred und Peter klappten die Münder auf. Der Weg zu den Leichnamen war bereits ein ausgetrampelter Pfad. Es stank rundherum nach Erbrochenem und Urin und so mancher Scheißhaufen lag am Rande des Weges. Peter fotografierte alles. Das würden Ihnen die Kollegen in Markelberningen sonst nie und nimmer glauben. Die Leichen waren mit zwei alten Decken beworfen worden. Rundherum stinkender Matsch, Patronenhülsen und so viele

Fußspuren, die könnten glatt von einem ganzen Dorf stammen! Peters Blitz lief heiß. Manfred näherte sich vorsichtig den Decken und zog sie behutsam weg. „Scheißdreck, Elendiger! Wie lange liegen die denn schon da!" Der Hans und der Franz spürten, dass die Stimmung der beiden Kripo-Beamten in den Keller gesunken war. Sie versuchten sich klammheimlich davonzustehlen. Der Peter stellte sich ihnen aber prompt in den Weg: „Nicht so schnell meine Herren! Bitte beantworten Sie die Frage meines Kollegen!" Die Dorfpolizisten versuchten anscheinend die Antwort mit den Augen im Schlamm zu suchen. „Wird das heute noch was!" schnauzte der Manfred die beiden Polizisten an. „Also ungefähr eine Woche bestimmt." rückte der Franz heraus. „Die waren ja vorher vermisst, aber nicht so richtig. Und dann sind's ja Beide gefunden worden. Und wir wurden ja eigentlich erst am nächsten Tag nach dem Leichenfund gegen Mittag verständigt und haben dann mit dem Doktor den Tod, also die Leichen dann ja bestätigt, den unglücklichen Unfall von den Beiden. Weil da, schauns her, da sind die Sprossen gebrochen! Und dann haben wir bei euch angerufen, wegen der Formulare. Weil, wir hatten doch vorher noch nie hier so einen Unfall!"

Der Manfred und der Peter schüttelten nur noch ungläubig den Kopf: „Hier gibt es nur noch Matsch auszuwerten! Bei den Leichen und rundherum! Da: Tierverbiss, schnell einsetzende Verwesung und Verflüssigung an der frischen Waldluft!" rief Manfred. „Schau Peter: Dutzende Patronenhülsen, rundherum!"

Ein kleinlauter Hans räusperte sich leise: "Der Jagdhornbläserverein und die anderen Jägerspezl aus dem Schützenverein haben die beiden halt hier verabschiedet. Mindestens 30 Leut. Und die neugierigen vom Dorf halt. Alle warten darauf, dass wir den Gustl und den Xaver endlich zum Eingraben abholen lassen dürfen. Aufbahren geht ja eh nimmer, so wie die ausschauen. Da wird sonst den Weibern nur schlecht."

„Ich möchte als nächstes den Arzt sprechen, der den Totenschein für die beiden ausgestellt hat!" zischte Manfred. Jetzt meldete sich der Franz zu Wort: „Mei, des könnte ein kleines Problem geben, der liegt nämlich im Krankenhaus von Möhrenhaupthausen. Der ist bei der Leichenschau unterwegs vom Pferd gefallen und hat sich ein bisschen blöd verletzt." Der Manfred und der Peter sahen sich misstrauisch an, der Fall wurde immer dubioser. „Peter, geh Du zum Auto und hol das Absperrband und fordere gleich Verstärkung an! Und wo sind die Autoschlüssel von dem Jägersmann, der gefahren ist?" Der Hans und der Franz seufzten. Das war gar nicht gut. Ganz und gar nicht gut. Der Franz antwortete: „Wahrscheinlich noch in der Hosentasche von dem Gustl, das ist der untere, der Kleidung nach. Dem, den der Wagen gehört." Manfred explodierte! Es gab eine Gardinenpredigt über Polizeiarbeit. Verhaltensregeln, etc. Das Geschrei konnten die Kollegen in Markelberningen über Funk mithören, so verausgabte sich der Manfred. Die zwei Dorfpolizisten rannten wie der Teufel aus dem Wald heraus auf den Bus zu. Sie kaperten die Fahrräder aus dem Wagen und traten so schnell es möglich war in die Pedale. Regen hin oder her. Als nächstes traf der wutentbrannte Manfred beim Peter am Bus ein und zündete sich erst einmal eine Zigarette an. „Und kommt noch jemand?" Der Peter nickte. „Ich hab die Kollegen angefunkt: Der Meyer Joseph und der Blecher Robert haben Zeit. Gibt schlimmeres als die Zwei." Manfred winkte ab. Komm Peter, wir sperren jetzt den Tatort. Ich bin mir sicher Einschusslöcher in den Schädeln der Jäger gesehen zu haben. Und dann gehen wir Mittagessen. Aber bestimmt nicht im „Blauen Barsch". Danach Klinkenputzen. Fangen wir beim Herrn Doktor an? Einverstanden?" Peter nickte.

Winniefred war schlecht, richtig schlecht. So schlimm verschissene und verstopfte Toiletten hatte Sie zu Xavers Lebzeiten nicht ertragen müssen! Und der hatte schon nicht nach Rosen gerochen und jedes Mal mindestens fünf Pfund ohne Knochen abgeseilt. Sie schwor sich, dass die zwei Dorftrottel von Polizisten, nie wieder das Porzellan in diesem Hause besudeln würden! Der Pömpel leistete bei den Verstopfungen Schwerstarbeit. Das waren mindestens zwei große Eimer Scheiße! Hoffentlich hielten die Haushaltshandschuhe dicht!

In der Zwischenzeit rollte das nächste Unheil auf Winniefred zu. Die alte Hermine Scheitelbaum war bereits mit ihrem zweitgeborenen Sohn, dem Herbert, unterwegs auf den Hof. Mit dem halben Hausstand aus Groß Feldsteinberg. Die ehemalige Wohnung wollte wieder bezogen werden. Zucht und Ordnung auf dem Hof musste wieder hergestellt werden! Dieser Mißgeburt von Schwiegertochter würde sie schon in die Schuhe reinhelfen! Wäre ja nicht das erste Mal!" Hermines zweitgeborener, der Herbert, fühlte sich gerade sehr unwohl in seiner Haut. Erstens einmal war er ausnahmsweise nüchtern. Trotz der Gesellschaft seiner Mutter. Er musste ja fahren. Gegen die Winniefred hatte er ja eigentlich nichts. Und insgeheim plante er, möglichst seinen Erbteil abzugreifen und sang und klanglos zu verschwinden. In die Südsee. Hawaii. Die ewige Schikaniererei von seiner Mutter war kaum zu ertragen. Eine Frau für ihn, die ihr in den Kram passte, gab es nicht, würde es nie geben. Und richtig arbeiten kam ihm aber auch nicht in den Sinn, damit er genug Geld sparen konnte, um zu verschwinden. Aber mit dem Erbteil, würde er in der Südsee endlich heiraten und sich den lieben langen Tag die Sonne auf den dicken Pelz scheinen lassen. Das war der Plan. Aber erst befahl ihm seine Mutter, noch einen Umweg über die Mürgelberger Kirche zu fahren.

Der Hans und der Franz radelten vorsichtshalber nach Hause und ließen sich von ihren, heute sehr biestigen

Angetrauten, das Mittagessen kochen. Es gab nur Brot-
suppe mit Wasser dazu, statt was Schweinernem mit
Bier. Als Strafe für die Frechheiten und dem furchtbaren Krach, den die Kollegen bei ihnen zu Hause gleich
zweimal veranstalteten. Die beiden Dorfpolizisten waren sich ausnahmsweise einmal einig: Mit den beiden
Kripo-Beamten aus Markelberningen war nicht gut Kirschen essen! Da machten Sie halt lieber erst einmal
Dienst nach Vorschrift, bis die wieder weg fuhren. Verstärkung würden sie niemals nicht wieder rufen! Das
war den ganzen vermaledeiten Stress nicht wert!"

Der Bus war wider Erwarten nicht auf dem Ackerweg
steckengeblieben. Ohne die furzenden Dorfpolizisten
im Gepäck, konnten sie zügig zum Hotel zurückfahren.
Manfred und Peter gönnten sich in Möhrenhaupthausen zum Mittagessen jeder ein Paar Wiener und eine
Portion Pommes Frites mit Ketchup an der sonnigen
Seepromenade. Die frische Luft war das reinste Ambro-
sia, nach den unangenehmen Gerüchen, die die Kripobeamten den ganzen Vormittag schon ertragen durften.
Das Ortskrankenhaus würde die nächste Anlaufstelle
werden, um den Herrn Doktor Griesinger zu der vorge-
nommenen Leichenschau zu verhören.

Währenddessen traf die Alte Scheitelbaum mit dem
Herbert auf dem Hof ein. Sie begrüßten alle Kinder vom
Xaver und die spannten sie natürlich auch gleich ein,

um bei dem vielen Gepäck zu helfen. Tapfer zwang sich Winniefred an die Haustür, um die Hermine mit dem Herbert zu begrüßen und willkommen zu heißen. Aber kaum sah die Hermine die verhasste Schwiegertochter, sprang ihr die pure Verachtung und der Geifer aus dem Gesicht. Da dachte die Hermine gleich sehr lautstark, dass die Winniefred eine Mörderin war, weil die mit Sicherheit ihren geliebten Xaver umgebracht hatte, den Gustl sehr wahrscheinlich noch mit dazu und was Genaues wusste man ja bei der Hexe nicht! Den Otto, den Vater vom Xaver bestimmt auch! Der halbe Hof hörte das lautstarke Gerücht und bis abends das ganze Dorf. Winniefred trat einfach nur den Rückzug in ihre Wohnung an. Wiederstand war zwecklos.

Winniefreds Kinder waren entsetzt und äußerten das auch gegenüber der Oma und dem Onkel Herbert. Aber nicht, weil die Mutter von der Oma so radikal angegriffen wurde. Nein, wenn die Oma solche Gerüchte verbreitete, war das furchtbar schlecht fürs Geschäft. Niemand würde mehr etwas vom Hof essen wollen, was eine Hexe vielleicht mit Flüchen belegte!

Winniefred gab auch kampflos wegen ihren herzlosen Kindern auf und ging ebenso ohne Widerworte für die drei Schratzen, die Treppen zu ihrer Wohnung hinauf. Bei der Schwiegermutter und „den" Kindern blieb nach der anstehenden Beerdigung und dem Besuch beim Notar nur noch die Flucht nach vorne. Der Abschied von Mürgelberg war zum Greifen nah! Wenn die Alte Scheitelbaum nicht doch noch die Polizei aufhetzte!

Winniefred kochte sich erst einen Kaffee und fing dann an ihre persönlichen Sachen zu packen. Viel war das eh nicht. Die „Hexe" überlegte beim Packen hin und her: Was könnte dem bösen Lügenmaul von Schwiegermutter denn passieren, damit die für immer ihr dämliches Tratschmaul hielt? Es fehlte doch nun wirklich nicht mehr viel, um aus Mürgelberg mit wehenden Fahnen zu verschwinden! Winniefred stellte sich vor, wie die Hermine mit ihrer Hilfe im Taufbecken in der Kirche ertrank. Zappel, Zappel... Der Pfarrer Brecht wollte doch immer jeden von seiner Sünde reinwaschen. Das konnte sie doch bei der Hermine für ihn übernehmen. Winniefred kicherte.

Im Heilige Brüder Krankenhaus war an der Rezeption sofort Panik ausgebrochen, als die beiden Beamten ihre Ausweise vorzeigten und darum baten, den Herrn Doktor Albert Griesinger sprechen zu dürfen. Die Rezeptionistin telefonierte sofort mit dem Herrn Doktor Kurz und bat ihn, dringendst aus seiner Sprechstunde heraus, in die Empfangshalle herunterzukommen und die beiden wichtigen Herren von der Kriminalpolizei in Empfang zu nehmen. Peter und Manfred tauschten kurz einen Blick aus: Irgendetwas war hier faul!

Nach fünf Minuten kam ein völlig verschwitzter Doktor Kurz aus dem Treppenhaus auf die Kriminalbeamten zugelaufen. „Meine Herren, ich darf Sie doch in mein

Büro bitten? Hier entlang! Bitte schön!" Peter und Manfred spielten mit. Im Büro nahmen alle drei auf sehr gemütlichen Sesseln Platz. Manfred setzte seinen bösen Blick auf: „Möchten Sie uns freiwillig alles erzählen oder sollen wir Sie mit Handschellen an Ihren Patienten vorbei, durch die Empfangshalle zum Haupteingang hinauszerren?" Der Herr Doktor Kurz wurde bleich wie ein Blatt Papier: „Bitte nicht, meine Herren, ich erzähle Ihnen alles! Der entführte Patient Griesinger ist wieder da, sein Zustand ist zwar schlimmer als vorher, aber er ist wieder da! Und ich verspreche Ihnen er wird wieder gesund! Das ist in unserem Krankenhaus definitiv noch nie vorgekommen! Er bekommt selbstverständlich eine tägliche, kostenlose Chefarztbehandlung! Solange sein Aufenthalt hier nötig ist. Ich bitte Sie inständig keine Anzeige gegen uns einzureichen! Ihre beiden Kollegen aus Mürgelberg wollten doch diese „Sache" unter den Tisch fallen lassen!"

Peter warf Manfred einen Blick zu, fragte, ebenfalls mit ernster Miene, nach dem Zustand des Patienten vor und nach der Entführung. Doktor Kurz Lippen zitterten beim Sprechen: Vor der Entführung hatte der Patient Griesinger eine schlimme Gehirnerschütterung vorzuweisen, dazu eine gebrochene Nase. Multiple Prellungen und große Blutergüsse am ganzen Körper. Mindestens drei gebrochene Rippen, zwei gebrochene Finger an der rechten Hand. Mit stinkendem Schlamm überzogen war der Kollege! Das Reinigen des Patienten war für die Schwestern Schwerstarbeit gewesen! Der Arzt-kollege wurde vom Chefarzt persönlich sediert, damit sich sein Gehirn erholen kann!"

„Und nach der Entführung?" fragte Peter weiter. „Nun ja, der Patient war wieder mit stinkendem Dreck über-zogen, aber auch mit toten Insekten. Sein Kopf ist auf das dreifache seines Volumens angeschwollen, Sonnen-brand stellenweise im Gesicht und an den Extremitäten. Ebenso sind die Geschlechtsteile sonnenverbrannt. Er muss über mindestens 4 Stunden, also ungefähr die Zeit, die er bei uns vermisst wurde, verkehrt herum ii einem Rollstuhl, in der prallen Mittagshitze gehangen haben. So haben wir ihn am Hintereingang vorgefun-den. Er wird nun weiterhin sediert. Sie können den Herrn Griesinger mindestens die nächsten drei Wochen nicht sprechen, eher länger."

Manfred atmete hörbar aus: „Der Patient Griesinger sollte also von der Mürgelberger Polizei verhört werden und ist danach für ein paar Stunden verschwunden und schlimmer verletzt als vorher zurückgekehrt? Und die Mürgelberger Polizei ist noch ein zweites Mal aufge-taucht, nachdem der Patient Griesinger noch immer un-geklärt verschwunden war und die Kollegen haben auf ihre Bitte hin keine Fahndung eingeleitet? Ist das Kor-rekt?"

Herr Doktor Kurz sah verlegen auf den Boden: „Ja, das ist korrekt." Manfreds Stimme nahm wieder diesen kal-ten, gefährlichen Ton an: „Und nun erzählen Sie uns doch bitte Ihre Version von der Einlieferung des Patienten!"

Herr Doktor Kurz war einem Nervenzusammenbruch nahe. „Meine Herren, bitte, unsere Sanitäter wurden von der Zugehfrau des Landarztes angefordert mit Blaulicht und Sirene zu kommen. Frau Marga Rost ist der Name der Dame. Sie hilft dem Herrn Doktor auch schon seit Jahren in der Sprechstunde mit aus. Frau Rost berichtete von einem Überfall am Telefon!"

Peter räusperte sich: „Die Verletzungen stammen also nicht nur davon, dass der Herr Doktor Griesinger vor ungefähr zwei bis drei Tagen vom Pferd gefallen ist?"

Doktor Kurz sammelte sich: „Nur wenn danach noch eine ganze Pferdeherde über ihn hinweggetrampelt ist." Manfred und Peter erhoben sich, Manfred übernahm das Wort: „Danke Herr Doktor Kurz, Sie hören von uns! Sollte sich etwas am Zustand des Patienten verändern, bitte ich darum, uns schnellstmöglich zu kontaktieren! Wir wohnen im Hotel am See, Heroldsbacher und Danziger, Zimmer Nummer 304. Wir hinterlassen alle Informationen zu unserer Erreichbarkeit bei Ihrer Dame an der Rezeption. Auf Wiedersehen!"

Vor dem Haupteingang des Krankenhauses berieten sich die Kripo-Beamten. "Peter, was meinst Du, haben die zwei Deppen von der Dorfpolizei, irgendetwas mit dem Zustand und dem Verschwinden von dem Landarzt Griesinger zu tun?" Der Peter schüttelte den Kopf: „Ich bin verwundert, dass die beiden überhaupt dem

Verdacht der Zugehfrau nachgegangen sind. Ich werde auch noch nicht schlau daraus, wieso der Doktor mundtot gemacht wurde. Vielleicht hat der Landarzt tatsächlich einen Verdacht wegen der „verunfallten" Leichen geäußert? Und wer weiß davon? Fragen wir die Zugehfrau. Marga Rost war der Name." Manfred nickte.

Im Bus versuchte der Manfred über Funk Kontakt zu den ankommenden Kollegen Meyer und Blecher aufzunehmen. Mit Erfolg. „Servus Kollegen! Wie weit seit ihr noch von Mürgelberg entfernt?" Die Antwort kam prompt: „Bei den Straßen kommen wir nie an!" „Also nicht mehr weit!" beantwortete der Manfred sich selbst die Frage. „Treffen wir uns am Dorfeingang bei dem Polizeiposten! Wir kommen so um die zehn Minuten nach euch an. Servus!"

Es waren Dreißig Minuten später. Der Meyer und der Blecher fluchten schon zur Begrüßung: „Was der Scheiß soll, bitte schön! Wir vier haben doch schon lange keine Rechnung mehr offen!" Der Peter lachte: „Wartet, bis ihr den Tatort seht und ausgiebig untersuchen durftet!" Die Stimmung der Kriminaltechniker ging sichtlich in den Keller: „Peter, du Sauhund, wenn du schon mal lachst! Auf geht's! Wir wollen irgendwann mal wieder heim." Jetzt lachte auch der Manfred laut auf. „Heim? Das könnt ihr euch abschminken!"

Die vier Kripobeamten setzten sich in ihre Autos und brachen zum Tatort auf. Zwei davon mit sehr widersprüchlichen Gefühlen. Zwei mit Schadenfreude im Gepäck. Die Reise ging erneut über den Scheitelbaumhof.

Am Tatort angekommen, fingen der Meyer und der Blecher so richtig an zu fluchen: „Ja wollts ihr uns verarschen? Wenns ihr meints, dass wir das öffentliche Scheißhaus hier umgraben, dann habens euch aber gehörig ins Hirn gschissen! Habts schon alles abfotografiert?" Manfred und Peter nickten nur schweigend. „Ja war denn hier ein Volksauflauf? Wir machen hier nur das nötigste, stimmen uns mit euch, mit dem „Tatort" ab und lassen den Rest von den Leichen abtransportieren. Ja Pfui Deibel!" Die vier Polizeibeamten trotteten schweigend zu ihren fahrbaren Untersätzen zurück. Der Meyer und der Blecher fingen an sich Schutzanzüge und Gummistiefel anzuziehen und eine Schubkarre mit Eimern, Schaufel und Rechen, Lampen, etc. zu beladen. „Heroldsbacher, schick mal gleich nach dem Leichenwagen! Das wird hier kein Ewigkeitswerk!" rief der Blecher laut in Richtung der Kollegen. Manfred nickte, zündete sich eine Zigarette an. Peter versuchte sich ein ernstes Gesicht zu bewahren. „Ach ja, wenns bitte in den Hosentaschen von den beiden nach dem Autoschlüssel schaun könntets? Oder lasst`s den Karren zur Untersuchung abholen?" Der Peter konnte es sich einfach nicht verkneifen. Der Blecher und der Meyer drohten damit, alle beide sofort an Ort und Stelle zu erschießen, wenns noch einmal ihr saublödes, vorlautes Mundwerk betätigten! Manfred und Peter schauten den voll bepackten Männern noch grinsend hinterher. Die beiden kaperten ihren Bus und machten sich wieder auf, nach Möhrenhaupthausen. Der Leichenwagen wollte bestellt werden.

Das Telefonat war bei Manfred schnell erledigt, kurz und knapp. Der Gruber Michel, der hauseigene Leichenfledderer, der sich vornehm Pathologe schimpfte, war informiert und zwei seiner Hilfswichtel zur Abfuhr der Leichen bestellt. Zusage der Ankunft aber erst morgen, ca. gegen 10.00 Uhr. Zuviele Leichen im Umlauf. Sie sollten froh sein, wenn er überhaupt jemanden loseisen konnte. Das freute die über Funk informierten Kriminaltechniker Meyer und Blecher nicht besonders. Sie stopften und beschwerten nach getaner Arbeit eine Plane um die beiden Verstorbenen herum, nahmen die gesammelten Beweise mit und dann die Beine in die Hand. Nur weg von diesem stinkendem Scheißhaus! Und das Auto von dem Verstorbenen ließen sie auch tatsächlich abholen. Warum sollten sie denn hier allein die ganze Scheiße machen? Nach ihnen die Sintflut! Und das mit dem Tatort hier, kriegen der Peter und Manfred zurück! Rache ist Blutwurst!

Winniefred trank gerade ihren Nachmittags-Kaffee. Unter ihr rumorte die Schwiegermutter mit dem Herbert in der Wohnung. Es klingelte mehrmals sehr hartnäckig und lange: Sie fiel fast aus allen Wolken! Unverhofft stand der Pfarrer Brecht vor ihrer Tür: „Ja Grüß Gott Herr Pfarrer! Was kann ich denn für Sie tun?" Der Herr Pfarrer bat um Einlass um eine wichtige Angelegenheit zu besprechen. Winniefred führte den Gottesmann nach oben in die Küche und bat ihn Platz zu nehmen: „So, Herr Pfarrer, bitte schön. Wollens auch einen Kaffee? Ich weiß leider immer noch nicht, wann ich den Xaver beerdigen darf…oder habens was anderes auf dem Herzen?" Der Pfarrer räusperte sich: "Winniefred, eine besorgte Gläubige ist heute zu mir in die Kirche gekommen und hat dich der Hexerei bezichtigt. In einer der letzten Vollmondnächte, in der die schweren Gewitter waren, wollen Zeugen dich gesehen haben, wie du nackt im Regen in den Wald gelaufen bist. Du hast ein Feuer angezündet und Lieder in einer fremden Sprache gesungen. Und der Leibhaftige ist daraufhin aus den Flammen gekommen und hat mit dir einen Pakt geschlossen!"

Winniefred wurde zornig. Mit ruhiger Stimme fragte sie den Pfarrer, was er nun bei diesen Anschuldigungen zu tun gedenke. „Mein liebes Kind! Du musst alles beichten und dem Teufel abschwören! Und als Wiedergutmachung solltest du der Kirche in deinem Testament dein gesamtes Erbe vermachen! Und das öffentlich verkünden! Selbstverständlich wirst du dann nicht exkommuniziert. Aber das Dorf hätte schon Interesse daran, dass du es so schnell wie möglich verlässt. Nicht das du Rückfällig wirst!"

Winniefred erhob dunkel ihre Stimme: "Lassen sie mich raten, die besorgte Gläubige ist meine Schwiegermutter und die Zeugen: die Rosa, die Fritzi und die Anneliese. Na, stimmts?" Der Pfarrer wurde rot im Gesicht, blickte hilfesuchend nach unten auf dem Boden. „Das Sie sich nicht schämen! Wieviel hat denn meine Schwiegermutter ihnen und den drei Tratschweibern zugesteckt, damit sie den Schmarrn zu mir herbringen? Und wahrscheinlich noch dazu im ganzen Dorf verteilen? 100 Mark, 200 Mark, mehr...?" Das ich der Hermine ein Dorn im Auge bin, ist ja nichts neues, aber das SIE sich mit der Gehilfin des Leibhaftigen verbünden, und dabei noch frech hinter ihrer Kirchenkutte verstecken, um aus den üblen Gerüchten um mich Kapital herauszuschlagen...Pfui Deibel!" Winniefred rannte zu den Pfannen, riss eine von der Wandbefestigung und stürmte auf den Pfarrer Brecht zu: „Raus hier, bevor ich ihnen den Schädel einschlage, raaaauuuusss!" Der Pfarrer versuchte den Stuhl, auf dem er saß, gleichzeitig nach hinten zu schieben und aufzustehen. Der Stuhl kippte mit ihm nach hinten um. Er fiel auf den Kopf und auf den Rücken, zappelte mit den Beinen in der Luft. Benommen drehte er sich auf alle Viere, um schnell nach draußen zu kriechen. Zong! Die Pfanne traf mit voller Wucht den Hintern des Gottesmannes, ein zweiter Schlag traf den Rücken. Der Geistliche jaulte und fluchte. Irgendwie schaffte es der Pfarrer wieder auf die Beine zu kommen und stolperte in Todesangst ins Treppenhaus hinunter, an der Hermine, seiner verdutzten Auftraggeberin vorbei. Hermine sah nach oben und sah Winniefred mit der Pfanne am Treppenabsatz stehen. In Winniefreds Augen war kein Funken Menschlichkeit mehr zu erkennen, nur noch Hass und tödliche Entschlossenheit. Hermine hatte das erste Mal Angst vor ihrer Schwiegertochter und zog sich schnell in ihre Wohnung zurück, sperrte die Türe zügig zu.

Manfred und Peter versuchten als nächstes die Anna Maria Hackl zu Hause zu befragen. Die Hackl lag auf dem Weg zur Zugehfrau vom Doktor Griesinger. Das sparte Zeit und Weg. Zuerst blieb es auch nur bei dem Versuch. Nachdem die Frau Hackl die beiden Beamten mit an den Küchentisch setzte, kamen sie nicht eine Minute zu Wort. Dort saßen bereits drei noch unbekannte ältere Damen. Die Fritzi, die Anneliese und die Rosa waren kurz vor den Polizisten angekommen und bearbeiteten gerade die frischgebackene Witwe wegen dem Grabschmuck für den Gustl, so Gott es will, er endlich in geweihte Erde übergeben werden darf! Und mit dem neuesten Tratsch: weil die Hermine Scheitelbaum wieder fest auf dem Hof eingezogen ist. Mit dem Herbert zusammen! Und die Hermine erzählte jedem, dass die Winniefred, den Xaver und den Gustl und wahrscheinlich sogar vorher noch den Otto, ihren angetrauten Ehemann, umgebracht hat! Die Winniefred ist ja sogar eine echte Hexe! Das hat die Hermine ja jahrelang beobachtet! Und deshalb hat die Hexe Winniefred die Leiter von dem Hochsitz verflucht, damit die zusammenkracht! Deshalb auch das Gewitter bei dem Vollmond! Da muss der böse Zauber gewirkt haben! Beim Tratsch erzählen ließen die drei Weiber sich nicht ein einziges Mal von den Polizeibeamten unterbrechen. Bis der Peter und der Manfred die Geduld verloren und die drei unsanft aus dem Haus bugsierten. Das war ein Gezeter und Geschrei! Peter verlor prompt die Nerven und schrie ebenfalls was das Zeug hielt! Er versprach den Tratschweibern sie für immer wegzusperren, wenn diese unbewiesenen Gerüchte nicht sofort aufhörten! Peter war in seinem Zorn sehr glaubhaft und deshalb ergriffen die drei Unheilverkünderinnen auf ihren Drahteseln lieber die Flucht. Die Polizisten schlossen die Haustüre und gingen in die Küche zurück. „Frau Hackl? Alles in Ordnung? Geht das hier immer so zu? Wer waren die drei Damen?" Peter versuchte die blasse Anna Maria auch wegen der angeblichen Hexerei zu befragen. Bis auf die Namen und die Adressen der drei Tratschen, bekamen sie nicht viel aus der geschockten Frau heraus. Manfred und Peter schüttelten den Kopf. Hier in Mürgelberg gab es tatsächlich noch die Inquisition? Wundern würde es keinen von beiden. Manfred füllte Anna Marias Schnapsglas mit dem Obstler vom Tisch auf. „Geht's wieder?" Die Anna Maria nickte und antwortete krächzend: „Also das mit der Hexe glaube ich nicht, das ist höchstens die Hermine selber! Die hat doch die Winniefred jahrelang gequält und gezüchtigt! Da könnens jeden auf dem Hof fragen! Lieber Gott! Was soll ich jetzt nur tun? Wenn ich bei dem Tratsch nicht mit mach, dann bin ich womöglich die nächste Hex, hab den Gustl und den Xaver wahrscheinlich mit umgebracht und werd wie die Winniefred dann im allerbesten Fall nur aus dem Dorf verbannt!" Tränen liefen ihr über das Gesicht.

Es klingelte an der Haustür. „Wenn das wieder die Tratschweiber sind, dann lass ich die alle wegen Hausfriedensbruch verhaften!" knurrte Manfred in die kleine Runde. Zu ihrer aller Erstaunen meldete sich aber der Pfarrer Brecht an. Nachdem auch er einen Schnaps verkostete, druckste er herum: „Anna Maria? Es wird viel im Dorf geredet… das auch du eine Hexe sein könntest? Wie die Winniefred, die von Zeugen gesehen worden ist, als sie im Wald bei Vollmond, liederliche Hexenkunst ausgeübt hat! Du weißt, dass kurz danach dein Mann und der Xaver verstorben sind. Man munkelt, ihr habt gemeinsame Sache gemacht…. Vielleicht möchtest du in der Beichte dein Herz erleichtern und mit einer größeren Spende an die Kirche Buße tun? Ich war auch schon bei der Winniefred, aber die hat mich sogleich mit meinem Angebot des Hauses verwiesen. Noch ist es aber nicht zu spät wenigstens deine unsterbliche Seele zu retten!"

Jetzt platzte dem Manfred endgültig der Kragen. Er brüllte den Pfarrer an, das dem Hören und Sehen verging: „Ja seids ihr hier in dem Kaff von allen guten Geistern verlassen? Ihr betreibts eine Hexenjagd nach der anderen in der heutigen Zeit? Und sie als Pfarrer sollen helfen und trösten, und nicht den nächsten Scheiterhaufen aufschichten! Sie beschuldigen die Frau Hackl und die Frau Scheitelbaum tatsächlich eine Hexe zu sein? Damit schüren sie nur Angst, um ihre Schäfchen für die Kirche ins trockene zu bringen! Ja wo sind wir denn? Raus! Bevor ich sie wegen Hausfriedensbruch und Verleumdung und Erpressung und anderem ins Gefängnis stecke! Zusammen mit den drei elenden Tratschweibern von vorhin!" Um seine Drohung zu untermauern donnerte Manfred seine Faust vor dem Pfarrer auf dem Tisch. Der Pfarrer Brecht sprang so ruckartig auf, dass er wieder mit seinem Stuhl umkippte! Er nahm die Beine in die Hand und verschwand blitzschnell ohne ein weiteres Wort.

Die Anna Maria war kreidebleich. „Meine Herren Polizisten, bitte gehns doch einfach! Wenn ich nicht mitspiel und dem Pfarrer Brecht in der Beichte schwör, dass ich keine Hexe bin, dann hab ich hier keine Bleibe mehr! Und wo soll ich denn hin? Das ist doch mein Elternhaus! Die Rosa und die Anneliese und die Fritzi geben erst Ruhe, wenns mit dem Gesicht nach unten in der Grube liegen! Und Geld zum Spenden, hab ich eh noch keins."

Manfred und Peter sahen sich resigniert an. Manfred räusperte sich: „Bitte machens wenigstens bei dem Tratsch gegen die Frau Scheitelbaum nicht mit, versprochen?" Die Anna Maria sah traurig auf den Boden und nickte nur. Die beiden Kripobeamten verabschiedeten sich von der niedergeschlagenen Frau. Vor der Haustüre hielten sie noch einen Moment inne, um sich zu beratschlagen. Peter brach das Schweigen: „Manfred, die sind doch alle irre hier! Minimum hundert Jahre Inzucht in dem Dorf! Die Dörfler suchen jetzt selbst einen Schuldigen? Wo es vielleicht tatsächlich ein Unfall war? Unglaublich!" Manfred schüttelte besorgt seinen Kopf: Die Frau Scheitelbaum und die Frau Hackl müssen in Sicherheit gebracht werden! Schutzhaft, oder was meinst? Oder besser nicht. Dann habens ihre Schuldigen auf dem Präsentierteller. Scheiße! So was Vertracktes! Und die Schwiegermutter mitsamt den Tratschen müssen wir auch mundtot machen. Und der blöde Pfaffe, der braucht auch noch einen ordentlichen Dämpfer! Mit der Angst seiner Gemeindemitglieder Geld zu erpressen und Gehorsamkeit gegenüber der Kirche einzufordern! Unglaublich! Wir fahren zurück ins Hotel, ich muss telefonieren! Die Zugehfrau von dem Doktor verhören wir morgen!"

Peter gab keinen Einspruch, er wollte jetzt auch einen Schnaps! Die Dörfler hier waren wirklich eine schwere Kost! Inquisition! Das musste man erst einmal verdauen!

Im Hotel angekommen schickte der Manfred den Peter alleine in das gemeinsame Zimmer zurück. Es stünden noch einige private Telefonate für ihn an, meinte er. Peter nahms gelassen zur Kenntnis und fuhr mit dem Aufzug nach oben. Seine scharfe Michi freute sich ebenfalls auf privates Liebesgeplänkel. Das war garantiert nicht für Manfreds Ohren bestimmt. Hoffentlich waren in der Tanke gerade keine Gäste!

Manfred nahm die nächste freie Telefonkabine in Beschlag. Er telefonierte mit seinem alten Vater, seinem einzigen wahren Vertrauten. Er erzählte ihm die gesamte vertrackte Geschichte und bat ihn, sich etwas für den geldgierigen, dämlichen Pfaffen und die Tratschen auszudenken. Beide Männer stellten sich die gleichen Fragen: Hatte Manfred irgendetwas wichtiges übersehen? Und sie waren sich in Bezug auf Winniefred einig: Sie musste der Schlüssel zu einem Teil der Geschichte sein! Nachdem er den Hörer auf die Gabel legte, war Manfred um einiges entspannter. Der Abend war noch jung und zu viele Fragen nicht beantwortet. Ein paar dieser Antworten würde er sich jetzt verschaffen. An der Rezeption hinterließ er seinem Kollegen eine Nachricht: Bin Zigaretten holen! Warte nicht auf mich!

In Wirklichkeit fuhr er zum Scheitelbaumhof, um mit Winniefred unter vier Augen zu sprechen. Er klingelte und wurde tatsächlich noch empfangen. Manfred wurde mit nach oben gebeten. Im Treppenaufgang bemerkte der aufmerksame Kripobeamte ein neugieriges Frauengesicht, das durch einen Spalt in der Wohnungstür im Hochparterre lugte.

Winniefred war überrascht und verärgert. Hatte denn der Pfarrer wirklich den Schneid gehabt, ihr die Polizei auf den Hals zu hetzen? Der Kripobeamte durfte sich genau wie der Herr Pfarrer in die Küche setzen. Eine unangenehme Spannung lag in der Luft. Zu ihrer Überraschung fragte der Herr Heroldsbacher sie aber aus, wer ihr denn hier im Ort etwas Böses wollte und wer etwas gegen die zwei verstorbenen Jägersleute gehabt hätte. Ob die beiden sich zu Lebzeiten Feinde gemacht hätten? Warum die Anna Maria und der Doktor Griesinger auch aus Mürgelberg verschwinden sollten? Ob sie einen Zusammenhang sah?

Jetzt brauchte Winniefred einen doppelten Schnaps. Der Polizist nahm auch einen. „Feierabend!" sagte er grinsend und klopfte auf seine Uhr. Winniefred trank noch einen zweiten und dritten Schnaps hintereinander weg, schnaufte hörbar tief ein und erzählte dem Beamten ihre ganze Ehegeschichte: Die Quälereien und Schläge der Schwiegermutter, wie Xaver es ihr bis zum heutigen Tage gleichtat. Wie großkotzig er sich mit dem Gustl zusammen überall in der Öffentlichkeit aufgeführt hatte. Das der Xaver immer, wenn er eine Möglichkeit fand, Menschen erniedrigte. Grundlos. Aus Spaß. Winniefred beichtete dem Manfred, dass die Anna Maria nur in diese Geschichte mit hineingezogen worden war, wegen ihres Flirtens mit dem Gustl, weil sie den Xaver hat ärgern wollen. Und weil der Gustl mit dem Xaver den Unfall zusammen erlitten hat. Die arme war auch immer ständig vom Gustl verprügelt worden.

Manfred erfuhr von der ewigen schlimmen Trunkenheit der beiden Jägersleut und Xavers Tablettenmissbrauch. Auch an dem Abend der letzten Saujagd war der Xaver betrunken gewesen. Ein Bursche musste ihn schon nachmittags auf dem Rad sturzbesoffen heimschieben und ins Bett bringen.

Der Doktor Griesinger war hier auf dem Hof einmal vom Pferd gefallen, nix weiter. Das der Albert deswegen im Krankenhaus lag, konnte sich Winniefred nun wirklich nicht vorstellen. Auch nicht, dass irgendwer dem armen Mann etwas antun wollte. Aber da sollte Manfred bitte die Marga fragen, seine Zugehfrau. Dann seufzte sie noch einmal laut und deutlich, goss sich noch einen weiteren Schnaps ein.

Jetzt bekam der Herr Heroldsbacher noch die Geschichte vom Herrn Pfarrer zu hören und dass sie dachte, dass er gekommen wäre, um sie deswegen zu verhaften.

Manfred war sprachlos in Bezug auf das ganze Leid dieser wunderbaren Frau. Sein untrüglicher Instinkt in Bezug auf Winniefred wollte sich aber trotzdem nicht täuschen lassen, da war noch mehr! Auch er nahm sich noch einen Schnaps und fing dann schallend zu lachen an: „Entschuldigung Frau Scheitelbaum! Ich habe mir selbst schon die Frage gestellt, wie ich dem Pfarrer eins auswischen kann! Herrlich!" Nun packte Manfred aus: Der Besuch von den Tratschweibern und des Pfarrers bei Frau Hackl. Jetzt konnte auch Winniefred wieder lachen: „Wirklich? Sie haben den Pfarrer und die drei Tratschen, zusammen mit ihrem Kollegen, aus Anna Marias Haus geworfen? Unglaublich! Ich glaube sie sind die ersten, die diesen Dorfgeschwüren Einhalt geboten haben!" Manfreds Miene nahm wieder ernste Züge an: „Was unternehmen wir wegen ihrer Schwiegermutter? Die Hexenjagd auf sie und die Frau Hackl muss sofort aufhören!"

Winniefred brach in Tränen aus. Aus war es mit der Selbstbeherrschung. Der Stress und die grausamen Jahre suchten sich einen Kanal in Winniefreds Tränen. Obwohl der Xaver am Verrotten war, machte der immer noch Ärger! Und die Hermine ließ ihre Boshaftigkeit bestimmt auch noch ewig leben.

Manfred rutschte zu Winniefred auf die Eckbank und nahm sie sanft in den Arm. Sie schmiegte sich sofort an ihn, legte den Kopf auf seine Schulter. Einen Moment hielten sie inne, dann tauschten beide einen langen Blick miteinander aus und küssten sich. Erst ganz zärtlich, bis beide die Leidenschaft überkam. Kleidung zerriss, kehlige Laute wurden ausgestoßen, Möbel wurden abgeräumt. Sie liebten sich, wie wenn das Ende der Welt nahte. Erschöpft blieben sie auf dem Boden im Gang direkt vor der Schlafzimmertüre liegen. Pure Glückseligkeit im Gesicht. Händchenhaltend. „Gehen wir ins Bett?" fragte Winniefred. „Der Boden ist so kalt und hart!" Manfred lachte: „Aber ich bin doch jetzt mit meiner Befragung fertig!" Winniefred lachte auch und knuffte ihn für diese Frechheit in die Seite: „Verhör mich noch mal! Vielleicht habe ich ja etwas wichtiges vergessen!" „Hhmm, dann wäre ja mein Bericht nicht korrekt." antwortete Manfred gespielt streng. Er stand auf, half Winniefred ebenfalls auf die Beine, hob sie mit Schwung in die Höhe und trug sie auf seinen starken Armen ins Bett.

Um 04:00 Uhr früh klingelte Winniefreds Wecker. Vorsichtig wurde Manfred wachgeküsst. Ein Blick auf den Wecker verriet ihm die ganze Misere: „Du schickst mich doch nicht zu dieser unredlichen Zeit ins Hotel zurück? Ohne Frühstück?" murmelte Manfred schlaftrunken in Winniefreds Haare.

„Natürlich! Was glaubst denn du? Ich muss wie immer mein Tagwerk verrichten, sonst fällt mein verbotener Herrenbesuch womöglich auf. Ich bin ja trotz allem eine anständige Witwe!" „Eine Unanständige Witwe und eine Hexe! Gerade Leise warst du auch nicht!" kicherte Manfred. „Übrigens, das war nichts verbotenes, nur ein von mir verordneter Personenschutz!" Manfreds Stimme nahm jetzt einen sanften, aber bestimmten Ton an: „Du musst von hier weg! Ich habe eine eigene Wohnung in Markelberningen. Wenn ich mit dem Peter die Ermittlungen in diesem Fall abgeschlossen habe, nehme ich dich mit. Keine Widerrede!" Winniefred schluckte hart, versuchte trotzdem zu lächeln. Mit ihrem kleinen Geheimnis konnte sie sich nur zu zwei Dritteln über dieses Angebot freuen. Sie küssten sich noch einmal kurz und innig. Manfred suchte seine Kleidung zusammen, um zurück ins Hotel zu fahren. Die Knöpfe an seinem Hemd waren alle abgerissen. Er lächelte zufrieden. Dieser Fall würde ihm auf ewig in Erinnerung bleiben.

Winniefred schlich inzwischen mit einer Bürste voll Schuhcreme leise die Treppe hinab und beschmierte den Türspion der Schwiegermutter damit. Manfred der ihr nachkam, grinste bei dem Anblick, der sich ihm bot: seine nackte Göttin, die verschmitzt lächelnd einen Türspion unbrauchbar machte. Eine wundervolle Frau. Es gab einen letzten Kuss.

Die frische kühle Luft ließ ihn frösteln. Jetzt brauchte er erst einmal eine Zigarette. Der Rauch verschwand tief in seiner Lunge. Ihm wurde schwindlig. Leise bestieg er sein Gefährt. Der Motor kam ihm beim Anlassen verdammt laut vor. Vorsichtig lenkte er den Bus vom Hof auf die Schotterpiste, die sich Hauptstraße schimpfte. Das Hotel wartete. Und Peter. Ja genau Peter. Wie, oder sollte er überhaupt, sein Verhältnis zu Winniefred dem Kollegen mitteilen? Er schlief mit einer der verdächtigen Personen in einem noch nicht bewiesenen Mordfall. Oder war es ein Jagdunfall? Er war verliebt, schwer verliebt. Selbst wenn Winniefred die beiden kalt gemacht hätte, es war ihm scheißegal. Der Ehemann und sein Lakaie, mitsamt diesem beschissenen Kuhkaff, hatten doch eh noch nie richtig getickt. Zwei Arschlöcher weniger. Aber herausfinden wollte er es trotzdem. War Winniefred eine Mörderin? Oder die Anna Maria Hackl? Oder gar die Hermine Scheitelbaum? Die Schwiegermutter betrieb in seinen Augen verdammt viel Aufwand, um die Winniefred von hier zu vertreiben. Es machte Manfred auch stutzig, dass die alte Scheitelbaum der Welt auch noch glauben machen wollte, dass die böse Schwiegertochter sogar ihren Ehemann auf dem Gewissen hatte. Würde die alte Scheitelbaum deshalb so weit gehen und ihren eigenen Sohn opfern? Solche Szenarien hatte der erfahrene Polizeibeamte schon oft erlebt. Leute töteten oft aus den dümmsten Beweggründen heraus, verstrickten sich und verschlimmerten meistens beim Spuren verwischen alles noch mehr und flogen schließlich auf.

Apropos Spuren, die Leichen und die Beweise gingen heute auf die große Reise nach Markelberningen. Wenn der Leichenfledderer fertig war und ihm seinen Bericht vorlegte, konnte er danach bestimmt um einiges klarer sehen. Die Ergebnisse der Kriminaltechniker sollten auch aufschlussreich sein. Bis dahin wollte er die Zugehfrau vom Doktor Griesinger noch mit dem Peter ausfragen. Aber erst duschen und frühstücken!

Die Anna Maria Hackl machte sich gegen 10.00 Uhr auf, den Pfarrer zu Hause zu besuchen. Sie klingelte drei Mal am Hauseingang. Die Tür öffnete sich einen Spalt. Misstrauisch lugte der Pfarrer aus der Haustür. Nicht das die zwei Polizisten wieder zufällig in der Nähe waren. Jetzt öffnete er weit die Tür: „Anna Maria! Ja was führt dich denn zu mir? Mit dir hab ich ja gar nicht gerechnet!" log der Pfarrer.

„Ich möchte in der Beichte schwören das ich keine Hexe bin, gleich und sofort!" platzte die Anna Maria heraus. „Und hast du dir auch schon etwas überlegt, damit unser Herrgott und das Dorf auch merkt das es dir Ernst ist? Vielleicht eine großzügige Unterstützung unserer Kirche?"

Die Anna Maria war eine einfache Frau, aber so dumm wie der Pfarrer dachte, war sie nicht. Sie spielte auf Zeit. „Mei Herr Pfarrer! Bitte eines nach dem anderen! Erst retten wir doch meine Seele, oder?"

Der Pfarrer Brecht dachte, er hätte gewonnen. Für ihn war es ein leichtes, die ganzen einfachen Frauen in diesem miesen Kaff zu verängstigen. Und je mehr Angst sie hatten, desto mehr spendeten sie ihm und der Kirche. In diesem rückständigen Dorf könnte er bis an sein Lebensende in Saus und Braus leben!

Der Pfarrer holte seinen Messdiener als Zeugen heran, nahm die Anna Maria mit in seinen Beichtstuhl, nahm ihr die Beichte ab und ließ sie danach mit der Hand auf der Bibel schwören, dass sie keine Hexe sei. Er erklärte ihr das eine Hexe keine Bibel anfassen könnte. Der Thomas Zankl nickte zustimmend. Anna Maria dankte den beiden schön, kniete sich erleichtert in die erste Reihe der Kirchenbänke und betete zu der Heiligen Mutter. Nach den Gebeten stand sie auf und bekreuzigte sich neben der hölzernen Kirchenbank, drehte sich um und schickte sich an zu gehen. Der Pfarrer eilte ihr sogleich hinterher und hielt sie an der schweren Holztür, die ins Freie führte, auf. „Anna Maria, hast du nicht noch was vergessen? Deine Spende!" „Aber Herr Pfarrer!", seufzte die Anna Maria. „Ich kann doch erst mein

Erbe antreten, wenn die Polizei weg und der Gustl endlich begraben ist. Dann darf ich auch erst einmal den Totengräber, die Anneliese, die Rosa und Fritzi für den Blumenschmuck und Sie für den Gottesdienst und die Grabrede bezahlen! Dann schaun wir mal was noch übrig ist, ja, Herr Pfarrer? Ach, den Leichenschmaus darf ich ja auch noch ausrichten! Sehens? Kommens doch bitte zu mir, wenn das alles rum ist, ja?" Der Pfarrer Brecht knirschte trotz seines Lächelns mit den Zähnen: „Natürlich Anna Maria, gell so warst du schon immer, eines nach dem anderen erledigen. Mach dir keine Sorgen, selbstverständlich besuche ich dich auch weiterhin, wenn du alles überstanden hast. Dein Seelenheil ist mir doch wichtig!" Er öffnete die Kirchentür und Anna Maria huschte mit einem letzten „Gott zum Gruß!" hinaus.

Der Pfarrer war wütend über dieses einfältige Weibsstück! Musste er der wirklich noch hinterherlaufen, damit die etwas herausrückte? Das würde für die alte Hackl noch teuer werden! Nicht mit ihm!

Die Anna Maria nahm die Beine in die Hand. Glück gehabt! Einen Teufel würde sie tun und dem falschen Fuffziger auch nur einen einzigen extra Pfennig in den Rachen werfen! Der machte gemeinsame Sache mit dem Leibhaftigen! Aber erst einmal den Gustl verscharren und dann weiterschauen. Sie überlegte eh, das Haus zu verkaufen und das Dorf zu verlassen, um im übernächsten Nachbarort bei der verbliebenen Verwandtschaft noch ein Auskommen zu haben. Trau, schau, wem!

Gegen 10.00 Uhr waren die Helfer vom Leichenfledderer im Hotel am See in Möhrenhaupthausen angekommen. Von dort aus starteten Manfred, Peter, der Flamminger Sepp und der Bärzwinger Berthold zu dem
Waldstück mit den sterblichen Überresten der Jägersleut. Das Wetter war nach wie vor durchwachsen, eher
nass. Sie machten am Scheitelbaumhof halt, baten die
Winniefred und den Ludwig vorsichtshalber um die
Kutsche, um die Zinksärge zu den Leichen zu bringen.
Das würde noch eine Scheißarbeit werden. Selbstverständlich sagte der Ludwig sofort zu! Der alte Martin
spannte die Pferde ein und fuhr vor. Der Ludwig
sprang zu dem Martin auf den Bock. Schließlich ging es
um seinen verstorbenen Vater! Die Wichtel und die Beamten luden noch benötigtes Zubehör auf, dann konnte
die Reise beginnen. Manfred und Winniefred ließen
sich nichts anmerken. Für beide stand viel auf dem
Spiel.

Peter war beleidigt. Sein Kollege verschwieg ihm sonst
nie etwas! Aber dieses Mal schwieg er wie ein Grab!
Erst kam er in aller Früh wieder, mit einem seligen Lächeln im Gesicht und zerrissenen Klamotten, einen
Mordshunger im Gepäck und dann gab es keine Auskunft? Nicht ein verdammtes Wort? Da stimmte irgendetwas ganz gewaltig nicht! Manfred war nicht der
Typ, der Nutten besuchte.

Der alte Martin fuhr die Kutsche so nah wie möglich an
die Blutbuchen heran. Es waren aber trotzdem noch ungefähr 100 Meter Weg zu überwinden. Schutzanzüge

und Gummistiefel wurden verteilt und angezogen. Schweigend brachte der kleine Trupp den restlichen Weg hinter sich. Der Sepp und der Berthold waren schockiert. Nicht über die Leichen, sondern über den Zustand des Tatortes! Himmel Sakrament! Kreiz, Birnbaum und Hollerstauden! Es waren immer noch überall aufgeweichte Kotz- und Scheißhaufen im groben zu erkennen. Den ganzen Weg zu dem Leichenfundort entlang. Und der ganze Schmutz war auch überall um die Leichen herum zu finden! Alle Mann waren nun über die übergezogenen Schutzanzüge und Gummistiefel sehr froh.

Es wäre eine Schweinearbeit gewesen, die Zinksärge zu den Leichen zu bringen und die dann wieder zu der Kutsche. Also einigten sich alle Beteiligten darauf eine Plane zu benutzen. Sie breiteten diese vor den männlichen Überresten aus und hoben dann zu fünft die zwei ineinander verkeilten Leichen mitsamt großer Schaufeln auf die Plane. Fünf Leute, vier nahmen einen der vier Zipfel von der Plane, der Ludwig nahm hinten den Mittelteil. Ruckzuck waren sie bei der Kutsche. Jetzt war das nächste Problem zu lösen. Die zwei Herren waren so ineinander vermischt und vermatscht, dass die beiden unmöglich auf zwei Särge aufzuteilen waren. Auch um den eingetretenen Tod zu untersuchen, wäre es ja von Vorteil alles so zu lassen, wie es ist. Also stopften sie die beiden Toten mit der stinkenden Plane in einen offenen Sarg und verschlossen die Plane oben mit einem Seil und machten einen großen Knoten. Das Päckchen sah aus wie ein übergroßer eingepackter Geschenkkorb. „Geschenke, die man nicht braucht" sagte der Flamminger zum Bärzwinger und grinste. „Ihr habt ja einen Scheißhumor!" meckerte der immer noch schlechtgelaunte Peter. „Geh weiter." meinte der Manfred zum Peter. Der drehte sich aber einfach um und war weiter beleidigt. Manfred und die zwei „Leichenwichtel" beluden die Kutsche noch mit den Schaufeln. Viel Platz war nicht mehr. Der alte Martin und der Ludwig scheuchten den Volksauflauf von der Kutsche herunter: „Halt! Einer kann noch mitfahren. Wird sonst zu schwer für die Gäuler. Aber ich fahr langsam, damit ihr hinterherkommts!" ordnete der Martin an. Peter wurde noch stinkiger und blieb trotzig sitzen. Die anderen drei zuckten mit den Schultern und marschierten samt Schutzanzügen und Gummistiefeln los.

Gegen 12.00 Uhr kam der Bergungstrupp wieder am Scheitelbaumhof an. Das „Geschenk" wurde vom Flamminger und dem Bärzwinger mit hochgezogenen Nasenflügeln im Leichenwagen verstaut und abtransportiert. Peter und Manfred machten sich gleichzeitig mit dem Leichenwagen auf den Weg. Allerdings in die andere Richtung, ins Hotel: duschen, etwas essen, danach mindestens ein kurzes Mittagsschläfchen halten.

Winniefred war sehr unwohl. Das Verladen der Leichen war ein bedrückender Anblick. Ihre Kinder und der ganze Hof waren gekommen, um zuzusehen. Die Hermine taxierte sie mit den bösesten Blicken. Xavers Bruder, der Herbert, hielt sich wie immer im Hintergrund und folgte der Hermine wie ein Schoßhündchen auf dem Fuße. Winniefred war erleichtert, als der Leichenwagen endlich den Hof verließ. Für sie ging es jetzt um die Wurst. Alles hing davon ab, was der Pathologe in Markelberningen feststellte. Blass und erschöpft lief sie nach oben, schloss hinter sich ab, trank noch ein paar Schnäpse und legte sich ins Bett. Sollten sie doch alle mal gern haben. Heute würde sie nichts mehr verrichten. Außer vielleicht von Manfred träumen.

Es war unheimlich laut im Hoteleigenen Restaurant. Peter dachte, dass der Geräuschpegel einem startenden Flugzeug entsprach. Am Samstag war hier immer die Hölle los. Das gute, preisgünstige Essen war bei den jungen Familien und den Touristen in der näheren Umgebung bekannt und beliebt. Manfred und Peter überlegten beim Essen schweigend, wie sie weiter vorgehen wollten. Das Verhör der Zugehfrau von dem Doktor Griesinger stand als nächstes auf dem Plan. Manfred wirkte abwesend. Peter dachte natürlich, dass sein Kollege sich ebenfalls angestrengt mit dem Fall befasste. Peter war nahe dran, aber in Wirklichkeit vermisste Manfred seine Winniefred. Er wollte sie ganz dringend wiedersehen, küssen, streicheln… Und erst eine halbe Stunde später überlegte er, wie er dem Pfaffen und die Tratschen und die Schwiegermutter mit einem Streich aus dem Verkehr ziehen konnte. Und ob Peter ihm dabei helfen würde. Er sann auf Rache für Winniefred.

„Peter? Ich habe da vielleicht eine Idee. Was würdest du davon halten, wenn wir alle Verdächtigen in einem Raum hätten und sagen wir eine… etwas nicht ganz alltäglich gebräuchliche Verhörmethode benutzen, um die verdächtigen Personen, die ich im Auge habe, zu überführen?"

Peter war überrascht. Sein sonst so überkorrekter Dienst-nach-Vorschrift-Vorgesetzter ging plötzlich ganz neue Wege? Entweder schadete dem die Landluft oder sie tat ihm gut. Anhören konnte man sich das ja Mal. „Manfred, sag an, wen verdächtigst du? Und dann will ich immer noch wissen, wo du gestern Nacht warst!"

Manfred grübelte: „Für mich steht die Schwiegermutter Scheitelbaum an der ersten Stelle. Sie möchte für sich und ihren geliebten Sohn Herbert den ganzen Hof einnehmen. Aber würde Sie dafür über Leichen gehen? Genauer gesagt: über die Leiche ihres Erstgeborenen und dessen Freundes? Aber denk an den Ludger-Fall! Da spielte sich genau dieses Szenario ab. Die alte Scheitelbaum versucht ihrer Schwiegertochter den noch nicht bewiesenen Mord in die Schuhe zu schieben. Das könnte ein Hinweis sein, weil die so vehement versucht unschuldig zu sein. Hermines Sohn, Herbert, hmm, ein Mitläufer oder Lakai, der seiner Mutter nicht widerspricht, ist als Täter nicht komplett auszuschließen! Der geldgierige Pfaffe könnte durchaus ein Mittäter oder auch der Täter sein. Wer verdächtigt schon den Pfarrer? Die drei Tratschen sind zu dämlich, die könnten nicht eine Sekunde die Klappe halten, geschweige ein Geheimnis bewahren. Die Witwen Scheitelbaum und Hackl, da werd ich noch nicht schlau daraus. Gemeinschafts- oder Einzeltäter? Beide durften gewalttätige Männer aushalten, die durchaus nicht nur Freunde im näheren Dunstkreis hatten, laut der Dorfpolitik hier. Erinnere dich an unseren Besuch im „Blauen Barsch". Die Dörfler fackeln hier nicht lange. Ich schließe die Hackl als Einzeltäterin aus. Sagt mir mein Bauch. Die Witwe Scheitelbaum. Was für ein Motiv sollte sie haben? Der gewalttätige Ehemann ist tot, aber dafür hat sie die Schwiegermutter, die Intrigen, samt der Inquisition und die ganzen Erben im Genick, dazu den Pfarrer, der ebenfalls die Hand aufhält. Ihr bleibt nicht der Dreck unterm Fingernagel, wenn sie mitspielt. Wo soll sie ohne Geld hin? Das müssen wir beobachten. Da hätte es die Hackl wiederum besser, keine Kinder, die könnte ihr Haus veräußern und auf Nimmer-Wiedersehen verschwinden. Wenn die zwei Frauen gemeinsame Sache gemacht haben, dann wäre das hier schon echt eine Meisterleistung! Wenn wir doch nur schon die Berichte der Kollegen hätten! Peter, Mord oder ein blöder Unfall mit tausenden von Verstrickungen?"

Peter lauschte seinem Kollegen andächtig. Er hatte nicht Unrecht mit seinen Überlegungen. Aber er gab Manfred noch etwas zu bedenken. Es gab zu den fehlenden Berichten der Kollegen noch einen weiteren wichtigen

Punkt zu durchleuchten: Was wusste der Landarzt Griesinger, der noch im Koma lag? Wieso wurde dieser auch fast um die Ecke gebracht? Was hatte der Doktor mit den beiden Dorfpolizisten am Tatort gesehen, das ihn in diese Lage brachte? Und wieso „passierte" den beiden Dorfpolizisten nicht dasselbe wie dem Herrn Doktor?

Aber in diesem einem Punkt waren sich Manfred und Peter einig: den Hacke und den Stücker zu verhören, war so sinnig, wie eine Kuh im Stall zu befragen. Wenn nicht einmal ein potenzieller Mörder die beiden Dorftrottel für gefährlich hielt? Wer wusste denn nichts von den Ermittlungen der Zwei, da sie alles im „Blauen Barsch" herumposaunten? Ohne die Berichte der Kollegen von der Pathologie, verlief gerade jede Spur im Sande! Vorausgesetzt es war überhaupt Mord!

Da kam Manfred noch einmal auf seinen Plan zu sprechen, um schon einmal für den Fall der Fälle, ein paar Verdächtige ausschließen zu können. Peter war ganz Ohr. Nach dem Gedankenaustausch wollte Peter „kurz" mit seiner scharfen Michi am Telefon plaudern. Manfred nutzte ebenfalls die Gelegenheit, um seine geliebte Winniefred anzurufen und sie in seinen Plan einzuweihen.

Es war Sonntagmorgen, 09.30 Uhr. Die Kirchenglocke läutete die Morgenmesse ein. Die Mürgelberger Dorfbewohner betraten teils müde, teils bedächtig die Kirche und suchten sich einen Sitzplatz auf den hölzernen Bänken. Alle sahen fesch und resch aus, in ihren gestärkten und gebügelten Sonntagsgewändern.

Auch Winniefred und die Anna Maria Hackl überwanden sich, die Kirche zu besuchen. Die Frauen traten tapfer den sonntäglichen Spießrutenlauf, den ihnen die alte Hermine Scheitelbaum eingebrockt hatte, an. Als die beiden die Kirche betraten wurde es schlagartig still. Sie setzten sich zusammen auf eine Bank. Niemand sonst wollte neben ihnen sitzen. Die drei Tratschen konnten auch in der Kirche ihre Schandmäuler nicht halten. Sie präsentierten sich direkt neben dem Herbert und der alten Scheitelbaum. Immer wieder drehten sie sich demonstrativ und mit abschätzigen Blicken zu der Winniefred und der Anna Maria nach hinten um und tuschelten laut nach allen Seiten.

Winniefred und Anna Maria spürten die Blicke der Dörfler ringsherum, wie ein furchtbares Brennen am ganzen Körper. Sie wären am liebsten weggerannt. Ab und zu hörte man in dem Getuschel der Leute das Wort: Hexe, Teufel und anderes. Jeder der die beiden Frauen ansah, bekreuzigte sich schnell und wandte den Blick wieder ab. Eine brenzlige Stimmung tat sich um die Frauen herum auf: Die Hexen verbrennen, wie früher! Jagt sie aus dem Dorf! Steinigen oder ersäufen wäre das richtige für die zwei Weibsbilder! Was man denn hier noch alles erdulden musste! Warum tut denn keiner was, wegen der teuflischen Weiber? Winniefred nahm Anna Marias Hand fest in ihre und bat sie ruhig zu bleiben. Es würde ihnen nichts passieren, es würde alles gut werden. Anna Maria schluckte die Tränen herunter. Wenn sie der Winniefred doch nur glauben könnte. Hoffentlich kamen sie heute noch mit heilen Knochen aus der Kirche heraus!

Die beiden Kripobeamten Manfred und Peter waren bereits in den frühen Morgenstunden, ab ca. 5.00 Uhr, fleißig gewesen, um die Kirche zu präparieren. Sie fühlten sich wie Schuljungen, die einen tollen Streich planen. Manfred und Peter waren sich einig: Strafe muss sein! Der Pfarrer, die Schwiegermutter und alle anderen Hexenjäger: hoffentlich verriet sich einer während oder nach dem Streich! Sie würden auf jeden Fall danach alle abklappern.

Das Schloss der Kirchentür war kein besonderes Hindernis gewesen. Winniefred und das ganze restliche Dorf wussten, dass der Ersatzschlüssel unter dem großen Blumenbottich neben der alten Holztür lag. Also bekam Manfred die Information dank Winniefred nun auch. Eine erneute mitternächtliche, private Befragung von Frau Scheitelbaum, von der der Kollege Peter Danziger nichts mitbekam, ergab unter anderem, welche der Kanzeln immer zum Predigen genutzt wurde. Also wählte er den großen Beichtstuhl gegenüber der linken Kanzel und stellte darin die ausgebauten Lautsprecher ihres Busses samt der angeschlossenen Ersatzbatterie auf. Auch das Mikrofon von ihrem Tonaufnahmegerät fand Verwendung. Manfred hatte es sich in dem Beichtstuhl bereits bequem gemacht. Er spielte mit dem Mikrofonkabel. Ein boshaftes Lächeln zierte sein Gesicht. Hauptsache seine Winniefred war eingeweiht und er war hier, um sie zu beschützen! Peter schöpfte keinen Verdacht wegen seiner Zielstrebigkeit. Der Steinboden war aus-getreten. Wohin wer ging konnte abgeleitet werden. Und Schlüssel wurden meistens in der Nähe der Tür versteckt.

Die Kirche war bald voll. Der Messdiener, Thomas Zankl, war Gott sei Dank, auch ein begabter Organist. Er eröffnete den Gottesdienst mit einem kurzen Stück. Lange genug, dass der Pfarrer Brecht die Hochkanzel erklimmen konnte. Es gab eine kurze Begrüßung. Es folgten ein Gebet und ein gesungener Psalm. Dann gab er das Thema der heutigen Messe bekannt. Heute ging es in der Predigt um die 10 Gebote.

Manfred und Peter kicherten in ihren Verstecken jeweils still in sich hinein. Wie passend doch das Thema war. Peter stellte sich hinter die breite Säule der anderen Hochkanzel. Diese besaß genau die richtige Größe, um ihn bequem zu verdecken. Er konnte sie auch gefahrlos und ungesehen aus dem Nebeneingang der Kirche erreichen. Peter war bereit, um die versteckten Rauchfackeln mit den Reißzündern anzufeuern.

Als der Pfarrer nach einer gefühlten Ewigkeit endlich die 10 Gebote verlas, riss Peter an den Schnüren, die mit den Rauchfackeln verbunden waren. Es gab ein großes Zischen und weißer, dichter Rauch verteilte sich über den Hochkanzeln, waberte auf den Boden der Kirche. Er schien von allen Seiten zu kommen. Nur der Altar blieb durch ein hinteres Kirchenfenster hell erleuchtet. Sonnenstrahlen spielten auf der weißen Altardecke. Das Szenario war perfekt.

Die Hälfte der verängstigten Dorfbewohner sprang auf und versuchte aus der Kirchentür zu entkommen, aber sie war von Peter, von außen verschlossen worden. Die andere Hälfte kniete auf den Holzbänken nieder und schrie um Gnade! Das war Manfreds Zeichen! Es ertönte nun eine dunkle unheimliche Stimme! Sie schien aus dem Rauch zu kommen und hallte aus den Ecken der Kirche wider. Schlagartig kehrte Grabesstille ein.

Ferdinand Brecht! So höre! Hier spricht Dein Herr, Dein Gott! Du erdreistest dich, meine heiligen Gebote, meinem Volk zu verkünden? Und selber brichst Du sie, wie es Dir gefällt?

Ein erstauntes Raunen ging durch die Kirche. Die Dörfler waren wie erstarrt, schluchzten oder bekreuzigten sich zigmal hintereinander und klammerten sich krampfhaft an ihre Rosenkränze. Kleine Kinder weinten.

Ich bin der Herr, Dein Gott! Du sollst nicht andere Götter neben mir haben! Du sollst nicht stehlen! Und doch verehrst Du das Geld, das Du meinen Gläubigen aus der Tasche stiehlst! Ablässe forderst Du in meinem Namen und im Namen der Kirche ein und verprasst einen großen Teil des Geldes davon selbst! Du lebst auf Kosten

anderer in Saus und Braus! Du bringst meine Schäfchen
um deren hart erarbeitete Besitztümer! Nichts ist Dir in
Deiner Gier heilig! Dabei sollst Du nicht begehren Dei-
nes nächsten Haus und alles was sein ist! Ferdinand
Brecht, Du nimmst schon seit Zeiten den armen, ängst-
lichen und verzweifelten ihren letzten Heller und Pfen-
nig!

Der Pfarrer Brecht wurde blass und blässer auf seiner
Kanzel. Er versuchte verzweifelt in dem dichten Rauch
zu erkennen, woher die mahnende Stimme kam. Er war
öffentlich aufgeflogen. Er fürchtete bereits jetzt um Leib
und Leben!

Der Messdiener Thomas Zankl sah genau wie der Rest
des Dorfes gespannt zu der Kanzel mit dem gebeutelten
Pfarrer hinauf. Grau sah der aus. Wie wenn er sich
gleich übergeben müsste. Was er auch prompt tat. Einmal, dann noch ein zweites Mal. Und widersprechen tat
der auch nicht. Noch besser konnte der Pfarrer seine
Schuld kaum eingestehen. Die Dörfler fingen an wütende Zwischenrufe abzugeben: „Er hat gesagt, dass ich
unseren Acker an die Kirche hergeben soll, sonst
kommt mein zurückgebliebener Sohn in die Hölle!"
„Mir hat er unseren Familienschmuck hergeben lassen!"
„ Unsere goldene Marienstatue hat er mitgenommen,
im Namen des Herrn!" Die wütenden Schreie und Kla-
gen wollten kein Ende mehr nehmen. Erneut tönte die
dunkle Stimme aus dem Rauch:

Ferdinand Brecht! Du sollst nicht ein falsches Zeugnis abgeben, wider Deinem Nächsten! Und doch hast Du Dich von der Sünderin Hermine Scheitelbaum dazu verleiten lassen, die aufrichtige Winniefred Scheitelbaum und die brave Anna Maria Hackl aufs Schlimmste auszurichten! Auch die Sünderin Hermine selbst hat dies getan! Auch die drei unseligen Dorftratschweiber, die Anneliese Zangenstuhl, die Rosa Gehrmann und die Fritzi Hempel haben dazu geholfen und ebenso Lug und Trug verbreitet! Schande über euer Haupt! Dafür habt Ihr euch mit harter Münze bezahlen lassen! Die von mir genannten Sünder! Lasst euch gesagt sein, meine Strafe wird furchtbar! Am Tage eures Todes wird euch das Himmelreich verwehrt. Der Leibhaftige wird euch ins Fegefeuer werfen und daraus sollt ihr nie wieder herauskommen! Merkt euch: Alle, die diesen Sündern in Zukunft ein Ohr schenken, werden ebenfalls meinen furchtbaren Zorn zu spüren bekommen! Mein Volk, nun gehet dahin! Ihr Sünder, tut alle euer Unrecht sühnen und ziehet nicht noch einmal meinen Zorn auf euch! So spricht euer Gott der Herr!

Peter, der sich inzwischen durch den Pulk zu der Kirchentür durchgearbeitet und endlich an das Türschloss herangekommen war, sperrte es hinter seinem Rücken auf. Er schrie nun laut: „Sehet der Herr hat uns die Tür wieder geöffnet!"

Erleichtert liefen die Leute mehr als sie gingen, mit dem verfliegendem Rauch aus der Kirche hinaus. Nur die alte Hermine Scheitelbaum und der Herbert, die drei Tratschweiber und der Pfarrer blieben still und stumm zurück. Sie warteten noch ein paar Minuten, aus Angst, draußen von den Dörflern zur Rede gestellt zu werden. Oder gar gemeuchelt.

Der Messdiener ergriff seine Chance, verabschiedete sich von seinem ehemaligen Chef mit den Worten: „Zusperren könnens dann heut mal selber, saubermachen auch und kommen tu ich erst wieder, wenn ein neuer Herr Pfarrer da ist. Wohl bekomms!" Er trat in die Sonne hinaus und war heilfroh, dass er nichts von den schlimmen Gaunereien seines Vorgesetzten, über all die Jahre hinweg mitbekommen hatte. Niemand behelligte ihn auf seinem Nachhauseweg.

Vorsichtig schlichen die von „Gott" genannten „armen Sünder" samt Pfarrer nach draußen, um auf dem nächstbesten Schleichweg mit heilen Knochen nach Hause zu kommen.

Winniefred und die Anna Maria umarmten sich vor dem wuchtigen, gusseisernen Tor, das die Kirche mit einer hohen langen Mauer vom Rest der Welt trennte. Nun würde alles wieder gut werden. Die Dörfler grüßten auf einmal wieder freundlich. Kein schlimmes Wort fiel mehr in ihre Richtung. Keine bösen Blicke gab es mehr für die zwei Frauen. Was für eine Wendung des Schicksals!

Die Anna Maria flüsterte der Winniefred ins Ohr: „Das war aber nicht echt?" Und die Winniefred flüsterte zurück: „Nein, aber wenns hilft? Das bleibt unser Geheimnis. Hauptsache wir haben unsere Ruhe!" Beide lächelten sich an, lösten sich voneinander und gingen ihrer Wege. Winniefred war ihrem Manfred unendlich dankbar! Noch nie hatte sich jemand so für sie eingesetzt! Dafür liebte sie diesen Mann nun noch mehr!

Peter half Manfred inzwischen die mitgebrachten Gerätschaften in seinem Rucksack zu verstauen. Und die Spuren der Rauchfackeln zu beseitigen. Zufrieden traten sie aus dem Nebeneingang in die Sonne und schlenderten langsam, zu dem in der Nähe geparkten Bus.

„Manfred? Meinst wirklich, dass uns jemand auf die Aktion hin aufsucht und seine Missetaten, vielleicht sogar den Mord beichtet?" Manfred grinste: „Abwarten und Tee trinken. Wenigstens werden unsere zwei möglichen verdächtigen Damen nicht mehr auf dem Scheiterhaufen verbrannt. Jetzt gibt's erstmal ein großzügiges Mittagessen. Und dann müssen wir den Bus wieder Instandsetzen. Am besten klappern wir danach unsere Verdächtigen ab. Anfangen tun wir bei der alten Scheitelbaum."

Winniefred konnte seit der Ankunft ihrer bösen Schwiegermutter das erste Mal wieder richtig durchatmen. Tiefe Erschöpfung machte sich in ihr breit. Sogar ihre Kinder gesellten sich auf dem Nachhauseweg zu ihr. Sie war ja nun offiziell von Gott rehabilitiert. Wie leicht-gläubig doch alle um sie herum waren. Warum war sie so anders? Winniefred trug schon immer die Ahnung in sich, dass sie als Außenseiter in der Familie gehandhabt wurde und auch nicht hierher in dieses Kuhdorf gehörte. Sollten ihre Kinder und Dörfler doch mit ihrer Einfachheit und der ansässigen Gottesfurcht glücklich werden. Manfred war jetzt ihr Weg ins Glück. Er würde seine Versprechen halten! Ein bisschen Zeit musste noch vergehen, bis die Untersuchung des „Unfalls" vom Xaver und vom Gustl abgeschlossen war, dann wartete ein neues Zuhause in Markelberningen auf sie. Mit Manfred, der gut für beide sorgen und vor allem anderen, auch für immer beschützen würde!

Zuhause in ihrer Wohnung angekommen legte sich Winniefred erst einmal auf das bequeme Sofa in ihrem Wohnzimmer. Die Erleichterung über ihre Rehabilitation wandelte sich fast sofort in bleierne Müdigkeit um, die sie übermannte und schnell ins Land der Träume trug.

Hermine und Herbert ließen sich viel Zeit, um zu ihrem Auto zu gelangen. In der alten Scheitelbaum loderte es: Öffentlich bloßgestellt war sie, beschämt, gebrand-markt! Sie; DIE Hermine Scheitelbaum, eine von je her angesehensten Bürgerinnen in Mürgelberg! Und Schuld an dieser Aufführung in der Kirche war garantiert nur dieses verfluchte Weibsbild von Schwiegertochter! Sie hätte dieses Miststück schon vor Jahren an die Schweine verfüttern sollen! Aber das würde diese Teufelsbrut heute noch teuer zu stehen bekommen. Wehe, wenn sie erst einmal nach Hause gekommen war!

Herbert war nicht wohl in seiner Haut. Auf dem Heimweg warf er seiner Beifahrerin vorsichtig ein paar argwöhnische Blicke über die Schulter zu. Ihm gefiel nicht was er sah. Er kannte seine Mutter. Die sann auf Rache. Die keifte nicht einmal mehr, was ein furchtbar schlechtes Zeichen war. Diese böse Frau würde nun allen um sich herum das Leben zur Hölle machen. Bis es seiner Mutter genug erschien. Aber genau das war das Problem: es würde nie genug sein. Gerade deshalb wünschte er sich, dass sie an ihrem Gift und Geifer einfach so erstickte und gleich Tod umfallen sollte. „Wunschdenken!", seufzte Herbert still in sich hinein.

Am Scheitelbaumhof angekommen, sprang die Hermine wie ein Berserker aus dem Auto. Wie eine Furie raste sie auf den Haupteingang ihres gemeinsamen Wohnhauses zu, hielt inne und lief weiter um das Haus zu dem Kellereingang. Herbert schüttelte den Kopf und brummelte vor sich hin: „Oh wei, hoffentlich hat die Winniefred ihre Wohnung zugesperrt."

Herbert ahnte, dass seine wütende Mutter etwas Ungutes plante. Und er wusste das seine Schwägerin, Hermines Lieblingssündenbock war. Aber er dachte keinen Moment daran sich einzumischen oder irgendjemanden zur Seite zu stehen. Die Launen der Mutter aushalten zu müssen, war schon in Friedenszeiten anstrengend genug. Die Winniefred würde das schon irgendwie überstehen. War ja nicht der erste Wutanfall von der Hermine, den die Schwägerin ertragen durfte.

Zeitgleich kamen die beiden Kripobeamten, Manfred und Peter, am Dorfeingang mit ihrem Bus an. Manfred hielt einen Moment an, um sich eine Zigarette anzuzünden. Er seufzte jedes Mal, wenn er die furchtbare Buckelpiste, die sich Hauptstraße schimpfte nur schon von weitem sah. „Hoffentlich müssen wir nie wieder nach Mürgelberg!" schimpfte nun auch Peter. „Wenn es in diesem Kaff jemals wieder einen Fall gibt, dann übergeben wir das irgendwelchen neuen Kollegen!" lachte Manfred. Peter stimmte in seinem Lachen mit ein. „Jupp!" Langsam setzte sich der Bus mit niedriger Geschwindigkeit in Bewegung, schließlich sollte das Mittagessen an seinem angestammten Platz bleiben. Nächste Station: Scheitelbaumhof!

Hermine war in einen rasenden Blutrausch gefallen. Im Keller hing ein Regal mit Messern, Beilen, Äxten und anderes Handwerkszeugs. Auch Xavers umfangreiches Waffenarsenal hatte hier seinen angestammten Platz. Sie wollte jetzt Blut sehen. Winniefreds letztes Stündlein hatte nun geschlagen.

Im Autoradio des Busses liefen gerade die 12.00 Uhr Nachrichten. Die beiden Kripobeamten verbrachten schweigend, jeder in seinen Gedanken versunken, die letzte Wegstrecke zum Scheitelbaumhof holpernd hinter sich.

Hermine stürmte schwer bewaffnet das Treppenhaus. Keuchend erklomm sie die letzten Treppen zu Winniefreds Wohnungstür. Zeit, um abzurechnen! Mit einer Hand drückte sie die Türklinke herunter, schmetterte die Tür an die Wand. Niemand im Gang. „Winniefred? Wo bist du?" säuselte Hermine mit freundlicher Stimme. „Ich möchte mich gerne mit dir unterhalten!" Speichel lief ihr aus den verzerrten Mundwinkeln.

Winniefred schrak aus dem Schlaf hoch. In ihrer anhaltenden Erschöpfung musste sie sich erst einmal orientieren, wo sie sich überhaupt befand. Ah, das Sofa! Was war das für ein lautes Scheppern gewesen? Hermine redete in ihrem Gang?! Was fiel der alten Schabracke denn ein, ungefragt ihre Wohnung zu betreten. Na, die durfte sich jetzt was anhören! Da würde ihr Hören und Sehen vergehen. Winniefred ging wütend auf die Wohnzimmertüre zu und riss diese mit Schwung auf. Die Frauen standen sich nur Sekundenbruchteile gegenüber, bis Hermine mit einem grausigen Schrei auf Winniefred losstürzte! Und ehe sich diese versah, mit einer Axtklinge im Arm zu Boden ging! Winniefred spürte nur noch einen heißen Schmerz im Arm und fiel durch die Wucht des Schlages nach hinten um! Die Axt blieb in ihrem Knochen stecken. Schreiend versuchte Hermine die Axtklinge wieder aus dem Arm zu ziehen, um der verhassten Schwiegertochter endgültig den Garaus zu machen. Sie stellte schließlich einen Fuß auf den Arm von der zappelnden Winniefred und konnte so die Axt endlich aus dem Arm befreien. Hermine riss die Axt nach oben und blieb im hölzernen Türrahmen stecken. Wütend rüttelte und zerrte Hermine an der Axt.

Winniefred stand unter Schock. Während der Attacke kam ihr nicht einmal ein Schrei über die Lippen. Aber ihr Überlebensinstinkt ließ sie ein paar Sekunden später an Hermine vorbei, in den Gang zur Küche kriechen. Sie zog eine breite Blutspur hinter sich her. Hauptsache von der wahnsinnigen Schwiegermutter weg! Irgendwie schaffte sie es auf die Beine und in die Küche zu kommen, stolperte auf die Pfannen zu, die an der Wand hingen. Mit der unverletzten rechten Hand holte sie sich eine Pfanne und zerschlug damit das Küchenfenster, das auf den Hof zeigte. „Hilfe! Hilfe! Die bringt mich um! Bitte kommt doch jemand!"

Manfred und Peter fuhren mit dem Bus auf den Vorplatz mit der alten Holzbank vor dem Haupthaus. Da regnete es scheppernd Scherben von oben auf den Bus und die Haustreppen. Weibliche Schreie kamen von oben. „Scheiße!" brüllten Peter und Manfred gleichzeitig und sprangen wie von der Tarantel gestochen aus dem Bus, eilten durch die unter ihren Füßen knirschenden Scherben nach oben, in Richtung der Schreie!

Am Haupthaus versammelte sich das Gesinde. Es sprach sich blitzartig herum, dass es Ärger im Scheitelbaumhaus gibt. Aber nachschauen wollte auch niemand. Nur nicht einmischen. Der Volksauflauf wuchs und lauschte dem Geschehen. Da oben schrie anscheinend die junge Scheitelbaum um ihr Leben.

Herbert stand im Türrahmen der elterlichen Wohnung und rief den heranstürmenden Polizisten nur zu: „Hier nicht! Eins drüber!" Dann schloss er die Tür wieder hinter sich zu. Herbert hatte Hunger. Immer wenn er Stress wegen seiner Mutter hatte, bekam er Hunger. In der Küche war noch Geräuchertes. Und Brot. Und Schnaps.

Hermine konnte endlich die Axt aus dem Türrahmen befreien. Sie verfluchte sich, weil sie das schwere Drum ausgesucht und nicht etwa ein leichtes Beil genommen hatte! Egal! Wo war das Miststück? „Winniefred! Komm raus und stirb! Du Erbschleicherin!" Hermine erreichte die Küche. Winniefred versuchte immer noch um Hilfe zu rufen. Aber die Leute, die sich unten versammelten, glotzten nur gespannt nach oben und bewegten sich nicht. Alleine! Sie war auf sich allein gestellt! Dieser Irren ausgeliefert! Heiße Tränen liefen ihr über die Wangen. Ihr Arm pochte und pumpte Blut im Rhythmus ihres Herzschlages aus ihr heraus. Hermine schwang erneut die Axt! Zong! Winniefred wehrte sie mit letzter Kraft mit der Bratpfanne ab. Hermine kreischte und hob wieder die Axt über den Kopf!

Noch einen Schlag konnte Winniefred nicht abblocken. Die gusseiserne Pfanne hatte zwar den Schlag mit der Axt ausgehalten, aber dafür Winniefreds Hand verstaucht. Sie fiel ihr aus der Hand. Jetzt würde nur noch ein Wunder helfen! Winniefred nahm aus den Augenwinkeln die Blumentöpfe hinter sich auf der Fensterbank wahr.

Peter und Manfred zogen noch im Laufen ihre Dienstwaffen. Manfred sicherte Peter und schrie: „Kripo Markelberningen! Lassen Sie die Waffen fallen! Und kommen Sie mit erhobenen Händen heraus! Sie sind umstellt!"

Da schepperte es erneut. Die Geräusche kamen aus der Küche! Die Polizisten stürmten mit gezogenen Waffen weiter. Sie fanden eine blutüberströmte Winniefred am Fensterbrett lehnend und eine ohnmächtige Hermine Scheitelbaum am Boden vor. Mit Erde und Geranien verziert. Hermine war sich so siegessicher gewesen, dass sie einen kleinen Augenblick grinsend die Augen schloss, um den letzten todbringenden Schlag auch richtig genießen zu können. Das nutzte die verzweifelte Winniefred und zerbrach mit letzter Kraft einen schweren Blumentopf auf dem Kopf der irren Schwiegermutter. Die sackte mit ungläubig aufgerissenen Augen zusammen. Die Axt fiel mit einem lauten Schlag hinter ihr auf den Boden.

Winniefred sah Manfred, lächelte kurz und rutschte ebenfalls kraftlos auf den Boden. Der Blutverlust machte sie ganz schwindelig. Es wurde ihr ganz schwarz vor den Augen.

„Oh mein Gott! Scheiße! Heilige Scheiße! Schnell Peter ruf das Krankenhaus an!" Manfred stand die Panik im Gesicht. Nicht seine große Liebe! Nein, nicht seine Winniefred!" Er riss sich schnell sein Hemd herunter, kniete sich vor seine Angebetete, riss die Ärmel vom Hemd ab und verband Winniefreds Arm. Dann zog er seinen Ledergürtel durch die Schlaufen von seinen Jeans und band den blutenden Arm ab. „Nein bitte nicht..." murmelte er unaufhörlich vor sich hin.

Peter der das Telefon im Hausgang gefunden und den Notarzt in Möhrenhaupthausen über die Anzahl der Verletzten am hiesigen Tatort verständigte, kam zurück in die Küche. „Manfred! Achtung!" Er zog seine Waffe.

Manfred war so damit beschäftigt, seiner Winniefred Erste-Hilfe zu leisten, dass er nicht bemerkte, dass die alte Scheitelbaum sich hinter seinem Rücken tatsächlich noch einmal aufgerappelt hatte. Mit erhobener Axt stand sie vor dem vornübergebeugten Manfred. Bereit zum Schlag!

Peter schrie: „Waffe fallen lassen!" Hermine dachte gar nicht daran, drehte sich um und rannte mit gezückter Axt auf den in der Tür stehenden Peter los. Peter gab einen Schuss von vorne ab, Manfred schoss gleichzeitig von hinten. Hermine klappte zusammen. Zu allem Unglück spaltete die Axtklinge im Fall noch ihren Schädel. Was für eine Sauerei.

Der Peter bestellte telefonisch in Möhrenhaupthausen einen Krankenwagen wieder ab und dafür einen Leichenwagen dazu. Der Fall schien nun klar. Es war wahrscheinlich doch, wie sein Kollege anfangs vermutete, genau wie im Luger-Fall. Mord unter engen Angehörigen. Motiv: Macht und Eifersucht.

Manfred legte Winniefred auf das Sofa im Wohnzimmer. Kein Wort kam mehr über seine Lippen, bis Winniefred im Krankenwagen, unterwegs nach Möhrenhaupthausen, zum zuständigen Krankenhaus war. Peter kam diese ungewöhnliche Anteilnahme merkwürdig vor. Das würden die Kollegen noch untereinander klären müssen.

Manfred und Peter machten sich noch einen Spaß am Tatort und forderten ihre Mürgelberger Kollegen, den Polizeiobermeister Franz Hacke und den Polizeihauptmeister Hans Stücker an. Mit Blaulicht und Sirenen! Sie ließen den Fernsprecher in dem Polizeistüberl heißlaufen! Eins ums andere riefen sie mit verstellten Stimmen an und machten die Ehefrauen der beiden Dorfpolizisten richtig irre!

Es dauerte über eine Stunde bis die beiden angetrunkenen Polizisten in dem Mürgelberger Polizeiauto erschienen. Man musste nicht raten, woher die beiden kamen und wo sie vorher ihre Zeit verbrachten.

Die genervten Ehefrauen radelten nach der andauernden Telefonattacke zum „Blauen Barsch" und komplimentierten ihre Männer unter allgemeinen Spottgejohle aus der Wirtschaft. Es gäbe schließlich einen Mord zu untersuchen! Und das auf dem Scheitelbaumhof! Allein die Neugier der Ehefrauen reichte schon, um die zwei flugs nach Hause zu scheuchen, damit die endlich ihrer Arbeit nachgingen!

Der Stücker und der Hacke mussten sich erst einmal in das Küchenwaschbecken übergeben. Ja schon wieder so eine Sauerei. Schon wieder eine Leiche! Wieder so zugerichtet! Das ganze Blut! Wie das riecht! Pfui Deibel! Und die Kollegen aus Markelberningen sagten doch glatt, dass das in den Mürgelberger Zuständigkeits-bereich fällt! Die gingen doch glatt einfach weg! Oh weh! Oh wei!

Der Stücker und der Hacke setzten sich einfach mit Winniefreds Obstler auf die Eckbank in der Küche. Eins ums andere wurde die Flasche leerer und leerer. Die Flasche reichte gerade so, bis die Leiche abtransportiert und der Tatort wieder freigegeben war. Nachdem die ganzen Helfer und Leichenfledderer verschwunden waren, versuchten die beiden Dorfpolizisten so schadensfrei wie möglich über die Blutlachen zu steigen und heil das Treppenhaus herunter zu laufen. Mit einem Zwischenstopp beim Herbert. Das Polizeiauto fuhr danach langsam und in Schlangenlinien nach Hause.

Mit einem schadenfrohen Grinsen verließen Manfred und Peter den Scheitelbaumhof. Sie hatten im Vorfeld auch schon alles erledigt was den Tatort betraf. Morgen war auch noch ein Tag. Und die beiden Dorfdeppen waren gar nicht nötig, aber fürs erste trotzdem beschäftigt. Jetzt erst einmal eine heiße Dusche und ein Bier. Und eventuell noch ein paar offene Fragen klären. Die Zugehfrau von dem Doktor Griesinger musste ja immer noch ein paar Fragen beantworten. Und der Chef in Markelberningen, der wollte von ihnen auch noch verständigt werden. Bei Dienstwaffengebrauch sowieso. Im Hotel angekommen bugsierte Peter seinen Kollegen direkt an die Bar. „Du Manfred, was ich dich fragen wollte...wieso hast du dich bei der jungen Scheitelbaum so ins Zeug gelegt? Du benimmst dich doch sonst nicht so, wenn jemand am Verbluten ist. War schon irgendwie mehr als sonst...weißt was ich mein? Und dann da, wo du mit deinen zerrissenen Klamotten in der Früh im Hotel aufgetaucht bist... Sprich dich aus, Kollege!"

Der Herbert war satt und zufrieden. Das leckere Geräucherte blubberte zufrieden mit Brot, Schnaps und Bier in seinem nicht zu klein geratenen Bauch. Nachdem der Stücker und der Hacke bei ihm geklopft und ihr Beileid bekundeten, weil seine Mutter wohl saudumm hingefallen ist und sich auch noch den Kopf dumm an was gestoßen hat, so dass die halt jetzt richtig tot ist, fiel dem Herbert eine unglaubliche Last von den Schultern.

Freudentränen bahnten sich ihren Weg. Herbert versuchte vor den beiden Polizisten nicht zu Lächeln.

Der Stücker und der Hacke schauten ganz verlegen. Der Herbert zog aber schlimme Grimassen damit der nicht laut losgreinte! „Nimms nicht so schwer Herbert. Hast ja ein Dach über dem Kopf und was zu essen! Und alt war deine Mutter ja auch schon! Vielleicht kannst du die Hermine ja zum Xaver legen, ins Grab weißt schon, dann wird's beim Bestatten auch billiger."

Der Herbert nickte artig und schmiedete bereits Pläne, wie er sich in seiner Holzhütte in Hawaii einrichtete. Und malte sich in den schönsten Farben aus, wie und was seine angeheiratete Inselschönheit für ihn alles tun könnte. Jetzt schluchzte er laut.

Der Hacke und der Stücker klopften dem Herbert noch einmal auf die Schulter und rieten ihm, im „Blauen Barsch" von der Hermine Abschied zu nehmen. Mit ein paar Schnaps und was Richtigem im Magen gleicht sich im Leben alles aus.

Herbert befand die Idee für gut. Erbteil abwarten, alles verkaufen und ab durch die Mitte! Und daweil darf er sich von den Wirtshausmiezen trösten lassen, gut essen und trinken! Endlich gut leben! Ohne die alles beherrschende Hermine! Keine Bevormundung mehr! Prost Mutti! Herbert bedankte sich noch anständig bei den beiden Polizisten für Rat und Tat, verabschiedete sich und schlurfte dann postwendend ins Bett. Krafttanken für Hawaii!

Manfred dachte nicht im Traum daran auszupacken! Er schnauzte Peter scharf an: Bloß, weil er mit seiner Michi rumturtelte, sollte er nicht vorschnell überall Verliebte und Herzchen sehn. Er hatte sich halt schuldig gefühlt, weil er mit dem Kirchenstreich eine nicht vorhersehbare „Mordsreaktion" bei der alten Scheitelbaum ausgelöst und nicht eher zur Stelle gewesen ist! Die junge Scheitelbaum wär wegen ihm fast gestorben! Das Thema wäre für ihn jetzt erledigt! Aus! Basta! Amen!

Peter wurde grantig: „Vielleicht ist für dich alles erledigt, aber für mich nicht! Da stimmt hinten und vorne etwas nicht! Was war mit der Nacht, wo du mit den zerrissenen Sachen zurückgekommen bist? Bei wem warst du? Warum machst du da so ein Geheimnis draus?" Manfred stand einfach auf. Er winkte ab. „Ich geh jetzt aufs Zimmer, duschen und schlafen. Nacht." Jetzt war der Peter erst recht richtig angespitzt.

Den nächsten Morgen starteten die beiden Markelberninger-Kripobeamten schweigend. Zu allem Übel gab es schon vor dem Frühstück telefonischen Ärger vom Chef, mit der Androhung von etlichen Disziplinarstrafen, Rausschmiss, etc.! Der Peter und der Manfred sollten so schnell wie möglich die Segel in Mürgelberg streichen und nach Markelberningen zurückkommen und gefälligst Rede und Antwort stehen!

Der Kriminaloberrat, Alfred Kollmannsberger, wurde an seinem freien Tag von noch Höherer Instanz, dem Kriminaldirektor Hubert Stolzinger, morgens unsanft aus dem Bett geklingelt: Ob er denn in der letzten Zeit einmal die Zeitung gelesen hätte? Vielleicht sogar eine von heute? Sämtliche Tratsch-Boulevardblätter überschlügen sich! In einem abgelegenen Dorf, das Mürgelberg hieß, geschahen die merkwürdigsten Dinge. Nachdem im morgendlichen Sonntagsgottesdienst ein furchtbar zorniger „Gott" zu den Dörflern gesprochen und den Pfarrer und vier weitere Dorfbewohnerinnen der Korruption, der Erbschleicherei und anderen Sünden bezichtigte, geschah auf einem gutflorierendem Hof tatsächlich ein Mordversuch, der von einer der vermeintlichen Sünderinnen begangen worden war. Wie die örtlich zuständigen Polizisten bekannt gaben, vereitelten zwei Markelberninger Kripobeamten diesen Mordversuch mit dem Einsatz ihrer Schutzwaffen und einer Axt! Die Täterin war dabei umgekommen. Der Kriminaldirektor tobte weiter: Sogar der Vatikan mischte sich auch noch mit ein! Der Papst selbst gab über die Boulevard- und überregionale Presse bekannt: Sachverständige aus dem Vatikan würden nach Mürgelberg geschickt, um den Verhalt der Vorwürfe gegenüber dem örtlich ansässigen Pfarrer zu prüfen. Gegebenenfalls werden diese sofort korrigiert, der Pfarrer versetzt. Aber das Wunder von Gottes Erscheinen hätte Vorrang und würde selbstverständlich mit allerhöchster Priorität unter die Lupe genommen werden!

Wenn er noch länger Kriminaloberrat bleiben wollte, dann wäre es seine verdammte Pflicht, die zwei Cowboys, die ihm unterstehen, sofort von Mürgelberg abzuziehen und eine neutrale Sondereinheit nach Mürgelberg zu schicken, um Schadensbegrenzung zu betreiben! Die zwei Dorfpolizisten müssten auch Mundtot gemacht werden, die haben jedem Pressefuzzi und damit jeder Zeitung in 100 km Umkreis, den Tatort und die Leiche der getöteten Frau bis ins kleinste Detail beschrieben!

Peter und Manfred tranken ihren Kaffee aus und rauchten noch eine Zigarette. Es war unglaublich was ihr kleiner Streich für einen Aufruhr verursachte. Sie lauschten dem in der Nähe stehenden Hotelpersonal, laut Stickerei auf der Hoteluniform Adalbert und Ferdinand genannt. Es war aufschlussreich, worüber die jungen Männer sich aufgeregt unterhielten: Schon jetzt kann Mürgelberg und Umgebung die unbändige Flut an „Gottestouristen" kaum mehr stemmen! Gläubige aus aller Welt lassen das Hoteltelefon heiß laufen, um hier ein Zimmer zu ergattern! In der Mürgelberger Kirche werden die Kirchenbänke nicht mehr kalt! Kirchenanhänger flehen, flüstern, schreien Gott um ein Wort an! Und dann der Mordversuch und die Leiche auf dem Scheitelbaumhof in Mürgelberg! Auch dort gab es keine Ruhe mehr! Übersinnlich veranlagte Menschen kämen auf dem Hof, um die Seele der Verstorbenen zu retten und ins Licht zu führen! Unglaublich wie das Geschäft auf dem Hof und rundherum im Dorf florierte! Wirklich jeder der dort wohnte und etwas zu den Scheitelbaums erzählen konnte, verdiente sich mit diesen Geschichten eine goldene Nase! Ebenso wer über die Tratschtanten Bescheid wusste. Die von Gott genannten drei Sünderinnen, waren jetzt über Nacht Stars geworden, taten Buße und erzähltem jedem ihre Geschichte, nämlich dass sie unschuldig sind und von der Mörderin hereingelegt worden waren. Dazu verkauften sie selbstgemachten Blumenschmuck und Kränze. Und der Adalbert wusste das alles ganz sicher aus erster Hand, weil sein Onkel ja in Mürgelberg lebte!

Auch die Anna Maria Hackl kam mit den vielen Interviews nicht zu kurz: Das Leben mit der rechten Hand des angesehenen Xaver Scheitelbaum war mit vielen Entbehrungen verknüpft. Der Gustl war so gut wie nie zu Hause und deshalb blieb der gewünschte Kindersegen aus. Aber auch wie er dachte, vor Gott eine Ehe zu führen war, ist oft sehr beängstigend gewesen.

Der Sohn der verstorbenen Mörderin konnte sich ebenso kaum vor Interviews mit Presseleuten aus aller Welt retten. Man munkelte, dass er damit mehr als nur gut verdiente. Und die Dorfpolizisten waren wohl wirklich eine Schau! Und wie lustig die redeten! Aber weil die Gesetzeshüter kein Geld annehmen durften, stellten die Ehefrauen einfach Spendenschachteln auf. Wofür die Spenden waren konnte man sich denken. Und der Hans und der Franz redeten erst, wenn genug Geld in den Schachteln lag.

Der Messdiener Thomas Zankl verdiente gut an den Trinkgeldern. Er bot den Gläubigen Führungen durch die Kirche an. Er zeigte die Plätze von den Sünderinnen auf und ließ die Hochkanzeln besteigen. Ein kleines Extrageschäft bot sich auch mit dem Verkauf von Weihwasser aus der Kirche an. Gut, dass Gott ausgerechnet hier ein Machtwort verlauten ließ!

Manfred seufzte: „Ein Wunder, das die uns noch nicht in der Mangel haben. Brechen wir auf?" Peter nickte: „Was meinst du, lassen wir uns noch auf einen Besuch im Möhrenhauthausener Krankenhaus ein? Kondolenz bei dem Doktor und der Geschädigten? Zum Abschluss?" Manfred nickte zurück. Er wusste das Peter eine Affäre mit Winniefred vermutete, dass er wegen Winniefreds Zustand eine Reaktion bei ihm erzwingen wollte. Er spielte das Spiel mit.

Die ganzen „Pressefuzzis" belagerten den Vordereingang des Hotels. Deshalb verließen die beiden Kriminaler das Hotel über den Hintereingang. So ein Wunder!

Niemand behelligte Sie! Komisch das nicht auch hier jemand von irgendeinem Käseblatt lauerte. Keiner der Polizisten war traurig darüber.

Im Bus setzte sich Manfred gewohnheitsmäßig ans Steuer. Die Fahrt zum Krankenhaus hüllten sich die Männer erneut in Schweigen. Jeder ging seinen Überlegungen nach. Peter wollte Manfred auffliegen lassen und Manfred Peter ein Schnippchen schlagen. Aber das wichtigste war für Manfred, dass er seine Winniefred nicht aufgeben wollte. Es machte ihn ganz krank, dass er wegen Peters Neugier, nicht zu seiner verletzten großen Liebe durfte! Peter disqualifizierte sich gerade als Freund und Kollege. Vorbei. Am besten machte er bis zur Ankunft in Markelberningen das Beste daraus.

Vor dem Krankenhaus tigerten bisher nur ein paar Pressevertreter auf und ab, um Einlass zu bekommen. In Mürgelberg war im Moment einfach mehr geboten. Die verletzte Zeugin des Mordanschlages kam erst an zweiter Stelle, wenn alles andere ausgeschlachtet war.

Die Rezeptionistin erkannte die beiden Kripobeamten wieder und rief sofort den Herrn Doktor Kurz an. Hochrot und außer Atem holte er die beiden Polizisten ab. Sie durften erneut sein Büro von innen betrachten. „Meine Herren, ich kann ihnen versichern, meinem Kollegen, dem Herrn Doktor Griesinger, geht es dem Umständen entsprechend. Allerdings befindet er sich noch immer im künstlichen Koma. Manfred setzte ein böses Gesicht auf. „Herr Doktor Kurz, ich erwarte nach wie vor, dass sie uns bei Genesung des Patienten Griesinger in Markelberningen kontaktieren! Habe ich mich klar und deutlich ausgedrückt?" Der Doktor schwitzte und zitterte: „Selbstverständlich! Und wir behalten unser kleines Geheimnis für uns?" Peter antwortete: „Eine Hand wäscht die andere!" Doktor Kurz atmete hörbar erleichtert aus. Manfred räusperte sich: „Eine Bitte habe ich noch an Sie: Mein Kollege und ich möchten unsere Anteilnahme dem verunglückten Herrn Doktor Griesinger und der jungen Frau, Winniefred Scheitelbaum, ausdrücken. Veranlassen sie bitte je einen Blumenstrauß pro Patient? Die Rechnung geht an das Landeserkennungsamt, Herrn Kriminaloberrat Alfred Kollmannsberger." Doktor Kurz nickte erfreut.

„Wie geht es eigentlich der Frau Scheitelbaum?" fragte Manfred sehr beiläufig. Herr Doktor Kurz seufzte: „Es war eine sehr lange, aufwändige Operation, um den Arm wieder herzustellen: viele Sehnen waren durchtrennt, der Knochen schwer verletzt, der Blutverlust groß. Die Dame hat großes Glück gehabt, das wir nicht amputieren mussten! Es wird aber nach vollendeter Genesung noch viel Zeit brauchen, um die Beweglichkeit des Armes wieder herzustellen."

Manfred nickte nun ebenfalls: „Bitte richten Sie unsere Genesungswünsche aus! Danke das wars!" Herr Doktor Kurz führte die beiden Kripobeamten zur Tür hinaus und verabschiedete sich schnell. Das inzwischen der Mürgelberger Dorfpfarrer schwer verletzt vor dem Hin-

tereingang gefunden worden war und nun im Krankenhaus aufwändig versorgt wurde, verschwieg er absicht-
lich.

Peter war wahnsinnig wütend. Die Reaktion von Manfred bei der Scheitelbaum war nichtssagend! Kein Besuch auf dem Krankenzimmer, das ihn durch irgend-
eine Regung verraten könnte! Diese Arschgeige! Manfred würde schon noch merken wer den längeren Atem
hat! Wixer! Langsam kam ihm der Verdacht, dass sein
Kollege über den Mord an den zwei Jägersleuten vielleicht doch mehr wusste? Informationen zu dieser einen
Nacht, in der sein Kollege erst in der Früh wieder aufgetaucht war, würden das Rätsel lösen. Und der Pathologe, der Gruber Michel. Kommt Zeit, kommt Rat! Auf
dem langen und anfangs wie gewohnt holperigen
Nachhauseweg nach Markelberningen, brach Manfred
das Schweigen: „Du Peter, der Streich mit der Kirche…
wenns rauskommt das wir das waren, übernehme ich
als Alleintäter die volle Verantwortung… aber ich
glaubs eher nicht. Du?" Der Peter verspürte gute Laune
in seiner Hose, seine scharfe Michi war bald in greifba-
rer Nähe: „Machen wir einen Deal? Du hältst noch bei
der Michi an und bringst den Bus allein zurück? Und
ich weiß nichts von Kirchenwundern!" Manfred seufzte
und gab sich geschlagen: "O.K.! Aber morgen, wenn
wir uns unseren Servus abholen, könn ma noch den Leichenfledderer besuchen, abgemacht?" Peter grunzte zustimmend.

Winniefred erholte sich nur schleppend. Schwach und müde war sie. Sie hatte den Kampf mit der Hermine irgendwie, wie in einem bösen Traum erlebt. Darin kam Manfred vor, der sie rettete, vor dem bösen Schwiegerdrachen. Sie erinnerte sich an mindestens einen lauten Knall. Manfreds besorgte Stimme war immer zu hören gewesen und er machte etwas an ihrem Arm. Dann war die Erinnerung an ein Geruckel und Sanitäter, eine schnelle holperige Fahrt auf der Liege durch Krankenhausgänge und dann war da das Zimmer, indem Sie wieder zu sich kam. Sie wünschte sich, ihr Geliebter wäre hier, bei ihr. Da betrat eine Schwester mit einem riesigen Blumenstrauß ihr Zimmer. Winniefred lächelte schwach. Die Schwester platzte auch gleich heraus: „Ah… schön, dass sie wach sind! Blumen von der Polizei aus Markelberningen!" Winniefreds Herz schlug schneller: Ein Zeichen! Manfred hatte sie nicht vergessen! „Geduld!", sagte sie in Gedanken zu sich. Wenn Winniefred eines konnte, dann war es sich in Geduld üben.

Stunden später setzte Manfred den Peter wie versprochen bei der scharfen Michi an dem Bistro neben der Tankstelle ab. Peter nahm die letzten Meter im Laufschritt. Selten das sich der so beeilte wo hin zu kommen. Den Bus tankte er voll, entsorgte den Müll, leerte den überquellenden Aschenbecher aus, füllte das Fahrtenbuch aus. In der Tanke nahm er noch eine Flasche Obstler für den Bernhard von der Fahrbereitschaft mit.

Zigaretten und Kaugummi für sich und dem Pathologen, den Gruber Michi. Und noch eine Flasche Obstler
für den Michl seine Gruft. So nannten sie alle heimlich
den Sezierraum. Manfred überlegte kurz und nahm für
sich auch noch eine Flasche Wodka mit. Nüchtern zu
bleiben, war für die kommende Nacht keine Option.

Am nächsten Morgen trafen zwei schlaftrunkene Kripobeamte, davon einer mit einem Mords-Brand, beim Landeserkennungsamt Markelberningen, Abteilung für
Kriminaltechnik und Gewaltdelikte, ein. Die Gardinenpredigt, die sie vom Chef erhielten, war gesalzen und
gepfeffert. Der alte Kollmannsberger schrie so sehr,
dass seine Adern auf der Stirn zu Platzen drohten. Er
unterstellte Peter und Manfred grobe Fahrlässigkeit
beim Umgang mit Kollegen und Verdächtigen, bei den
Ermittlungen und zweifelte sogar ihre Verhörmethoden
an. Wahrscheinlich hätten die Beiden einfach mal Urlaub am See gemacht und spekuliert!

Manfred schwoll der Kamm. Genug war genug! Leise
setzte er zum Reden an: Erstens hätten sie ermittelt und
nicht spekuliert und zweitens: ohne gesicherte Beweise
hätten sie keinen Tathergang ausgeschlossen. Die Ergebnisse ihrer Ermittlungen wurden selbstverständlich
in althergebrachter Polizeiarbeit interpretiert. Und die
Interpretationen der Ergebnisse wurden ja schließlich
auch noch von einem speziellen Spurensicherungsteam
ebenfalls vor Ort überprüft! Und dann wäre da ja noch
der Bericht vom Pathologen. Das auf dem Hof ein tätli-
cher Übergriff stattfand, war ja wohl einer jahrelangen

Familienfehde zuzuschreiben. Und „Gott" hatte halt in der Kirche den Stein des Anstoßes für einen möglichen Nervenzusammenbruch bei der erschossenen Täterin gegeben.

Der alte Kollmannsberger sprach nun ebenfalls mit leiser Stimme: Ob „Gott" denn auch zu Ihnen beiden gesprochen habe?

Peter seufzte: „Ach Chef, wenn sie doch nur ein bisschen von dem erlebt hätten, was wir dort in Mürgelberg vorgefunden haben! Die betreiben noch Hexenjagden! Die sind dort total rückständig! In der Zeit stehengeblieben! Die haben nicht einmal richtige Straßen. Abgeschieden vom Rest der Welt. Die Dörfler bezahlen noch Ablässe an die Kirche für das Seelenheil nach dem Tod! Und NEIN, Manfred und er waren nicht in der Kirche, weil keiner von beiden ein praktizierender Christ ist.

Der alte Kollmannsberger zog die Augen zu Schlitzen zusammen: „Meine Herren, bis auf weiteres sind sie von diesem Fall abgezogen und halten die Füße still! Ich erwarte Ihren Bericht morgen um 08.00 Uhr auf meinem Schreibtisch! Sie werden auch keinen neuen Fall mehr annehmen, bis ich dafür wieder grünes Licht gebe! Schreibtischdienst! Bis sie beide Schwarz werden! Sie können vom Glück reden, das ich sie nicht sofort vom Dienst suspendiere! Raus jetzt! Sofort!"

Manfred und Peter zündeten sich trotz des Rauchverbotes im Gebäude, vor dem Büro des Chefs, eine Zigarette an. Sie nickten sich zu: „Gehen wir heim? Schlafen?"

Manfred nickte: „Aber erst hören wir uns an, was unser Leichenfledderer zu sagen hat. Für den Bericht!" Peter verdrehte die Augen: „Den Mist muss ma ja auch noch erledigen. Na gut, was solls!"

In der „Gruft" hing der Gruber Michl gerade bis zur Nasenspitze in einem offenen Brustkorb. Manfred räusperte sich: „Servus Michl! Kaugummi und Zigaretten haben wir dir mitgebracht! Und einen Obstbrand! Zum Desinfizieren!" Der Michl hob seine blutigen Hände aus der Leiche und grüßte zurück: „Ja die beiden gottesfürchtigen aus Mürgelberg! Was kann ich für euch tun? Vielleicht einen schnellen Gottesdienst abhalten?" Peter knurrte: „Wenn du nicht bis Weihnachten in einer deiner Kühlkammern Frostbeulen ansetzen willst, dann ist Fresse halten angesagt!"

Der Michl lachte lauthals heraus: „Ihr wollt was von mir, meine Herren, also bitte nicht so unfreundlich und die Etikette wahren!" Der Michl unterbrach seine Arbeit. Er zog die blutigen Handschuhe aus und schoss damit in Peters Richtung. „Pfui Deifel! Michl! Noch einmal und ich erschieß dich auf der Stelle!" schrie der Peter angewidert und sprang auf die Seite. Michl seufzte: „Du bist immer so angespannt, Peter... Vielleicht solltest einfach mal was anderes, als deine ewigen Mentholkippen rauchen. Die Dinger sind ja das hinterletzte!" Der Pathologe ging zu seinem Schreibtisch, auf dem eine Urne stand, hob den Deckel ab, entnahm einen vorgedrehten Joint. Michl machte es sich bequem, legte die

Beine hoch und zündete sich seinen Dübel an. „Manfred?" Manfred grinste, legte den Kaugummi und die Zigaretten auf den Schreibtisch und stellte den Obstler demonstrativ mit hochgezogenen Augenbrauen dazu. Der Pathologe griff lässig nach einer seiner Schreibtischschübe und bugsierte drei Schnapsgläser heraus. „Peter, du auch?" Peter verdrehte aber nur die Augen und machte: "Bäh! Die hast du mit deinen Leichengriffeln angefasst! Nix gibt's!"

Manfred nahm sich auch einen Stuhl, goss Ihnen beiden einen Obstler ein und griff ebenfalls in die Urne. Bald waberte dichter Rauch durch den Sezierraum. Manfred und Michl rissen Witze: „Du Michl, hat jetzt deine Leiche eine Raucherlunge, weil wir hier quarzen?" Nein, aber Rauch konserviert und jetzt hält der länger!" Die beiden Männer bepinkelten sich fast vor Lachen! Peter hatte jetzt die Nase voll! Ließen die beiden Saubären ihn einfach stehen: „Ja wird das heute noch was? Die Akte Mürgelberg bitte, aber plötzlich!" Jetzt lachten der Manfred und der Michl erst recht laut los. Peter verließ fluchend den Sezierraum, stürmte im Eilschritt aus dem Keller in der die Pathologie lag und fuhr wütend nach Hause.

„Also Michl sprich!" Manfred grinste. Es war bekannt, dass der Michl den Peter für den größten Arsch auf Gottes Erde hielt. Er teilte Michls Meinung ja inzwischen auch. Der Mann hatte Recht behalten!

„Also erst einmal, Pfui Deibel! Mei, hat die Plane, in die ihr mir mein Geschenk eingepackt habt, gestunken! Schlimmer als die Verwesten! Und wenn ich einmal was riech, ja?!" Manfred bekam wieder einen Lachanfall. „Also, wennst mich fragst, dann sind die zwei Trottel, rotzbesoffen, mitsamt der kaputten Leiter, ineinander gekracht und die Büchsen sind losgegangen. Gegenseitig angeschissen haben die sich auch. Das Labor hat außerdem Beruhigungsmittel und Alkoholreste festgestellt. Aber bei der ineinandergelaufenen Verflüssigung kann niemand mehr genau sagen, wer was und wieviel geschluckt hat. Ein Matsch war das! Manfred überlegte laut: "Beruhigungsmittel?" Der Gruber Michi nickte: „Einer der Jäger hatte vor kurzem einen Nervenzusammenbruch. Der Scheitelbaum. Verordnete Medikation. Von dem Landarzt, dem Griesinger. Der liegt ja im Koma im Krankenhaus. Aber seine Zugehfrau und Helferin hat uns die Krankenakte von dem Scheitelbaum und dem Hackl ausgehändigt, da wars dann ersichtlich!" Gell! Und frag nicht, wie viele Stellungswitze hier gerissen worden sind. Sowas haben wir hier noch nie gesehen! Die gute alte 69 kompakt in einem großen Paket! Das war ein Gefummel die wieder auseinanderzusortieren. Die werden morgen zur Beerdigung freigegeben und nach Mürgelberg zurückgeschickt."

Manfred wirkte jetzt nachdenklich: „Meinst Du, jemand hat die beiden gezwungen in dieser Position zu sterben?"

Der Michl schüttelte den Kopf: „Du, die waren dermaßen ineinander verhackelt, das war eindeutig Zustand nach Sturz. Das belegen die einzelnen Brüche. Ein paar Knochen haben natürlich gefehlt und andere waren angeknabbert, aber weißt, ich mach das hier schon wirklich lang. Ich bin mir zu 99% sicher! Deine Kumpanen von der Spusi haben übrigens den Unfall nachgestellt, mei war das eine Gaudi! Die halbe Belegschaft war dort! Nur der Versuch mit den Büchsen, der hat nicht so 100%ig hingehauen. Und deine Kollegen sagen auch: Unfall mit Todesfolge."

Manfreds Spürnase gab sich noch nicht mit dem Ergebnis des Pathologen und dem der Kollegen von der Spusi zufrieden. Winniefred konnte vielleicht ein Puzzlestück bei den verunfallten Jägersleut hinzufügen. Die Beruhigungsmittel machten ihn stutzig. Aber er war ja von dem Fall offiziell abgezogen. Und der Unfall mit Todesfolge jetzt Aktenkundig. Die Ermittlungen waren mit dem Bericht vom Michl und der Spusi eingestellt worden. Vielleicht war es für ihn ja möglich, die Winniefred morgen über den Fernsprecher zu erreichen? Aber bis dahin... Manfred schenkte sich und dem Michl Obstler nach und griff erneut in die Urne...

In Mürgelberg wollte keine Ruhe einkehren. Der Scheitelbaumhof war leer gekauft. Nicht ein Stück Wild oder andere Fleischspezialitäten waren mehr aufzufinden, auch Eier, Brot...einfach alles weg. Überall waren hungrige Touristen! Die Kinder vom Xaver und der Winniefred erzählten nebenbei die gruselige Geschichte vom unselig verstorbenen Vater und wie die Oma, die Hermine das nicht verkraftete und meinte das die Mama eine Hexe sei! Und die Anna Maria, die Frau vom mitverunglückten Spezl ihres Papas wahrscheinlich auch! Aber „Gott" hat in der Kirche mit donnernder Stimme alles richtiggestellt! Die Mama war keine Hexe und die Anna Maria auch nicht! Und die Oma Hermine mit ihrem Nervenzusammenbruch, hat halt den Unsinn den Tratschen erzählt und die haben alles weiterverbreitet! Mei, das war damals schlecht fürs Geschäft gewesen! Aber dafür ist der Pfarrer ein Bazi allererster Güte!

Und man glaubt es nicht: die Hühnerresi, die Theresia, hat sich tatsächlich Hals über Kopf in einen der feschen Presseleute verliebt und ist mit dem flugs in die Stadt nach Möhrenhaupthausen gezogen! Auf dem Scheitelbaumhof ging wirklich alles durcheinander!

Und dank dem Tod vom Xaver und der Hermine waren die Knechte, die an der Suche nach den zwei Jägern beteiligt waren, jetzt auf einmal alle heiratsfähig! Greißlich oder ned! Die Dorfschönheiten rissen sich um die jungen Burschen mit dem guten Extra-Auskommen!

Der Johann, der Alfons, der Michl und der Florian erzählten allen Klatschblättern vom Auffinden der Leichen der Jägersleut. Selbstverständlich gab es Führungen dorthin. Auch nachts! Damit verdienten sich die Knechte dumm und dämlich!

Und der alte Martin blieb auch nicht auf der Strecke. Oder im übertragenen Sinne doch: Er fuhr die ganzen fußfaulen Provinzler und Gruseltouristen, Tag und Nacht, zu den Blutbuchen und gab seine eigenen Geschichten zum Besten. Seine Frau, die Martha verkaufte dort zusammen mit der Tochter Rosi, direkt neben den Blutbuchen, in einem kleinen selbst-gezimmerten Kiosk, Bratwürstl mit Senf und Kraut oder Gulaschsuppe im Brot und zum Durstlöschen selbstgemachte Kräuterlimonade dazu. Für ganz mutige gab es hinter der Bretterbude Souvenirs: Anhänger aus Knochenstücken, von den Leichen, mit einem Blatt von der Blutbuche daran.

Angeblich waren die Gebeine von der Polizei nicht komplett gefunden, bzw. übersehen worden, weil die ganzen Viecher, die an den Leichen dran geknabbert haben, die Knochen mitgenommen und in der Nähe haben liegen lassen.

Und weil sie natürlich in Echt nur die geschäftstüchtige Idee, aber natürlich keine menschlichen Knochen haben finden können, nahmen sie einfach Knochen von den Scheitelbaumer Schlachtabfällen, sägten und brachen sie zurecht. Not macht erfinderisch. Und manchmal auch reich.

Der Herbert war weg. Die Zeitungen gaben sich sehr großzügig mit der Bezahlung seiner Lebensgeschichte. Einen Monat Urlaub in Hawaii mit Flug erster Klasse konnte er sich leisten! Ausgepackt hatte er: seine jahrelangen Leiden mit der Betreuung der Mutter, die den Tod vom Vater nie verkraften konnte. Und weil der Otto tot war, musste ja einer die Schuld dran haben und das war halt die Winniefred. Man bot ihm sogar an, seine Lebensgeschichte als Buch erscheinen zu lassen.

In Gedanken mochte er schon bald sein Erbe antreten und für immer von hier verschwinden können! Mürgelberg, leck mich am Arsch!

Der Pfarrer war in einem furchtbaren körperlichen Zustand. Das Gesicht blaurot verschwollen, die Nase zertrümmert, am ganzen Körper riesige blaue Flecken, die rechte Hand komplett gebrochen. Ebenso fünf gebrochene Rippen, ein angeknackstes Schlüsselbein, etliche Zähne waren für immer verloren.

Er wachte in einem weißen, karg eingerichteten Zimmer auf. Ferdinand Brecht versuchte sich zu erinnern. Nachdem „Gott" ihn bei der sonntäglichen Predigt auffliegen ließ, wollte er Schadensbegrenzung betreiben. Für sich selbst. Nach dem abrupt beendeten Gottesdienst schaffte es der „Diener Gottes", unbehelligt zurück ins Pfarrhaus zu schleichen. Hastig verbarrikadierte er die Fensterläden im Erdgeschoss und sperrte alle Türen nach außen ab. Eilig rannte der Pfarrer die Treppen zu seinem Schlafgemach hinauf.

Urkunden aller Art waren in einem großen Koffer verstaut, dazu Schmuck, wertvolle Statuen, jede Menge Bargeld. In seinem Schlafzimmer unter dem großen Bett lag der Koffer seit zwanzig Jahren bereit. Seine Rente, sein Auskommen! Seit dieser furchtbar langen Zeit durfte er sich den ganzen Mist der Leute anhören. Wie oft hatte er sich gefragt, ob die zurückgebliebenen Leutchen überhaupt verstanden, was er predigte? Und die ganzen Hausbesuche, etc.! Wenigstens gaben die ihm die Möglichkeit auf die Leutchen einzuwirken und ihre gesamten Besitztümer auszuspionieren. Wenn er im Namen Gottes wieder einen Ablass ergatterte, kam er seinem Ziel immer näher. Ab und zu gab er natürlich etwas an den zuständigen Bischof weiter, um nicht aufzufallen. Sparsam und bescheiden erlebte ihn das Dorf. Nicht einmal eine Haushälterin beschäftigte er. Die Tarnung war perfekt.

Sein schwarzer Nobelwagen parkte ausfahrbereit im Pfarrhof. Kleidung zu packen war überflüssig. Nur weg. Auch von der Kirche. Erst einmal untertauchen und dann in ein Land seiner Wahl auswandern.

Es war alles ruhig und friedlich. Vorsichtig sah er sich im Pfarrhof um. Niemand da. Der Wagen war offen. Den Koffer stellte er auf den Beifahrersitz. Schnell ging er um sein Auto herum und stieg ein, startete den Motor. Nichts wie weg! Aber vorher riss er sich noch seinen Piuskragen vom Hals und schleuderte ihn weit von sich aus dem Wagenfenster. Das Pfarrhaus lag zusammen mit der Kirche am anderen Ende des Dorfes. Wenn er den unauffälligen Feldweg am Wald entlang nahm, war es ihm möglich, ungesehen abzubiegen und auf der Hauptstraße in Richtung Möhrenhaupthausen zu verschwinden. Für immer. Ein teuflisches Grinsen machte sich in seinem Gesicht breit. Er fuhr los.

Aber er kam nicht weit. Der Feldweg war durch den Regen weitgehend ausgespült. Tiefe Löcher, spitze Steine, nicht absehbare Zustände. Kaputte Reifen oder gar einen Achsbruch konnte und wollte er nicht riskieren. Vorsichtig fuhr er die 50 Meter im Rückwärtsgang zurück. Die Karosse setzte öfter knirschend auf. Verfluchte Scheiße! Beim Wenden fing Ferdinand Brecht zum Schwitzen an. Die Hauptstraße zum nächsten Dorfausgang war die einzige Option! Wer nicht wagt, der nicht gewinnt!

Am Marktplatz, beim Dorfbrunnen, war die Fahrt ins Blaue vorbei. Ehe der Pfarrer es sich versah, war der Wagen von unzähligen Menschen umringt, eine Weiterfahrt unmöglich geworden. Pfarrer Brecht machte gute Miene zum bösen Spiel: Er winkte und lächelte freundlich aus dem Wagen heraus. Die Dörfler starrten den gaunerischen Pfarrer mit eiserner Miene an. Der Dorfälteste, der Josef Haudinger, kam an den Wagen heran und schlug mit seinem Gehstock an das Autofenster. „Hallo Herr Pfarrer, wohin des Weges? Wolltens etwa verreisen? Wie ich sehe, haben sie ja einen großen Koffer dabei. Wenn`s doch bitte einmal aussteigen möchten? Wir haben da noch etwas zum Klären!"

Und der Klärungsbedarf war enorm. Nach der sonntäglichen Kirche stellten die Bürger auf Anraten des Dorfältesten zwei Wachposten vor dem Pfarrhaus ab. Mit spiegeln sendeten die Wachen Lichtsignale ins nächste Haus, sobald der Brecht das Pfarrhaus mit dem Auto verließ. So spiegelte sich das ganze Dorf von Haus zu Haus. Am Marktplatz würden sie den Halunken von Pfarrer abpassen. Einen anderen passierbaren Weg mit dem Auto aus dem Dorf gab es momentan nicht. Gott hatte gesprochen.

Der Pfarrer hatte nicht die kleinste Chance. Viele Hände zerrten ihn und den Koffer aus dem Auto. Noch mehr kräftige Hände packten auch noch die Füße und trugen den aus Leibeskräften schreienden Mann zum Dorfbrunnen.

Ferdinand Brecht schrie um sein Leben. Die jungen kräftigen Männer schmissen den Diener Gottes trotzdem ins eiskalte Wasser. Prustend tauchte sein Kopf aus dem Brunnenbecken auf, nur um gleich wieder von mehreren Händen untergetaucht zu werden. Bis der Dorfälteste Josef „Genug!" rief, „Reinwaschen kann den niemand mehr!"

Den halbersäuften, hustenden Pfarrer, schleiften zwei kräftige junge Männer zum Pranger. Sie banden ihn nun an den hölzernen Schandpfahl. Der wurde eigentlich nur noch zur Erinnerung an alte Tage im Keller des Rathauses, als eines von vielen staubigen Relikten, z.B. neben dem Galgen in die Ecke gestellt und bei Schulführungen zur Einschüchterung von den garstigen Kindern benutzt. Gut, dass er nicht ins Feuer gekommen ist. Man sollte wirklich nie einfach Sachen wegwerfen, weil man nie wissen kann, wann man es wieder brauchen könnt.

Der Dorfälteste Josef rief: „Den Koffer bitte!" Zwei von den Jungen brachten den großen Lederkoffer, legten ihn auf den Boden und öffneten die Lederschnallen. Was da zum Vorschein kam war nicht von schlechten Eltern. Tumult und Geschrei brachen unter der erbosten Dorfbevölkerung los! So gut wie alle erkannten ihr ehemaliges Hab und Gut wieder! Und die riesige Menge an Bargeld ließ einen mit den Ohren schlackern. Der Josef hob einmal den Gehstock in die Höhe und die Dörfler waren schlagartig still. „Ei, ei, ei…was haben wir denn da? Möchte sich der Herr Pfarrer dazu äußern?"

Ferdinand Brecht krächzte schwach: „Das sind natürlich Geschenke für Gott, die ich dem Bischof zur weiteren Verwendung in Gottes Sache aushändigen wollte." Der Josef hob den Gehstock. Wumms! Einer der jungen Männer verpasste dem verlogenen Pfarrer eine Watschen, das die Nase knackte. Der Josef seufzte: „Ferdinand Brecht, du tust dir keinen Gefallen, wenn du uns anlügst." Der Pfarrer hustete und spuckte einen Klumpen blutigen Schleim aus.

Der Josef durchsuchte den Koffer und gab allen ihre unterzeichneten Enteignungen, Ablässe und abgeschwatzten Wertsachen zurück. Denjenigen, den der Pfarrer etwas abgeluchst und es dem Bischof wirklich hat zukommen lassen, zahlte er den Gegenwert in Bar aus. Jeder Dörfler, der sein Eigentum zurückerhalten hatte, gab dem Pfarrer entweder eine Watschn, einen Tritt oder einen Steinwurf mit. Strafe musste sein. Aber noch war der Josef nicht mit dem Schandmaul Gottes fertig. Erneut erhob sich der Stock in die Höhe.

Drei Jungen traten vor. Einer der jungen Männer machte den rechten Arm vom Pranger los, hielt das Handgelenk vom Halunken Brecht wie ein stählerner Schraubstock fest, die anderen zwei Jungen nahmen einen langen Holzscheit. Die Finger des Unseligen wurden darauf gepresst. Der Josef trat vor und ließ seinen Stock solange auf die Hand vom Brecht heruntersausen, bis kein Knochen mehr krachte. Der Pfarrer heulte und schrie zum Steinerweichen. Josef Haudinger erhob erneut den Stock. „Mit diesen Drecksgriffeln unterschreibst du dein Lebtag nichts mehr! Schon gar nicht irgendeinen abgeschwatzten Ablass! Wir bringen dich jetzt weg. Kommst du wieder, gehst du nimmer!" Zong! Zum Abschied gab es den Stock mit Schwung auf den Kopf. Dem Pfarrer wurde schwarz vor Augen. Die drei fleißigen Helfer vom Josef Haudinger luden den bewusstlosen Ferdinand Brecht in seinen Kofferraum. Sie wussten was zu tun war. Den Brecht vor dem Krankenhaus in Möhrenhaupthausen ablegen und zurückfahren.

Und wieder wurde auf mysteriöse Weise ein Patient in bedenklichem Zustand beim Möhrenhaupthausener Krankenhaus vor dem Hintereingang abgelegt. Da immer irgendwer heimlich eine Zigarette rauchen wollte, wurde der Pfarrer auch recht schnell gefunden und medizinisch versorgt.

Nach der Rückkehr der Burschen, stellte die Dorfbevölkerung ein Fest auf die Beine. Die Anwohner stellten ihre Holzbänke und Tische direkt vor ihren Häusern auf die Straße. Aus dem Rathauskeller holten die Dorfburschen die eingelagerten Bierbänke und Tische. Der Marktplatz war schnell mit ausreichend Sitzgelegenheiten gepflastert. Um den Dorfbrunnen herum entfachten fleißige Frauen viele einzelne Feuerstellen zum Kochen, Braten und Erwärmen. Es war ein wahrer Freudentag! Und niemand musste sich mehr vor Gottes Zorn fürchten! Nur der Pfarrer Brecht, aber das störte wirklich keinen! Der war fort und würde kein Unheil mehr verursachen. Der Bürgermeister hielt eine Ansprache: Sollte ein neuer Pfarrer die Dorfgemeinschaft bereichern wollen, wäre die Mürgelberger Dankbarkeit jetzt und in Zukunft der einzige Reichtum, den er an diesem Fleckchen Erde erhalten würde! Kein Klingelbeutel mehr. Keine

Geschenke mehr an die Kirche. Dafür werden alle Bürger von Mürgelberg freiwillig die Kirche in Schuss halten. Wenn der neue Pfarrer das nicht einsehen will, wird er das genauso wie der Pfarrer Brecht zu spüren bekommen. Die Dorfbewohner belohnten die Ansprache des Bürgermeisters mit donnerndem Applaus.

Alle Menschen im Dorf waren überglücklich über die zurückerhaltenen Besitztümer! Es war sogar immer noch eine beträchtliche Summe Bargeld übrig, die der Dorfälteste gerecht auf alle Bürger verteilte. Und von dem letzten Rest Bargeld gab es ein großes Fass Bier, ein Fass Wein und zwei Wildschweine und einen Ochs am Spieß vom „Blauen Barsch". Für alle!

Manfred meldete sich am nächsten Tag in seiner Abteilung krank. Auch bei Peter rief er an: Eine Erkältung war im Anflug. Scheußliche Kopfschmerzen waren das und die Nase dicht. Schlaf und viel Aspirin standen auf dem Plan. Sie würden sich in ein, zwei Tagen am Schreibtisch wieder treffen, um die Mürgelberger-Berichte für den Chef zusammen abzugleichen. In Wirklichkeit meldete sich die Sehn-sucht nach Winniefred unaufhörlich in ihm. Vorab nur einen Besuch im Krankenhaus wagen, dachte er. Nur um zu sehen das es seiner Geliebten an nichts mangelte und sie auch wirklich wieder gesund wird!

Winniefreds langer Geduldsfaden zahlte sich aus. Plötzlich stand Manfred in ihrer Zimmertür. Halb verdeckt durch einen riesigen Blumenstrauß aus der krankenhauseigenen Gärtnerei. Tränen der Freude liefen ihre Wangen herab. „Oh, die Polizei! Wollen sie mich schon wieder verhören oder warum sind sie hier?" schluchzte Winniefred. „Um sie offiziell zu rehabilitieren Frau Scheitelbaum! Die Akte Xaver Scheitelbaum und Gustl Hackl ist geschlossen. Es besteht kein dringender Tatverdacht mehr gegen Sie." Schnell legte Manfred die Blumen zur Seite und nahm Winniefred zärtlich in die Arme. Beide bekamen eine Gänsehaut. Nach einem langen Blick küssten sie sich zärtlich und innig. „Wann kommst du mich holen?" fragte Winniefred sehnsüchtig. Manfred lachte. Du erinnerst dich schon noch an deinen verstorbenen Gatten? Der Leichnam des Herrn Scheitelbaum und der, des Herrn Hackl, sind freigegeben. Dein verflossener Mann wird heute, mit samt seinem Spezl, an das Mürgelberger Beerdigungsunternehmen geliefert. Die Beerdigung darf ab sofort stattfinden.

Winniefred verzog angewidert ihr Gesicht. „Das dürfen meine Kinder übernehmen. Ich bleibe noch so lange im Krankenhaus bis der Xaver sicher unter der Erde ist! Ich habe auch keine Lust vor ganz Mürgelberg die trauernde Witwe zu spielen. Und von was für einem Beerdigungsunternehmen sprichst du? Der Ruhpoldinger Hans und sein Sohn, der Basti, übernehmen immer das Ausheben von den Gräbern. Vater und Sohn haben einen Steinbruch und verkaufen dann gleich den Grabstein und die Einfassung mit. Die Leichen werden meistens in dem Keller von der Kirche bis zur Beerdigung eingelagert, dort ist der einzige immer gleichbleibend kühle Raum in ganz Mürgelberg. Im Sommer, vor den Festen, lagern die Burschen auch das Bier und die Limonade darin." Manfred verzog angewidert das Gesicht. „Manfred, soweit ich weiß, hat Xaver alles den Kindern vererbt. Willst du mich tatsächlich trotzdem mitnehmen, so völlig mittellos?"

Manfred nahm seine Winniefred wieder ganz vorsichtig in die Arme, um nicht auf ihre Verletzung zu drücken. „Liebling, ich will dich nicht nur mitnehmen, sondern den Rest meines Lebens mit dir verbringen!" Winniefred schluchzte vor Freude. „Aber bitte lass uns eines nach dem anderen machen. Erst wird dein Mann vergraben, dann mit einem Anwalt und Notar alles geregelt, was den Hof und deine Kinder betrifft. Und dann kommst du zu mir nach Markelberningen und fängst mit mir ein neues Leben an! Einverstanden?" „Das dauert noch viel, viel zu lange!" schimpfte Winniefred. Manfred lachte: „Für mich ist das ja auch kein Zuckerschlecken! So sehr ich dich auch vermisse, ich muss erklären, wie ich zu einer ehemaligen Tatverdächtigen eine Beziehung hergestellt habe!" Plötzlich zog Manfred ein ernstes Gesicht. „Bitte halte dich von meinem Kollegen, dem Peter fern! Mit dem ist nicht gut Kirschen essen. Für ihn bist du nach wie vor eine der Hauptverdächtigen im Jägersleut-Fall! Für Peter sind wir seit unserem ersten Treffen alle beide schuldig. Nicht nur dass ich mich mit einer möglichen Tatverdächtigen während laufender Ermittlungen eingelassen habe, Peter denkt zudem auch, dass ich dich decke. Ich bitte dich auch deshalb, dich in Geduld zu üben. Versprochen?"

Winniefreds Gesicht war nun kalkweiß. „I…Ich…" „Sag nichts mein Schatz. Ich kann mir denken, dass du mir mehr zu erzählen hast, als ich wissen will. Kommt Zeit, kommt Rat." Winniefred war sprachlos. Wieviel wusste Manfred und warum wollte er sie trotzdem um sich haben?

Manfred konnte zwei plus zwei aus dem Gesicht seiner Liebsten abzählen: „„Weil ich dich liebe…Winnie!" „Ich liebe dich auch!" schniefte Winniefred und ihr Held kuschelte noch lange schweigend in dem Krankenhausbett mit ihr. Bis „Winnie" die Augen zufielen. Winniefred war noch lange nicht gesundheitlich über dem Berg. Manfred schlich sich aus dem Zimmer. Er sah sich um. Niemand auffälliges lief in dem Krankenhaus herum. Die langen Krankenhausgänge waren so gut wie ausgestorben. Am Hintereingang angekommen, spähte er durch die Türfenster die Gegend aus, schritt nach draußen und traf nur auf ein paar männliche Raucher. Spärlichst bekleidet. Nur mit ihren Krankenhaushemden und Badeschlappen. Manfred bedankte sich bei dem Wettergott, weil der Wind heute nicht stark blies.

Peter beobachtete Manfred aus der Krankenhausgärtnerei heraus. Geschäftig inspizierte er nebenbei die schönen, aber teuren Blumensträuße. Vielleicht ist ja ein Blumenstrauß für seine heiße Michi drin. Wenn er schon mal da war.

Sein Kollege kam grinsend aus dem Krankenhaushintereingang und lief zu seinem Auto. Bingo! Sein Riechkolben ließ ihn nie im Stich. Jetzt war es nur noch eine Frage der Zeit, bis er herausfand, wie mitschuldig sich sein Kollege an der Vertuschung eines noch nicht bewiesenen Mordes gemacht hatte. Von wegen krank. Für wie dumm hielt der Manfred ihn denn? So viele Jahre der Zusammenarbeit schmiss sein Freund und Mentor wegen einem Fick mit einer verblödeten Dorfschlampe weg? Nach dem Ausrutscher mit der Scheitelbaum hätten sie die Angelegenheit noch als Freunde regeln können. Aber das hier? Die Akte Scheitelbaum und Hackl war offiziell geschlossen. Weil Manfred die Schlampen deckte. Aber nicht mit Ihm! Dem Manfred konnte er vielleicht nicht besonders ans Hosenbein pissen, aber seiner Schlampe schon! Jetzt gings ums Prinzip!

Winniefred wurde sanft von einer Krankenschwester wachgerüttelt. Mit schweren Augenlidern versuchte sie sich wieder zurechtzufinden. Seufzend stellte sie fest, dass Manfred sich in Luft aufgelöst hatte. „Kaffee und Kuchen, Frau Scheitelbaum! Sie müssen Essen, damit sie wieder zu Kräften kommen! Sie wollen doch bestimmt wieder nach Hause!" Die Schwester half ihr in eine sitzende Position, fuhr ihr ein beladenes Ausklapptischchen ans Bett. Winniefred verdrehte die Augen, nahm dann aber brav die Kuchengabel in die Hand und nickte freundlich. „Was machen die Schmerzen im Arm? Kommen sie zurecht?" Winniefred nickte ein zweites Mal. Die Schwester war zufrieden und verschwand flugs aus dem Krankenzimmer.

Nach Hause! Was für ein furchtbarer Gedanke! Seit dem die Hermine sie im Blutrausch erlegen wollte, war der Scheitelbaumhof dank der internationalen Presse ein weltweit bekanntes Spezialitätengeschäft für Fleischdelikatessen. Die verstorbenen Jägersleute, also der Xaver und der Gustl, der tragische Tod von der geistig verwirrten, armen Oma, heizten das Geschäft erst recht an. Spirituelle und Geistsucher testeten ihre Kräfte und seherischen Fähigkeiten aus. Gruseltouristen waren nachts auf Geistersuche. So stand es in einem Brief von Winniefreds Kindern. Die viele Arbeit lies es nicht zu, die Mutter zu besuchen. Ruhe wäre ja eh viel besser! Ja genau, dachte Winniefred, Ruhe vor dem undankbaren Pack von Kindern und Ruhe vor ganz Mürgelberg! Brav aß sie ihren Kuchen auf und trank den scheußlichen Kaffee dazu.

Das Eintreffen des Leichenwagens mit den zwei toten Jägersleut in Mürgelberg sorgte für die nächste Aufregung. Das ganze Dorf, jede Menge Touristen und die internationale Presse standen am Marktplatz parat. Die

Scheitelbaumkinder nahmen mit der Anna Maria Hackl zusammen den Leichenwagen in Empfang. Ein Schmierentheater aller erster Güte war das! Natürlich hauptsächlich für die Presse! Alle Anwesenden waren vorsorglich von der Überführung der Toten informiert worden. Die wehklagenden Kinder und die am Boden zerstörte, schluchzende Anna Maria gaben alles! Gegenseitig stützen mussten sie sich, damit die Last der Trauer sie nicht zu Boden gehen ließ! Diese schauspielerische Höchstleistung hielten sie bis zum Zielort, der Mürgelberger Kirche, durch.

Die Leichenwichtel, Der Flamminger Sepp und der Bärzwinger Berthold aus der Pathologie in Markelberningen, hatten erneut den schwarzen Peter gezogen. Der Gruber Michl, ihr Chef, ordnete ihnen den Leichentransport zu, weil sie doch den Weg schon kannten. Nach stundenlanger Fahrt auf den holperigen Landstraßen, durch eine Einöde nach der anderen, stießen sie am Marktplatz in Mürgelberg auf einen regelrechten Volksauflauf, der eine Weiterfahrt mit dem Leichenwagen erst unmöglich machte. Aber schnell stellte sich heraus, dass die Zeitungsleute mitsamt Fotografen, Dörflern, Touristen und die trauernden Angehörigen einen Leichenzug zur Kirche bildeten, dem sie im Schritttempo folgen durften. Der Sepp und der Berthold kamen aus dem Schauen nicht mehr heraus: Der Marktplatz war ein einziger Festplatz. Und als immer wieder Dorfbewohner den beiden Bratwürstl, Bier und andere

Leckereien durch die offenen Wagenfenster reichten, war dem Sepp und dem Berthold alles egal. Schmatzend und mit Bierhumpen bewaffnet, steuerten sie den Leichenwagen im Schritttempo den wehklagenden Trauernden hinterher. Es war ein ziemlich warmer Herbsttag. Bei der Hitze gab es prompt einen kleinen Rausch. Hätten der Sepp und der Berthold mal besser auf die Pressefotografen geachtet. So wurde aus ihnen die nächste Mürgelberger Schlagzeile: Pietätlose Leichenträger aus Markel-berningen fressen und saufen sich dumm und dämlich hinter trauernden Angehörigen beim Trauerzug zum Friedhof! Das Trauerspiel wurde in Wort und Bild verewigt.

Nach einer gefühlten Ewigkeit kam der Trauerzug bei der Kirche an, aber weit und breit war kein Pfarrer zu sehen. Alles stand still und alle warteten ab, was denn nun passieren würde. Den Sepp wunderte nichts mehr. Der Berthold sah sich noch ungläubig um. Furchtbar unheimlich war ihm zumute. Die Kirchentür ging auf, aber kein Pfarrer kam heraus, sondern der Ruhpoldinger Hans und sein Sohn der Basti. Zwei beeindruckend große und starke Männer. Im Schlepptau mit sechs kräftigen Dorfburschen. Der Leichenwagen wurde ohne ein Wort entladen. Die Särge verschwanden mit den acht Leuten im inneren der Kirche. Auf die Jägersleute in den Zinksärgen wartete schon die verstorbene Hermine Scheitelbaum, in einem extrafeinen Nussbaumsarg, im Kellergewölbe.

Das Wehklagen der Trauernden verebbte schlagartig. Mit gebeugten Schritten ging es nun auf einen Frühschoppen zum „Blauen Barsch". Wer keinen Platz mehr bekam, trank auf dem Marktplatz noch einen Schnaps auf die Toten Heimkehrer.

Der Sepp und der Berthold wollten nur noch nach Hause. Die Zinksärge durften, die von ihnen aus gerne behalten. Unheimlich und seltsam waren die alle zusammen! Aber erst wollte das getrunkene Bier wieder ausgeschieden werden. Der Sepp greinte: „Berthold, ich schaffs nicht mehr, ich muss so dringend pissen!" Sein Kollege verzog zustimmend nickend das Gesicht. Der Sepp wendete den Leichenwagen und parkte ihn direkt vor einer der Kirchenseitenwände mit etwas Gebüsch davor. Angeheitert wie die beiden Leichenwichtel waren, hielten sie sich für unsichtbar und pinkelten mit einer wunderbar erleichterten Miene durch das lichte Gebüsch an die Kirche. Dabei spielten sie noch Feuerwehr. Breite, dunkle Bögen verzierten nun die Außenmauer der Kirche. Sehr zur Freude der Pressefotografen, war doch gleich die übernächste Schlagzeile auf den Präsentierteller gelegt worden! Wieder in Wort und Bild! Eine davon lautete: Unflätige Leichenträger urinieren nach Saufgelage schamlos an die Außenwand der Mürgelberger Kirche!

In Mürgelberg feierten die Dörfler munter weiter. Der Bürgermeister, Willi Meier, schickte auf gut Glück einen

Abgesandten zum zuständigen Erzbischof Krucker nach Möhrenhaupthausen. Da ja kein Pfarrer mehr ansässig war und doch drei Beerdigungen, eine Hochzeit und eine Taufe anstanden, musste dringend um Ersatz gebeten werden.

Der Alois Winkler war der glückliche Bote. Er wurde zuerst vom Generalvikar empfangen. Nachdem das ernste Anliegen deutlich geworden war, auch vom Erzbischof Krucker. Das der Bursche aus dem, aus der Zeitung bekannten Mürgelberg kam, beschleunigte die Sache enorm. Hatte der Vatikan ja bereits Interesse am Gotteswunder und den von Gott verstoßenem Pfarrer Brecht bekundet. Alois trat mit der Bitte um einen neuen Gottesmann für Mürgelberg vor. Aber keinen der wieder ein Bazi ist! Auf die Frage des Erzbischofs, wo denn der Pfarrer Brecht abgeblieben ist und warum er ein Bazi war, gab es keine Antwort. Nur ein gelangweiltes Schulterzucken.

Dem Erzbischof war nur durch die Zeitungen, die Thematik um „Gottes Ansprache" in der Kirche in Mürgelberg bekannt. Auch hierzu erhielt er von dem Burschen Alois Winkler keine weiterführende Antwort: „Der Gott hat halt gebrüllt, dass der Pfarrer, die Tratschen und die Hermine Bazis sind."

Erzbischof Krucker entschied sich, selbst die heiligen Zeremonien in Mürgelberg abzuhalten. Er war sehr neugierig darauf die Dorfkirche selbst in Augenschein nehmen zu dürfen.

Der Bursche Alois Winkler trat erfreut, „Mit Gottes Segen", den Rückweg an. Alois richtete aufgeregt dem Bürgermeister aus, dass das bischöfliche Ordinariat sich um Termine für die anstehenden Zeremonien kümmern und im Rathaus bekanntgeben würde. Auf Alois Art: „Horch Willi, da kommt wer vorbei und erledigt alles. Anrufen tuns vorher." Der Bürgermeister Willi klopfte dem Alois anerkennend auf die Schulter und spendierte ihm einen Humpen Bier.

Über die Frage des Verbleibs des Pfarrers Brecht konnte sich der Erzbischof bald selbst eine Antwort geben. Der Erzbischof erhielt von seinem Generalvikar Gerhard Schmonzen, mit hochgezogenen Augenbrauen eine gesalzene Krankenhausrechnung überreicht, mit dem Vermerk das noch weitere Folgen werden. Der Herr Pfarrer Brecht bräuchte noch mindestens vier Wochen, um gesundheitlich einigermaßen hergestellt zu werden. Auch hier würde ein Besuch nötig sein. Seufzend verfasste der Erzbischof einen Brief an den Vatikan, indem er die Überprüfung der „Sache Mürgelberg und Pfarrer Ferdinand Brecht" ankündigte. Der katholische Glaube und die kirchliche Disziplin in Mürgelberg bedurften einer dringenden Kontrolle! Die katholische Hierarchie musste unbedingt schnellstens wieder hergestellt werden! Und die Fragen hinsichtlich Gottes Stimme in der Kirche beantwortet. Der Pabst selbst antwortete und gab für den Erfolg der Mission seinen Segen!

Sechs Tage später war es soweit. Der Erzbischöfliche Prunkwagen fuhr los. Der Generalvikar begleitete seinen guten alten Freund, den Erzbischof, auf diese ungewisse Reise. Nachdem sie die Stadtgrenze von Möhrenhaupthausen erreichten, verschlechterte sich der Zustand der Landstraße kontinuierlich. Ihr Chauffeur Hans fluchte. Nicht einmal, zweimal, sondern so oft und lang, wie diese Höllenfahrt auf den inzwischen nur noch unbefestigten Straßen dauerte. Die beiden alten Freunde bekreuzigten sich des Öfteren und beteten, dass sie alle drei heil und ohne Achsbruch in Mürgelberg ankommen würden. Mit Gottes Hilfe und ihrem geschickten Chauffeur erreichten sie das halbverrostete Ortsangabeschild. Sie passierten eine Polizeiwache. Der Fahrer hielt auf die Dorfmitte zu und landete tatsächlich auf dem, wegen des Dorffestes, fast unpassierbaren Marktplatzes. Der Chauffeur umfuhr vorsichtig das Dorffest und landete direkt vor dem Wirtshaus „zum Blauen Barsch".

Das Gebäude schien von außen ein freundliches, sauberes Gasthaus zu sein. Eine kleine Erfrischung würde ihnen dreien nach der furchtbaren Fahrt guttun. Sie hofften auch auf eine Bleibe für die Nacht.

Der Fahrer öffnete für den Erzbischof und den Generalvikar die Gasthaustür. Alle drei traten ein und ließen ein lautes "Grüß Gott liebe Mitbürger!" ertönen. Schlagartig wurde es in dem Gastraum still. Der Wirt holte seine Büchse unter dem Tresen hervor und legte das

Gewehr demonstrativ vor sich hin. „Geschlossene Gesellschaft! Raus hier! Wir wollen hier keine Fremden nicht! Dauernd diese scheiß Touristen!"

Die beiden Geistlichen reisten in Zivil. Auch der Chauffeur trug einen Anzug. Niemand erkannte Gottes Helfer in den alten Männern. Bevor sich auch nur einer der Geistlichen zu erkennen geben konnte, wurden sie von einem wütenden Mopp eingekreist, gepackt und bekamen ein paar stramme Watschen mit. Danach flogen alle drei in hohem Bogen hochkant aus der Wirtsstube in den Dreck. Die Gasthaustür fiel mit einem lauten krachen zu und innen war sofort wieder ein fröhlich lautes Miteinander zu vernehmen. Schmerz-gebeutelt sammelten die drei Männer ihre Kräfte, um aufzustehen, dem dreckigen Boden und der rauen Gesellschaft der gewalttätigen Männer des Gasthauses zu entfliehen. Gegenseitig stützen mussten sich der Erzbischof und der Generalvikar beim Aufstehen. Ihren Chauffeur hoben sie zu zweit auf und nahmen ihn in die Mitte. Der Hans war so unglücklich gefallen, dass er sich den Fuß verstaucht hatte. Dem Erzbischof Stefan und seinem Generalvikar Gerhard schwante Übles. Ihnen dämmerte, wieso der Kollege Brecht im Krankenhaus gelandet sein könnte. Wenn die Dörfler schon keine Fremden mochten, was würden sie dann erst mit einem Bazi anstellen?

Die holperige Fahrt ging zurück zum Marktplatz. Der Generalvikar übernahm wegen Hans Verletzung das Steuer. Er parkte am Rand des Volksfestes und kämpfte sich durch die vielen Menschen zum Podium hinauf, um sich einen Überblick über die Platzsituation zu verschaffen. Sofort sonderten sich ein paar muskelbepackte, bedrohliche Burschen mit geballten Fäusten aus der Menge ab, um den schmutzigen Fremden dort herunter zu holen. „Stopp! In Gottes Namen! Ich komme für die Kirche, die Begräbnisse! Die Eheschließung! Die Taufe! Der Bürgermeister hat mich und den Erzbischof doch hergebeten!"

Die Burschen zogen den Generalvikar ohne ein Wort herunter und nahmen den zappelnden und um Hilfe schreienden Mann einfach mit. Schnell war die kleine Gruppe in der unübersichtlichen Menschenmenge spurlos verschwunden. Der Erzbischof und der Fahrer Hans wurden kreidebleich. Mit zitternden Händen verriegelten sie die Autotüren. Was dem armen Gerhard nun für ein Schicksal erwartete? Und was würde ihnen noch für Unheil blühen?

Die Burschen brachten den schmutzigen Mann in das Haus von dem Dorfältesten, dem Josef. Weiß wie die Wand, murmelte der Generalvikar unaufhörlich Gebete vor sich hin. Nicht einmal stehen konnte er mehr vor Angst, er sank auf die Knie.

Der Josef grinste ob seiner gut funktionierenden Leibgarde. Er winkte die Burschen ab, die sogleich verschwanden. „Wer sind denn Sie und warum machens denn hier so ein Theater?" Der Generalvikar krächzte:

„Mit dem Erzbischof bin ich hier! Die Taufe, die Begräbnisse und eine Hochzeit sollen wir in Gottes Namen ausrichten!"

„Ja warum habens das denn nicht gleich gesagt! Dann bringen wir sie ins Pfarrhaus, da können sie sich frisch machen! Ja so eine Freude! Wie war gleich der Name?" Ungläubig verzog der Generalvikar seine Augen zu schmalen Schlitzen: „Ich vermelde den Erzbischof Stefan Krucker und meine Wenigkeit den Generalvikar Gerhard Schmonzen! Und deshalb hat man uns im Gasthaus verprügelt? Vor lauter Freude? Ich kann mir nicht vorstellen, dass der Erzbischof unter diesen Bedingungen hier bleibt und die Messen zelebriert. Und nun wünsche ich, zu unserem Wagen zurückgebracht zu werden, damit wir postwendend abreisen können!"

Der Josef seufzte. Nichts als Ärger gab es mit den Hochgestochenen. Aber das ließ sich regeln. Josef klopfte mit seinem Holzstock dreimal laut auf den Holzboden. Die Burschen öffneten die Tür und traten ein. „Der Herr Pfarrer Schmonzen möchte mit dem Erzbischof in das Pfarrhaus gebracht werden. Und weil die Herren fremd hier sind, passen wir auf sie auf, bis alle heiligen Messen gehalten sind. Dann könnens von mir aus wieder fahren."

Der Generalvikar fing laut zum Schreien an: „Ja sind sie denn von allen guten Geistern verlassen? Das ist eine Entführung! Wenn das die hiesige Polizei erfährt!"

Die Burschen und der Josef grinsten unverhohlen. Jeder der die beiden Dorfpolizisten, den Hans und den Franz kannte, würde sich um jedwede Anschuldigung keine Sorgen machen müssen. Die Burschen packten den Generalvikar unter den Armen, verschwanden erneut mit dem schreienden Mann in der pulsierenden Menschenmenge.

Derweil berieten sich der Chauffeur Hans und der Erzbischof im Wagen miteinander. Sie waren sich uneins. Der Hans war dafür den Generalvikar zurückzulassen und das eigene Leben zu retten. Der Erzbischof war der festen Meinung, dass es möglich sein musste, den Bürgermeister zu kontaktieren und damit den Gerhard, aus welcher Lage auch immer, zu retten.

Da lachte der Hans ihn aus, bat ihn auszusteigen und nach der Obrigkeit zu suchen. Sein Fuß war ja schließlich verstaucht, er würde auf keinen Fall gehen.

Ängstlich keuchend griff der Erzbischof nach seinem Türriegel. Er zog den Knopf nach oben, öffnete die Tür, stieg vorsichtig um sich spähend, aus dem Auto. Rumms, schon war die Tür wieder ins Schloss gefallen und der Türriegel schnappte ein. Blitzschnell hatte der Hans hinter dem Rücken seines Chefs die Autotür zugeschlagen.

Mit einem Angstschrei drehte sich der Erzbischof ruckartig zu dem Wagen herum und riss verzweifelt an der Wagentür, um schnell wieder einzusteigen. Vergeblich.

Der Hans war auf Tauchstation gegangen und ließ sich mit keinem Wort erbarmen die Wagentür zu öffnen.

Vor dem Nobelwagen bildete sich eine kleine Gasse in der Menschenmenge. Die Burschen kamen mit dem schreienden Generalvikar auf den vor dem Wagen stehenden Erzbischof zu. Der Erzbischof fing nun zum Brüllen an und rüttelte wie ein Besessener an der Wagentür: „Lass mich rein du Wahnsinniger! Bei Gott unserem Herrn! Lass mich rein!"

Der Hans tauchte nur einmal kurz am Fenster auf und schrie durch die geschlossene Wagentür: „Bürgermeister!" Hans lächelte dem Erzbischof noch aufmunternd zu und hielt ihm den Daumen hoch. Dann tauchte er wieder in die Versenkung hinab.

Ungläubig und der Ohnmacht nahe drehte sich der Erzbischof um und harrte mit dem Rücken an den Wagen gepresst, der Dinge, die auf ihn zukommen würden.

Es war zu spät, um wegzulaufen. Auch der Erzbischof wurde von den kräftigen Burschen umringt und untergehakt. Nach einem zehnminütigem Fußmarsch kam die Gruppe vor der Kirche mit dem anliegendem Pfarrhaus an. Wortlos schoben die Burschen die Männer in den dunklen Eingangsbereich des Pfarrheims hinein und schlossen hinter ihnen ab. Wachen verteilten sich rund um die beiden Gebäude.

Der Hans fuhr der kleinen Gruppe in einiger Entfernung zum Pfarrheim hinterher. Sein Fuß war gar nicht so schlimm verletzt, wie er vorgegeben hatte. Er parkte ungefähr fünf Meter vor dem Torbogen, der den Hof des Pfarrheims säumte. Vor den Augen der Wachen lud er die Gepäckstücke seiner Vorgesetzten aus, winkte den Burschen zum Abschied noch einmal zu und fuhr unbehelligt nach Möhrenhaupthausen zurück.

Am nächsten Morgen trafen sich der Bürgermeister Willi Meier und der Dorfälteste Josef Haudinger in einem Hinterzimmer im „Blauen Barsch". „Willi, Prost! Erst einmal!" Der Josef und der Willi schluckten ein paar „Kurze" hinunter. Der Kirschschnaps lockerte die Stimmung und half beim Denken. „Josef, was meinst? Wenn die zwei Pfaffen ihre Arbeit gemacht haben, wie stellen wir das an, damit wir einen neuen Geistlichen bekommen?" Der Josef streichelte nachdenklich seinen langen grauweißen Bart. „Willi, lass mich das regeln. Ich werde mit den beiden Pfaffen eine ernste Unterhaltung führen. Und meine Argumente sind immer garantiert durchschlagend! Prost!" Der Willi nickte zustimmend, froh darüber, keine Verantwortung für das Pfaffenproblem übernehmen zu müssen. „Einverstanden! Prost!" Das Bier zischte seine Kehle herunter, dann wischte und zwirbelte er seinen Schnauzer trocken. Dann holte der Josef Karten aus seinem Janker. „Grasobern oder Watten?" Der Bürgermeister schüttelte den Kopf: „Da verlier ich immer… Schafkopfen, oder?"

Es war soweit. Winniefred wurde aus dem Krankenhaus entlassen. Früher als ihr lieb war. Die Kinder
schickten ihr ein paar knittrige Kleidungsstücke und ein
paar Schuhe mit der Post. Sie waren nach wie vor alle-
samt zu beschäftigt, um ihre Mutter zu besuchen, geschweige denn sie aus dem Krankenhaus abzuholen.
Der alte Martin holte sie zusammen mit dem Florian am
Haupteingang ab. Ein tiefer Seufzer entkam ihr, als sie
die beiden mit ihren Hut in den Händen sah. „Servus,
ihr zwei! Wenn wir daheim sind geb ich euch was damit ihr essen gehen könnts, als Dankeschön, gell? Der
Martin und der Florian nickten erfreut. Die Protzkiste
vom Xaver war ausgeborgt. Auf Anweisung vom neuen
Familienoberhaupt, dem Wickerl. Resigniert stieg Winniefred in das Auto ein, gleich hinten auf die Rücksitzbank. Der Martin und der Florian besetzten die Vorder-
sitze. Und los ging es. Am Stadtende wurde die Straße
holperig, Stein um Stein.

Manfred klingelte bei seiner Nachbarin, der alten Emma
Knut. Es gab Arbeit für Emma. Sie bekam einen Kuss
und einen Haufen Schmierzettel mit Stichpunkten zu
seinem letzten Fall. Emma war schon seit mindestens 10
Jahren seine Verbündete. Sie lernten sich eines Abends,
eine Straße weiter, ungewollt kennen.

Emma führte ihren Dackel Gassi. Manfred war auf dem
Weg zum nahegelegenen Postbriefkasten. Aus der Sei-

tenstraße vernahm er laute Hilfeschreie und hysterisches Hundegebell. Durch und durch Mann und Polizeibeamter, stürmte er in die Richtung der lautstarken Auseinandersetzung. Manfred nahm an, dass die quietschend rufende Frau von einem Hund attackiert wurde. Aber als er um die Ecke in die Seitenstraße einbog, legte sich ihm ein ganz anderer Sachverhalt dar.

Ein Mann mit einer Skimaske im Gesicht, versuchte seiner alten Nachbarin, der Knut, die Handtasche zu entreißen! Der Dackel versuchte seinem Frauchen zu helfen, indem er immer wieder in das Hosenbein von dem Räuber biss. Manfred spurtete los: Polizei! Auslassen! Stehenbleiben!" Der Räuber erschrak, schubste die alte Knut um und trat nach dem Hund, um freizukommen. Schon setzte der Räuber ebenfalls zum Spurt an. Aber nicht mit Manfred! Der schnappte sich eine leere Weinflasche, die bei den Mülltonnen am Straßenrand stand und schleuderte sie dem weglaufenden Räuber an den Hinterkopf! Mit einem lauten „Bong" sackte der Räuber zusammen. Die Flasche zerbrach auf dem Kopfsteinpflaster neben ihm.

Manfred sammelte seine völlig aufgelöste Nachbarin auf. Ihr rechtes Knie war ganz dick. Der Hund wedelte und jaulte um sein geschundenes Frauchen herum. Manfred nahm den Hund auf den Arm, streichelte ihn und hakte dann die alte Knut unter und brachte die beiden nach Hause, holte anschließend einen Arzt. Es stellte sich heraus, dass bei der alten Knut ein paar Sehnen im Knie angerissen waren und sie deshalb mit dem

Dackel Bodo Krummbein vorerst nicht mehr gut laufen konnte. Auch einkaufen, Wäsche aufhängen, etc., waren Dinge der Unmöglichkeit. Manfred kümmerte sich spontan um die alleinstehende Frau. Die beiden Nachbarn befanden sich schnell für sympathisch und merkten das sie sehr gut miteinander auskamen. Es entwickelte sich eine angenehme Freundschaft und sie halfen sich nach Emmas Gesundung weiterhin gegenseitig. Emma Knut goss Manfred die Blumen und leerte den Briefkasten, wenn er längere Zeit im Einsatz war. Wenn er heimkam stand immer ein Töpfchen mit Essen auf dem Herd.

Dafür ging Manfred, wann immer er konnte mit dem Dackel Bodo Gassi. Eines Tages kam Manfred nicht wie gewohnt zum Gassi gehen, da klingelte Emma bei ihm. Der Polizist steckte bis zum Hals in seinen noch nicht abgelieferten Berichten. Emma erzählte ihm von ihrer Zeit als Sekretärin und da kam ihr die glorreiche Idee, verschiedene Schriftstücke von Fällen aufzusetzen, um die Vorlagen auf jeden neuen Fall von Manfred ummünzen zu können. Emma würde die Schreibarbeiten übernehmen und ihr „Held" mit ihrem Kampfhund die Straßen sicher halten. Emma hatte wieder eine Aufgabe und Manfred entspannte sich beim Spazierengehen mit Bodo.

Der Kriminaloberrat, Alfred Kollmannsberger tobte erneut, dass ihm die Adern auf der Stirn zu platzen drohten, nur dieses Mal las er dem Chef-Pathologen, dem Gruber Michl, die Leviten! „Zwei neue negative Schlagzeilen! Jetzt schon insgesamt drei, ich wiederhole drei, die von der Kripo Markelberningen handeln! Skandale! Und zwei davon aus ihrer Abteilung! Da! Sehen sie das! Blanke Hintern, die an eine Kirche urinieren! Das Fahrzeug mit dem Sondereinsatz-kennzeichen Markelberningen darauf! Und hier! Die zwei Trottel saufen und fressen während eines Trauerzuges, den sie begleiten! Ja Himmel Herrschaft! Das kostet uns alle Kopf und Kragen! Haben denn ihre Angestellten kein bisschen Anstand und Hirn?" Der Gruber Michl setzte sich genervt hin und rollte mit den Augen: „Und was wollens denn jetzt von mir? Was wollens denn, dass ich mit dem Bärzwinger und dem Flamminger anstelle? Auspeitschen, oder vielleicht Nachsitzen lassen...? Ja meinens denn, dass man studierte Pathologiehelfer in Markelberningen an jeder Straßenecke findet? Machens halt ein Dementi, das die Fotos gefälscht sind und gut ists! Wenn die Presse ihren Sachverhalt hat, dann wir halt auch. Basta."

Der Gruber Michl stand einfach auf und ging, lies seinen Chef, den Kollmannsberger weiter schreien und toben. Meine Güte, waren die hier oben alle unentspannt. Was war sein Keller für ein Segen! Die Toten hielten wenigstens den Mund! Am Arschlecken dufte der Chef ihm, mit seinem Geschrei, hoch und runter! Jetzt erst einmal einen dübeln und dann die zwei Trottel runterputzen. Allein schon für den Scheiß, den die zwei immer und immer wieder bauten. Vor dem Leichentransport nach Mürgelberg, war ihnen bei einer anderen Fuhre, ein Sarg, in einer scharfen Kurve, aus dem Auto raus und einen Abhang hinuntergedonnert! Nur weils zu blöd waren, die Türen von dem Leichen-wagen richtig abzuschließen. Da warens garantiert auch wieder zu schnell gefahren und besoffen gewesen! Dabei hatte der inzwischen offene Sarg einen Fischer an dem kleinen Flüsschen unterhalb von dem Abhang vom Hocker gerissen. Die Leiche hatte sich wegen dem holperigen Weg aufgesetzt und dem Fischer abgewatscht. Nur einmal mit Profis arbeiten!

Der alte Kriminaloberrat, Alfred Kollmannsberger, erlitt einen leichten Herzanfall. Heute Morgen erst der erneute Anruf von seinem Vorgesetzten, des Kriminaldirektors Hubert Stolzinger, der ihm die Hölle von wegen seiner noch nicht erhaltenen Pension heiß machte; dann dieser unverschämte Leichenfledderer mit seinen untauglichen Helfern! Einfach gegangen war der! Mitten in seiner Moralpredigt! Der Kriminaloberrat griff nach seinem Herz und versuchte japsend Luft in seine Lungen zu bekommen. Er klingelte seine Sekretärin an. Die gab ihm erst einmal einen Schnaps und rief dann den örtlichen Doktor an. Der Doktor verordnete Bettruhe und ein leichtes Sedativum zur Beruhigung.

Eine Woche später nahm der Kriminaloberrat Kollmannsberger seine Arbeit wieder auf. Sein Vorgesetzter, der Kriminaldirektor Stolzinger, nahm tatsächlich
die Idee vom Gruber Michl an, die natürlich der plan-
lose Kollmannsberger als seine zum Besten gab: Ein
scharfes Dementi zu den Fotos in der Zeitung, da der
Leichenwagen vorsätzlich „entwendet" wurde, um der
Kripo in Markelberningen zu schaden. Dumme Jun-
genstreiche!

Die Leichenwichtel, der Flamminger Sepp und der
Bärzwinger Berthold verschwanden auf unbestimmte
Zeit im Keller der Pathologie in der Nachtschicht. Strafe
muss sein!

Sie waren da. Winniefred konnte es kaum glauben.
Ganz Mürgelberg war ein einziges Volksfest! Und erst
der Scheitelbaumhof! Überall Bretterbuden zum Ver-
köstigen der Touristen! Auch Buden, an denen man verschiedene Führungen buchen konnte waren aufgestellt.
Mit Hofangestellten besetzt. Und sie traute ihren Augen
nicht: Am Haupthaus, neben ihrer Haustür, war ein
großes Schild angebracht. Darauf stand: Führungen in
die Wohnung der Mörderin und die von dem Opfer
auch! Wutentbrannt riss Winniefred die Autotür auf
und stürmte nach oben. Und wieder konnte sie ihren
Augen nicht trauen: Ihre eigene Tochter, die Antonia,
führte die ganzen wildfremden Menschen durch ihre

Wohnung! Ohne Rücksichtnahme auf ihre Mutter! Winniefred fing zu kreischen an: „Raus hier! Raus! Dreckiges Pack! Raus aus meiner Wohnung!" Aber statt Verständnis erntete Winniefred nur ein Blitzlichtgewitter. Die kleine Menschenmeute packte die Sensationsgier! Blind vor Wut stürmte Winniefred zu ihrer Küche und riss das Absperrband der Polizei nieder, mit dem der Eingang versiegelt worden war. Mit dem gesunden Arm schnappte sie eine Pfanne von der Wand und stürmte auf die Menschen mit den Kameras zu und fing an, wahllos mit der Pfanne zuzuschlagen. Panik breitete sich aus. Die Menschenmeute rempelte und trampelte um sich, um aus der kleinen Wohnung heraus und über das Treppenhaus nach draußen zu kommen. Dabei gingen die letzten Porzellanfiguren, die auf dem kleinen Tischchen im Gang lagen, zu Bruch. Die Hälfte davon hatten diebische Touristen eh schon eingesteckt. Erschöpft lies Winniefred die Pfanne fallen. Da sah sie ihre Tochter knapp neben der Treppe auf dem Boden sitzen. Antonia schimpfte: „Aua, mein Hintern! Mensch Mama, bist du von allen guten Geistern verlassen? Du machst mir gerade mein Geschäft kaputt!" Winniefred ballte die gesunde Faust. Mit leiser Stimme bekam Antonia eine Ansage, bei der ihr Hören und Sehen verging: „Mein liebes Kind, solltest du es wagen, noch ein einziges Mal, auch nur einen Fuß mit einem fremden Menschen, hier, in dein Elternhaus zu setzen, dann wirst du die Tracht Prügel deines Lebens bekommen! Ohne Rücksicht auf Verluste. Und jetzt geh. Halt!

Schlüssel her! Sonst setzts gleich was!" Antonia rumpelte hoch, warf ihrer Mutter die Schlüssel vor die Füße und rannte heulend das Treppenhaus hinunter.

Winniefred nahm die Pfanne vom Boden wieder auf. Sie suchte den Keller, das Treppenhaus, die zwei Wohnungen und den Dachboden nach versteckten Menschen ab. Kein Schrank blieb geschlossen. In der unteren Wohnung verrammelte sie die Fensterläden. Total erschöpft begab sie sich wieder in ihre Küche, um die Bescherung in Augenschein zu nehmen. Vor lauter Sensationsgier hatten ihre lieben Kinder den „Tatort" im Originalzustand gelassen, um noch mehr Geld aus den Touristen herauspressen zu können. Hermines und Winniefreds getrocknetes Blut war noch überall zu finden. Der kaputte Blumentopf ebenso, wie das Absperrband. Der von der Axt beschädigte Türrahmen. Getrocknetes Erbrochenes war in ihrem Küchenwaschbecken. Unzählige schmutzige Fußspuren. Dem Augenschein nach war die Toilette wohl von unzähligen Menschen benutzt worden. Ekelhaft! Winniefred öffnete das kaputte Küchenfenster um ein wenig durchzuschnaufen. Sofort hagelte es Geschrei und ein Blitzlichtgewitter nach dem anderen. Eine furchtbare Leere breitete sich in ihr aus. Verraten und verkauft von der eigenen Familie. Winniefred griff zum Telefon. Jetzt war der richtige Zeitpunkt zum Verschwinden.

Manfred war entsetzt über die furchtbaren Bilder und Geschichten, die die Presse über Winniefred zum Besten gab. Man konnte wirklich dankbar sein, dass seine Liebste trotz allem über so starke Nerven verfügte.

Nach der Attacke auf ihr Privatleben, packte sie den Rest ihrer Habseligkeiten in alle Verfügbaren Koffer, die sie finden konnte, schnappte sich zwei ihrer Hofangestellten und ließ die Protzkiste ihres verstorbenen Mannes bis unters Dach beladen. Die im Haus und Büro versteckten Geldkassetten und alle wichtigen Papiere packte sie ebenfalls ein. Der Johann und der Florian bekamen noch ein großzügiges Zubrot dafür, so fleißig geholfen zu haben und die Bitte ein paar Nachrichten an ihre drei Kinder zu überbringen. Dann ging die Reise los:

Erste Station: Hotel am See, großer Morzninger See, Möhrenhaupthausen. Winniefred gönnte sich ein Zimmer mit Vollpension. Die Rechnung ging an das neue Familienoberhaupt vom Scheitelbaumhof, dem Wickerl. Da alle Kinder von dem Mordversuch an ihr profitierten, durften sie als Gegenleistung ihren „Urlaub von daheim" finanzieren. Das war ihr verdammtes Schmerzensgeld!

Als zweites bestellte Winniefred einen Notar auf ihr Zimmer, der alle Verträge, Dokumente, Testamente zur Ansicht erhielt. Herr Doktor Friedrich Sägebrecht bat um einige Zeit, da der Umfang der zu überprüfenden

Dokumente enorm war. Der Notar erhielt von Winniefred alle Befugnisse schriftlich, frei in ihrem Namen handeln zu dürfen. Auch, den Totenschein für ihre Witwenrente einzulösen.

Als drittes kontaktierte Winniefred ihren Liebsten auf
seiner Dienststelle im Büro, unter dem Vorwand eine
Beratung zu wünschen. Dabei gab sie ihm alle wichtigen Informationen. Unter anderem, welche Zimmer-
nummer im Hotel am See, die ihre war.

Die erste Nachricht überbrachte der Johann dem Wickerl. „Da, von deiner Mutter." Der Ludwig schaute ungläubig auf das kleine Stück Papier in seiner Hand.
Dort stand: „Lieber Wickerl, ich bin ausgezogen, das
Haupthaus ist jetzt dein. Alles Liebe, Mama."

Die zweite Nachricht erhielt die Antonia vom Florian.
„Deine Mama hat einen Zettel für dich geschrieben."
Misstrauisch nahm die Antonia den halben Papierbo-
gen an sich und las: „Liebes Kind, ich stehe deiner Ge-
schäftstüchtigkeit nicht mehr im Wege. Ich bin ausgezogen. Das Haupthaus gehört jetzt deinem Bruder, dem
Wickerl. Setz dich wegen einer eventuellen gemein-
schaftlichen Nutzung bitte mit ihm auseinander. Alles
Liebe, Mama."

Die dritte Nachricht erhielt der Lorenz vom Johann und
dem Florian gemeinsam. „Deine Mama sagt, dass du

das lesen sollst!" Erstaunt nahm der Lorenz die Botschaft an. „Lieber Lorenz, du wünschst dir doch schon sehr lange einen eigenen Platz für dich, deine Familie und deine Hundezucht. Jetzt bietet sich dir diese Möglichkeit. Deine Oma Hermine hat den Hof in Groß Feldsteinberg verlassen, um wieder hier auf dem Scheitelbaumhof zu leben. Die Oma lebt nicht mehr und der Hof steht leer. Wie ich gehört habe, möchte dein Onkel Herbert nicht mehr hier leben und nur seinen Erbteil erhalten. Denk doch einmal darüber nach. Ich werde auch alles in die Wege leiten, dass dir der Hof überschrieben wird. Alles Liebe, Mama. P.S.: Ich bin ausgezogen, werde mich aber bei dir melden." Der Lorenz drehte sich verschämt um. Ihm kamen tatsächlich ein paar Tränen. Seine Mama war die Beste und hatte ihn nicht vergessen!

In der Mittagspause trafen sich Peter und Manfred in der Kantine. Es gab einen Berg Kartoffelstampf, ein Fleischpflanzerl mit Sauce und Erbsen-Karottengemüse. Peter sah den fröhlichen Manfred argwöhnisch beim Essen zu. „Dafür das du krank warst, schlingst jetzt aber ganz schön! Und zuhause warst du gestern auch nicht."

Manfred verschluckte sich und begann zu Husten. Er nahm einen großen Schluck Sprudelwasser. Langsam setzte er das Glas ab, verengte die Augen zu schmalen Schlitzen. „Was fällt dir ein, mir hinterher zu spionieren?"

Peter schlug mit der Faust auf den Tisch: „Ich habe alles Recht der Welt! Du hast eine Affäre mit einer Mordverdächtigen!" Die Kollegen an den anderen Kantinentischen sahen alle kurz auf. Manfred winkte der Gisela, der Kantinenfrau: „Gisi, lässt noch kurz unser Essen stehen? Wir müssen mal kurz raus!" Die Gisi nickte. Die Kollegen widmeten sich wieder dem Essen. Manfred stand auf und deutete mit dem Kopf zum Ausgang. Peter nahm triumphierend grinsend das Angebot an.

„Du blödes Arschloch, bist du jetzt von allen guten Geistern verlassen? Willst mich vor den Kollegen fertigmachen, oder was?" Manfred kochte vor Wut. Peter fühlte sich wahnsinnig siegessicher: „Du willst ja nicht mit der Wahrheit rausrücken. Wer von uns zweien ist mit zerrissenen Klamotten, nachts, mitten in einer laufenden Ermittlung ins Hotel zurückgekommen? Wer von uns hat sich wie ein blöder um die Scheitelbaum gekümmert, als die am Verrecken war? Und wer von uns hat sich krankgemeldet und hat die Scheitelbaum im Krankenhaus besucht? Ich wars nicht, Kollege! Und jetzt spuck die Wahrheit aus!"

Manfred zischte: „Mein Privatleben geht dich einen Scheißdreck an! Und denk dran: Ich bin immer noch dein Vorgesetzter! Und wenn du nicht aufhörst mir hinterher zu spionieren, wirst du es bitter bereuen! Das wars, jetzt werde ich weiteressen!"

„Von wegen! Du bleibst! Wir sind noch nicht miteinander fertig!" Peter packte Manfred an der Schulter, um ihm am Gehen zu hindern. Das war zuviel für Manfred. Er holte aus und verpasste Peter einen Faustschlag in die Magengrube. „Doch, sind wir." Manfred ging zurück an seinen Tisch. Peter sank keuchend auf den Boden. Als Peter wieder Luft bekam, ging er ebenfalls in die Kantine zu ihrem Tisch und warf ihn um. Das Geschirr flog durch die Luft und zerbrach lautklirrend auf dem Boden. „Das wars du Arsch! Ich krieg dich!" Dann stürmte Peter aus der schlagartig erstarrten Kantine. Manfred hielt cool sein Wasserglas in der Hand und zeigte mit der anderen auf die Sauerei am Boden: „Gisi? Hast du mal einen Lappen, bitte?"

Das Kantinendesaster blieb nicht ungesehen und vor allem nicht ungehört. Nun blieb Manfred nur noch eines: in die Offensive gehen, bevor der Peter ihm sein Leben noch endgültig versaute.

Manfred nahm einen kleinen Umweg über den Innenhof und klaute eine Blume aus einer der Pflanzenrabatten. Danach marschierte er schnurstracks in das Vorzimmer seines Chefs: „Servus! Sabine? Wie stehen die Karten? Mei schaust du heut wieder gut aus. Wie ist der Kollmannsberger nur an so eine Perle wie dich gekommen..."

Und die Vorzimmerdame Sabine schmolz wie immer bei Manfreds Charme dahin. „Du alter Schlingel! Du weißt doch ganz genau, dass ich verheiratet bin! Aber der „Alte" ist seit seiner Herzattacke nicht mehr derselbe... Samthandschuhe, mein Lieber! Bitte warte kurz, ich melde dich an."

„So viel Förmlichkeit können wir uns doch sparen!" zwinkerte Manfred Sabine zu und klopfte einfach an der Tür vom alten Kollmannsberger und trat, ohne auf eine Erlaubnis zu warten, einfach ein.

„Herr Heroldsbacher! Ich darf doch bitten!", polterte der Kriminaloberrat Kollmannsberger laut los.   „Jawohl, dürfen sie, gerne und sofort. Ich habe wirklich ein dringendes Anliegen und sie sind der einzige Mensch, dem ich mich anvertrauen kann und darf!" Überrascht nahm der Kriminaloberrat abermals hinter seinem Schreibtisch Platz. Er schob die gerade geöffnete Schnapsflasche mit dem Fuß unauffällig zur Seite. Manfred setzte sich ebenfalls. Dann kam die Story von der „wilden Sau".

Manfred beichtete seinem Chef, in Möhrenhaupthausen bei einer Prostituierten gewesen zu sein. Er gab Peters Verdächtigungen zum Besten und auch seine „wahren" Beweggründe: Prostituierte waren schließlich kein Umgang für Polizisten, deshalb wollte er diese Privatsache auf sich beruhen lassen. Und dann beichtete er dem Kollmannsberger, dass er die Frau Scheitelbaum tatsächlich scharf gefunden hatte, was dann schließlich den Besuch bei der Prostituierten auslöste. Und wie er sich denn nun verhalten sollte? Die vorsätzliche Tötung der Jägersleute wäre ja aktenkundig vom Tisch. Aber nicht für den Danziger! Mit seinem Hirngespinst, das die Witwe Scheitelbaum eine Mörderin ist, wollte der Peter um jeden Preis einen Erfolg vorweisen, um befördert zu werden. Der Peter äußerte ja außerdem den Verdacht, dass er mit der Witwe Scheitelbaum gemeinsame Sache gemacht hätte, um die Tat zu vertuschen! Da stand dann der Kripo Markelberningen ja wohl der nächste Skandal ins Haus. Und am Schluss verriet er seinem Chef noch, dass die Witwe Scheitelbaum, ihn telefonisch um ein persönliches Beratungsgespräch bat, da sie in ihrem Heim Tag und Nacht von der Presse und zahllosen Touristen belästigt würde. Nur ihm würde sie vertrauen! Angenommen, wenn er sich mit der besagten Dame dienstlich treffen würde, dann wäre garantiert der Kollege zur Stelle, um ihn einer möglichen Straftat zu überführen. Wenn er sich nicht mit der Frau Scheitelbaum träfe, könnte sich diese auch direkt in ihrer Verzweiflung an die Presse wenden und der Klatsch über die Kripo Markelberningen nähme dann vermutlich kein Ende mehr.

Der Kriminaloberrat griff kreidebleich unter seinen Schreibtisch und holte seine Flasche Schnaps nach oben. Er nahm einen kräftigen Schluck daraus, stellte den Schnaps dann zurück auf den Boden. Er musste um jeden Preis einen erneuten Skandal vermeiden. Sonst würden endgültig Köpfe rollen! Auch seiner! Ein Mehrfaches räuspern war nötig, um seine Stimme in den Griff zu kriegen. „Herr Heroldsbacher … Sie treffen die

Witwe Scheitelbaum und betreiben Schadensbegrenzung. Von mir aus unterstützen sie die Dame. Und halten sie bitte ihr und uns die Presse vom Hals. Das ist eine offizielle Anordnung! Den Herrn Danziger überlassen Sie mir. Ich bin wirklich erstaunt, dass wir so einen Postenhabicht in unseren Reihen haben! Sie haben den Mann doch ausgebildet und gefördert, wo es nur ging! Einem Kollegen so in den Rücken zu fallen! Und das ohne Rücksicht auf Verluste für die eigene Abteilung! Sogar für die ganze Kripo! Unglaublich! Sie werden getrennten Arbeitsplätzen zugewiesen. Herr Heroldsbacher, können Sie es in Betracht ziehen, sich vielleicht sogar in eine andere Abteilung versetzen zu lassen?"

Manfred war kurz davor innerlich zu sterben. Vor Lachen. Der alte Kollmannsberger war so berechenbar. Gerade eben war ihm ein Freibrief ausgestellt worden, seine Liebste zu treffen. Zum Wohle der Kripo.

Der Kriminaloberrat wirkte besorgt, er deutete Manfreds Schweigen negativ. „Herr Kollmannsberger? Ich nehme ihr Versetzungsgesuch an. Mit einer Bitte: Die Innendienstler mit den ungelösten Tötungsdelikten neben der Pathologie, auch Souterrain, das würde mich reizen. Wäre das unmöglich?" Manfred versuchte nachdenklich zu wirken.

Der Kriminaloberrat wirkte sichtlich erfreut und erleichtert zugleich. „Herr Heroldsbacher, ich weiß ihr Opfer sehr zu schätzen. Der Kollege Steiner geht demnächst in Rente, genau aus dieser Abteilung! Ich werde

Sie als Nachfolger bekannt geben. Und machen sie sich wegen kommender Spesenabrechnungen keine Sorgen!"

Manfred stand auf: „Ich werde sie engmaschig über den Verlauf des Scheitelbaumtreffens unterrichten!" Die Männer nickten sich zu und schüttelten die Hände. Spiel, Satz und Sieg für Manfred.

Kaum verließ Manfred das Büro, schnappte sich der Kriminaloberrat erneut die Schnapsflasche, trank erneut einen großen Schluck daraus. Dann ordnete er seiner Vorzimmerdame an, ihm den Herrn Danziger zu schicken. Die gewissenhafte Sabine versuchte den Gewünschten Herrn ans Telefon zu bekommen. Da sie am Telefon keinen Erfolg aufweisen konnte, machte sie sich sofort auf den Weg, um nach dem Herrn Danziger zu suchen.

Kaum war die Vorzimmerdame in dem dunklen, langen Gang verschwunden, kam von der anderen Seite die wutentbrannte Kantinenfrau, die Gisela Mettlinger herangestampft. Die Gisi stürmte ins Vorzimmer vom alten Kollmannsberger, sah sich um, keiner da, und weiter ging es, ohne klopfen, im Stechschritt, direkt ins Büro: „Herr Kollmannsberger! So geht das nicht weiter! Ihr Kriminaler, der Danziger hat meine Kantine verwüstet! Wissen Sie eigentlich, wann ich in der Früh hier zum Arbeiten anfange? Und was ich hier für die harte Arbeit eigentlich verdiene? So gut wie nix, Hr. Kollmannsberger! Und dann kommt ihr tollwütiger Polizei`ler und verwüstet den Essbereich! Streitet sich der Danziger mit dem armen Manfred! Und richtet den auch noch vor allen seinen Kollegen aus! Können Sie sich das vorstellen?"

Der Kriminaloberrat war vor Schreck über die Stürmung seines Büros aufgesprungen und wurde käseweiß im Gesicht. Schon wieder Ärger! Und wieder war der Danziger involviert! Der Mann musste aus dem Verkehr gezogen werden! Keine Skandale mehr! Um Himmels willen!

Die Gisela stand mit verschränkten Armen vor dem Schreibtisch und klopfte mit dem rechten Fuß unaufhörlich auf den Parkettfußboden. Es war sehr deutlich, dass sie ohne eine zufriedenstellende Antwort nicht gehen würde.

„Liebe Frau…?" Der Kriminaloberrat versuchte sich verzweifelt den Namen der Kantinenfrau ins Gedächtnis zu rufen. „Ja das gibt es jetzt ja wohl nicht!" empörte sich die Gisi. Über 20 Jahre serviere ich Ihnen schon Ihr Frühstück und Mittagessen und den Nachmittagskaffee, zusammen mit meiner Kollegin der Ursula! Und Sie wissen noch nicht einmal unsere Namen, nach all der langen Zeit! Das ist wieder so typisch für die Oberschicht, für die, die im Büro sitzen und sich nicht jeden Tag die Knochen verbiegen müssen! Das werde ich jedem erzählen, der es hören will!" Die Gisi war jetzt so empört, dass sie aus dem Zimmer stürmen wollte. „Halt! Bitte halt! Frau Metzinger?" schrie der Kriminaloberrat mit zittriger Stimme. In Gedanken bekämpfte er schon den nächsten drohenden Skandal!

Gisela hielt inne und drehte sich zu ihrem Vorgesetzten um. "METTLINGER!" erwiderte sie scharf.

„Liebe Frau Mettlinger, ich gebe Ihnen Recht! Die jahrelange Verbrechensbekämpfung hat mich blind werden lassen für ihre harte Arbeit und ihre Bedürfnisse! Ich werde Ihnen das Gehalt verdoppeln, übertrage Ihnen aber auch den Kantinenvorstand mit allen Rechten und Pflichten! Sind Sie damit einverstanden?

Der Gisela stand kurz der Mund offen. „Ja freilich mach ich das, weil ich das ja eh schon tu! Und jetzt will ich das schriftlich! Vorher geh ich nicht!"

Der alte Kollmannsberger gab ihr ein Schriftstück mit all seinen Zugeständnissen darauf. Mit dieser Dame war nicht gut Kirschen essen.

„Und übrigens, Herr Kollmannsberger! Ich bin die Verlobte von Ihrem Chefpathologen, dem Gruber Michl. Vielleicht behalten Sie mich jetzt besser im Gedächtnis!"

Der Kriminaloberrat Kollmannsberger schloss die Augen und atmete gequält aus: „Selbstverständlich werden Sie mir nun stetig in Erinnerung bleiben, meine Gnädigste!"

Rummmms! Die Bürotür war sehr unsachte ins Schloss geflogen. Gisela machte sich ohne ein letztes Grußwort auf den Weg zu ihrem Schatz, dem Michi.

Die Neuigkeiten musste sie ihm sofort stecken. Der würde aber mächtig stolz auf sie sein. Und zur Feier des Tages wollte sie jetzt erst einmal einen Dübel rauchen. Gisela grinste. Ihre Gedanken brachten sie zu dem Tag zurück, an dem sie beide sich zum ersten Mal in der Kantine wahrgenommen hatten.

Der Gruber Michl kam immer als erster in die Kantine, damit er die frischesten Happen ergatterte. Er gab immer ein sehr großzügiges Trinkgeld und grinste sie wie ein Honigkuchenpferd an. Irgendwann fragte die Gisi doch einmal nach, wer er denn sei. Fürs Tiefkühlfleisch im Keller ist er zuständig, war die Antwort. Da musste die Gisi so herzhaft lachen und antwortete ihm: sie doch auch, ihres würde ja auch da unten kühl gelagert werden. Und das da ja hoffentlich keine Verwechslungen vorkommen! Da war das Eis gebrochen. Dummerweise übersahen die beiden beim Anbändeln den Peter Danziger, der sich wegen ihrer beider Aussagen sofort schlimmstens übergeben musste und ein paar Wochen nicht mehr zum Essen kam. Seither wurde der Peter permanent vom Gruber Michl verarscht.

Die Vorzimmerdame Sabine wurde schnell fündig. Wenn die Männer nicht am Arbeitsplatz waren, dann fand man sie beim Qualmen im Hinterhof. „Herr Danziger? Der Chef möchte Sie sofort sehen!" Peter rollte mit den Augen, schnaufte tief aus, schnippte seine Kippe weg und überholte die Vorzimmerdame drei Schritte später auf dem Weg zum Büro. Er lief bestimmt keiner Frau hinterher. Die eingebildete Urschel durfte sich jetzt einmal bei ihm satt sehen. Ein schöner Rücken kann auch entzücken!

Sabine rollte hinter seinem Rücken mit den Augen. Der Danziger war schon immer ein Arsch! Sein gewollter Cowboygang erinnerte sie an einen alten Dackel mit Verstopfung.

Der Kriminaloberrat Kollmannsberger war beschwipst. Zu viel Ärger! Das musste mit reichlich Schnaps ausgeglichen werden! Zu viele Verrückte, hier in diesem Ehrenwerten Haus! Zu allem Unglück klingelte das Telefon. Ausgerechnet der Kriminaldirektor Hubert Stolzinger!

Manfred rief nun hochoffiziell bei seiner geliebten Winniefred an und vereinbarte laut und förmlich für nächste Woche einen Termin, im Auftrag und Namen von Herrn Kriminaloberrat Alfred Kollmannsberger. Danach besorgte er sich bei seinem Kumpel, dem Gruber Michl eine Karre, um seinen alten Schreibtisch offiziell zu räumen. Neue Abteilung: Innendienst, Souterrain. Abteilung alte, ungelöste Tötungsdelikte. Und der Michl führte ihn dann noch bei den Kollegen in der neuen Abteilung ein. Der Michl war unheimlich beim „Kellervolk" beliebt. Allein schon wegen seiner speziellen Urne. Und wer ein Freund vom Michl war, war auch ein Freund vom „Kellervolk".

In Mürgelberg kehrte langsam, aber sicher wieder Ruhe ein. Am Marktplatz bauten die Anwohner Stück für Stück die Sitzmöglichkeiten und Feuerstellen zurück. Die fleißigen Burschen kümmerten sich um den Abbau des Podiums. Der Abfall musste in Gemeinschaftsarbeit entsorgt werden. Die gewohnte dörfliche Stille nahm wieder ihren Einzug. Auch am Scheitelbaumhof nahm der übliche Alltag seinen Lauf. Nur noch wenige Fremde tummelten sich auf dem Gelände. Der Urlaub der meisten Touristen war aufgebraucht. Zu sehen gab es auch nicht mehr viel. Die Geistseher konnten auch keinen Erfolg aufweisen und brachen ebenso ihre Zelte ab. Das Opfer des versuchten Tötungsdeliktes war von der Bildfläche verschwunden. Jetzt blieb nur noch das Begräbnis der beiden Jägersleut. Das war zu wenig spektakulär, vor allem für die Presse. Die Dörfler waren nicht böse darum, hatte sich doch fast jeder eine goldene Nase an den Unglücksfällen der Scheitelbaums verdient. Jetzt galt es die anstehenden Kirchenfeste und Begräbnisse vorzubereiten. Der hohe Besuch aus Möhrenhaupthausen, der Erzbischof Krucker, würde persönlich die Messen verlesen. Da waren Fremde unerwünscht.

Der Erzbischof Krucker und sein Freund der Generalvikar Schmonzen, versuchten ihre Augen an das Däm-

merlicht im dunklen Pfarrhaus zu gewöhnen und taste-
ten die Wände nach Lichtschaltern ab. Da öffnete sich
kurz die Eingangstür, erhellte für einen Augenblick die
neue Umgebung. Ihr Gepäck wurde ihnen wortlos vor
die Füße gestellt, die Tür erneut abgesperrt. Der Bischof
fand einen Lichtschalter. Die flackernde Glühbirne in
der Deckenlampe spendete nur wenig Licht. Die Männer empfanden ihr Gefängnis als unangenehm düster
und bedrohlich. Sie seufzten, begannen überall im Haus
Licht zu machen. Jedes Zimmer, jede Tür und jedes
Fenster des Pfarrhauses untersuchten sie nach einer
Schwachstelle. Ohne Erfolg. Um das Haus herum waren
überall Wachposten verteilt. Und das einzige Telefon
war tot. Es blieb nichts anderes übrig, als sich häuslich
einzurichten. Zum Abendessen lieferten die Dörfler
reichlich essen und trinken. Nun konnten sie nur beten
und der Dinge harren, die noch kommen mochten.

Der Dorfälteste, Josef Haudinger, machte sich nach seinem Austausch mit dem Bürgermeister Willi Meier,
ziemlich bald auf den Weg ins Pfarrhaus. Natürlich mit
seinem gewohnten Begleitschutz, den stärksten Dorfburschen. Auch der schönste Frühschoppen nahm halt
einmal ein Ende. Nur die Pflichten nicht.

Der Notar, Herr Doktor Friedrich Sägebrecht, war jeden
Pfennig wert. Der zweite Termin brachte unglaubliches

ans Tageslicht. Winniefred war trotz der vorzeitig über-
schriebenen Ländereien an die Kinder reich. Steinreich!
Der Notar war ein richtiger Bluthund. Es gab ein Bank-
schließfach mit jeder Menge Bargeld und ihr nicht bekannten Papieren, die auf enorme Ländereien hinwie-
sen, die im Familieneigentum waren! Durch die gesetz-
liche Erbfolge fielen ihr diese zu. Es war genug für alle
da. Winniefred wollte keinen Streit und wies den Notar
an, alles großzügig auf die Kinder und Xavers Bruder
Herbert aufzuteilen. Mit einem Löwenanteil für sich
selbst. Ihr Anteil sollte von Herrn Sägebrecht verkauft
werden. Mit Vorkaufsrecht für die Kinder. Was für eine
Wendung des Schicksals! Winniefred ließ sich nach
dem Termin mit Herrn Sägebrecht zu einem Juwelier
fahren. Eheringe aussuchen.

Der Peter Danziger platzte ohne Klopfen in das Büro
seines Chefs hinein. Der alte Kollmannsberger musste
gerade noch vor einer Minute Rechenschaft an seinen
Vorgesetzten, den Kriminaldirektor Stolzinger ablegen.
Dementsprechend war die Laune! Erst fast zwei neue
Skandale, dann sein Chef am Telefon, der ihm wie im-
mer drohte seine Pension platzen zu lassen! Da kam
ihm das Kameradenschwein Danziger gerade Recht!
Nach einer Minutenlangen Gardinenpredigt, die sich
die Vorzimmerdame Sabine über ihre eingeschaltete
Sprechanlage auf der Zunge zergehen ließ, kam der
Kern der Sache aus dem alten Kollmannsberger heraus:
Der Danziger musste zur Strafe für das Verwüsten der

Kantine ab morgen bei der Gisi Abbitte leisten und einen Monat lang in der Küche und an der Theke arbeiten, ebenso hätte er den Latrinendienst mit abzuleisten! Und weil er sich einem Kollegen gegenüber so unkameradschaftlich verhielt und damit nicht nur der ganzen Abteilung, sondern der gesamten Kripo Markelberningen, mit seinen an den Haaren herbeigezogenen Verdächtigungen Schaden zufügen könnte, blieb er vorerst bis zum Ende des Jahres im Innendienst, und zwar im Akten- und Beweismittellager! Und die Dienstwaffe blieb gefälligst sofort hier!

Der Peter stürmte wutentbrannt aus dem Büro seines Chefs hinaus. Ihm die Waffe wegzunehmen! Er fühlte sich durch die drastischen Strafen entmannt, entwürdigt, kurz vorm Explodieren! Amoklaufen könnte er jetzt! Und dann verspottete ihn auch noch die Sabine! Fragte die ihn tatsächlich, ob er wüsste, wie sie es gern hätte und ganz doll bräuchte: Am liebsten die Latrine blitzeblank! Das dreckige Gelächter würde er ihr heimzahlen. Sie war jetzt die dritte auf seiner schwarzen Liste!

In Mürgelberg fand am Samstag, um 10.00 Uhr Früh, die angemeldete Taufe statt. Der Erzbischof und sein Freund der Generalvikar waren keinen Moment allein. Das Dorf bot eine große Menge an jungen erwachsenen Männern, die von der harten Arbeit im ansässigen Handwerk oder auf den Höfen muskelgestählt waren.

Grimmig beobachteten sie die kleinsten Bewegungen ihrer „Gäste". Sogar auf die Toilette folgten ihnen die Männer wie böse Schatten. Der Taufe ging ein Besuch vom Dorfältesten voraus. Erst stellte er sich als die rechte Hand des Bürgermeisters und der gesamten Dorfgemeinschaft vor, dann machte er den zwei Gottesmännern unmissverständlich klar, wo der Bartel den Most holte. Der Josef benannte die jahrelangen, diebischen und erpresserischen Betrügereien des ehe-maligen Pfarrer Brechts und forderte Wiedergutmachung für sein Dorf. Die Bedingungen hielt der Josef gleich auf zwei Stücken Papier fest, nicht das die beiden Pfaffen daheim die Vergesslichkeit plagte.

Keine Geldspenden, also kein Klingelbeutel mehr während der Messen! Auch keine Ablässe oder Grundstücksübertragungen! Keine Geschenke mehr an die Kirche! Keine Kosten für Taufen, Beerdigungen, Hochzeiten! Dafür bot Mürgelberg die andauernde Instandsetzung und Schmückung der Dorfkirche aus der Gemeindekasse und freie Kost für den neuen Pfarrer an. Der neue Geistliche sollte spätestens Anfang nächsten Monats hier eintreffen, um seine Pflichten antreten zu können.

Der Erzbischof wurde blass und blässer: „Aber Herr Haudinger, die Kirche lebt doch von den Spenden der Gläubigen! Mit Luft und Liebe kann man doch keine neuen Kirchen bauen und die Gläubigen brauchen doch Gotteshäuser auf der ganzen Welt! Und er wüsste niemanden, der Herrn Pfarrer Brechts Erbe antreten wolle, nachdem was dem Geistlichen zugestoßen war!"

Des Erzbischofs Freund und Generalvikar Gerhard Schmonzen erschrak. Wie konnte sein Freund angesichts dieser aussichtslosen Situation noch über Geldspenden verhandeln? War ihm sein Leben denn gar nichts wert? Er trat unter dem Tisch fest an des Erzbischofs Schienbein. Dieser schrie erschrocken auf und sah ungläubig seinen Freund in die Augen. Gerhard war tatsächlich vom Glauben abgefallen!

Der Josef wurde zornig. Er klopfte dreimal mit seinem Holzstock auf den Fliesenboden der Pfarrküche. Vier junge Männer erschienen aus dem Nichts und stellten sich hinter den am Tisch sitzenden Erzbischof und seinen Freund dem Generalvikar. Jeder Mann legte je eine Hand auf die Schultern der Männer. Die beiden Gottesmänner fingen in ihren Soutanen zu schwitzen an.

Der Josef legte beide Hände auf seinen geschnitzten Gehstock. Seine Augen verzogen sich zu Schlitzen, die Stimme wurde tief und bestimmt: „Meine Herren, zu den von mir genannten Bedingungen oder ich lasse das Dorf in einer Versammlung über ihre Aussagen entscheiden. Glauben Sie mir, die Wut über den Betrüger Brecht ist noch frisch in den Köpfen meiner Dorfangehörigen! Was die Wut die Menschen anrichten lässt, liegt dann nicht mehr in meiner Macht!"

Josef machte eine Pause, die zum Nachdenken anregen sollte: „Aber was in meiner Macht liegt, ist, unsere Dorfkirche von nun an selber mit Messen zu versorgen. Und niemand ihres Schlages wird jemals wieder einen

Fuß nach Mürgelberg setzen! Habe ich mich klar und deutlich ausgedrückt? Ob das ihrem Chef in Rom schmeckt? Wo doch Gott selbst zu uns gesprochen hat? Also?"

Der Josef schob den beiden Gottesmännern die Papiere über den Tisch zu. Der Erzbischof Krucker und sein Freund Gerhard sahen sich kurz an und unterschrieben die Papiere. Es blieb ihnen keine andere Wahl, um mit heiler Haut aus dieser vertrackten Situation zu entkommen. Aus dem Nichts erschien nun auch der Bürgermeister Willi Meier. Er stellte sich kurz vor, stempelte und unterschrieb die Dokumente und setzte zu guter Letzt noch das Mürgelberger Siegel darauf. Der Dorfälteste unterschrieb als Zeuge die beiden Papiere. Nun war wirklich alles besiegelt. Der Bürgermeister übernahm das Wort: „Meine Herren, es wartet heute eine Taufe und eine Hochzeit auf sie! Morgen begraben wir dann endlich unsere Toten Mitbürger. Sie haben doch die Messen vorbereitet?" Der Erzbischof nickte. Die Stühle der Männer wurden nach hinten gezogen. Sie wurden untergehakt und mit Begleitschutz in die Kirche gebracht. Der Bürgermeister und der Dorfälteste nickten sich zu. Die Sache war erledigt.

Mei war das eine Schau! Durch die Sabine Stierl, der Vorzimmerdame vom Chef, verbreitete sich die Nachricht vom Strafdienst, vom Miesepeter Danziger, ratzfatz in der ganzen Kripo. Ein noch nie dagewesener Andrang an Menschen stürmte in den ersten Tagen die Kantine. Ein Bombengeschäft für die Gisi! Aber frage nicht wie die Toiletten aussahen! Fast jeder in der Kripo war schon einmal mit dem Danziger zwangsweise zusammengerückt und das drückten die Menschen nun (r)aus. Eimerweise Scheiße in und auf den Toiletten(deckeln), auf den Böden und sogar in den Waschbecken! Die Gisi nahms gelassen, sie musste die Sauerei ja nicht beseitigen. Am dritten Tag der großen Scheißerei verriegelte sie nach der Reinigung die Toiletten und hängte Defekt-Schilder daran. Jeder Spaß hatte mal ein Ende. Aber den Eindruck, dass der Danziger was draus gelernt hatte, bekam man nicht. Man sah, wie er kochte. Der Mann war eine tickende Zeitbombe. Die Gisi war nicht dumm. Sie wollte nicht da sein, wenn das Fass überlief. Gisi dankte dem Peter für seine Hilfe und schickte ihn nach einer Woche weg, an seinen Schreibtisch zurück.

Peter sprühte schon Funken vor lauter Zorn. Auf seinem Schreibtisch lagen Klopömpel, Klobürsten, Haarnetze und alte Pommes und anderes. Der Kollege Freisinger lachte am lautesten über Peters Gesicht und bekam die volle Dosis Prügel ab. Vier Männer brauchte es, um den rasenden Danziger in Gewahrsam zu nehmen. In die Ausnüchterungszelle stopften sie ihn. Nach diesem Wutausbruch folgte die Suspendierung vom alten Kollmannsberger auf unbestimmte Zeit. Nachdem er wieder friedlich genug wirkte, fuhren ihn zwei seiner

Kollegen in einem Dienstwagen auf dem vergitterten Rücksitz, in Handschellen gekettet, wortlos heim. Peter schwor erneut Rache. Das I-Tüpfelchen war dann noch die Sache mit seiner scharfen Michi. Er schüttete seiner zukünftigen Frau sein Herz aus, über die ungerechte Behandlung in der Kripo und die stellte sich auf die Seite von der Gisi! Man glaubt es kaum. Das wars dann mit der Verlobung! Wer nicht auf seiner Seite war, war gegen ihn! Scheiß Weiber!

Nach der wundervoll ausgerichteten Mürgelberger Hochzeit wurden der Erzbischof und sein Freund wieder grob ins Pfarrhaus bugsiert. Ein reich gedeckter Tisch erwartete sie in der Pfarrküche. Als die Küchentür von ihrer Wache sicher verschlossen war, polterte Gerhard Schmonzen los: „Ja Stefan! Bist du denn von allen guten Geistern verlassen? Willst du wirklich noch als Märtyrer in die Annalen des Vatikans eingehen? In dieser Situation über Geld mit diesem blutrünstigen Haufen Hinterwäldler zu verhandeln? Als wenn du nicht wüsstest das der Vatikan vor Sündengeld und ergaunerten Reichtümern stinkt! Davon ist nicht einmal ein Drittel ehrbares Geld! Unser Leben ist jetzt wichtig! Unser Leben! Und du kannst doch nicht irgendeinen von uns in dieses Gottverdammte Dorf schicken! Hier ist man auf Gedeih und Verderb der Willkür aus-geliefert!"

Der Erzbischof seufzte: „Gerhard, dass ich das noch erleben muss. Nach all den Jahren unserer Freundschaft! Es ist unsere Aufgabe und Pflicht im Namen Gottes den

Erhalt unserer Kirchen zu sichern! Gott lässt nicht zu, dass uns etwas passiert. Du hast deinen Glauben verloren. Ich muss dich allein schon von Amtswegen von deinem Posten verweisen. Du bist nicht länger Generalvikar. Sobald wir zuhause sind, werde ich den Vatikan von deinem Versagen unterrichten. Du wirst mittellos dein neues Leben beginnen dürfen. Und ich werde auch deine Exkommunizierung vorschlagen. Oder du ziehst die Betreuung der armen fehlgeleiteten Seelen von Mürgelberg in Betracht? Ein letztes Auskommen bis zu deinem Antritt in der Hölle?"

Gerhard Schmonzen wurde blass. „Ach, das war dein Plan, um hier mit heiler Haut herauszukommen? Ich, dein alter Freund, bin dein Bauernopfer? Wer hat hier den Glauben verloren und sich mit dem Leibhaftigen verbündet?"

Der Erzbischof lächelte versonnen: „Es könnte dich wahrlich schlimmer treffen." Der Generalvikar sank kurz auf seinen Stuhl zusammen. Dann sprang er auf, riss die porzellanene Obstschale vom Tisch, so dass die Äpfel quer durch den Raum flogen. „Dich auch!" schrie er. Ein fürchterliches Krachen von zerberstendem Geschirr war bei den Wachen draußen zu hören. Die Burschen stürmten so schnell es möglich war in die Küche. Der Erzbischof lag aus dem Kopf blutend da, zusammengesunken, nur noch halb mit dem Oberkörper auf dem verwüsteten Tisch. Überdies steckte auch noch ein großes Fleischmesser in seinem Rücken. Seine Augen starrten ins Leere.

Gerhard nahm sich von dem heilgebliebenen Essen, setzte sich, sah teilnahmslos die Burschen an und bat darum den Dorfältesten bei nächster Gelegenheit sprechen zu dürfen. Der Erzbischof wäre an einem Herzproblem verschieden.

Peter erhielt sein Versetzungsschreiben drei Tage später, von seinen Kollegen persönlich überbracht. Er bekam auch noch einen guten Rat mit auf den Weg: Er solle es dabei belassen und neu anfangen. Der Chef würde ihm sogar gute Referenzen mitgeben. Zurückkommen wäre keine Option. Niemand möchte ihn in der gesamten Kripo mehr um sich haben. Seine persönlichen Sachen stellten sie ihm den Tag darauf in einem Karton vor die Tür. Jetzt hatte er erst einmal Urlaub.

Es regnete in Mürgelberg. Der Himmel weinte auf der Beerdigung vom Xaver, seiner Mutter der Hermine und vom Gustl, seinem alten Spezl. In erster Reihe standen die Kinder vom Xaver, die Urenkelkinder von der Hermine und die Anna Maria Hackl, die Frau vom Gustl. Das ganze Dorf erteilte der Beerdigung einen Kondolenzbesuch. Jeder legte eine Blume ab. Der Jagdhornbläserverein und die gesamte Jägerschaft der Umgebung gaben ihr Bestes: Musik und ein letzter Salut für die drei Verblichenen. Danach gab es natürlich den größten und besten Leichenschmaus, den dieses Dorf je gesehen hatte. Nur zwei fehlten an diesem Ehrentag: die Winniefred, weil sie die allgemeine Heuchelei und falsche Ehrerbietung ablehnte und der Herbert, weil der ganz einfach sein Leben auf Hawaii genoss.

Der Generalvikar hielt die beste Trauerrede seines Lebens. Eigentlich war die Rede ja für seinen ehemaligen besten Freund. Möge er trotzdem in der Hölle schmoren! Der Erzbischof befand sich in einem der Särge von den längst verstorbenen Jägersleut.

Nachdem der Erzbischof seinem „Herzleiden" erlegen war, gesellte sich bald der Dorfälteste Josef zu dem Generalvikar in die Wohnstube. Er betrachtete zuerst das Szenario in der Pfarrküche. Stumm saßen sich die beiden im Wohnzimmer gegenüber.

„Ich höre?" ergriff der alte Haudinger das Wort. „Wie Sie sicher schon bemerkt haben, ist mein ehrenwerter Vorgesetzter an einem alten Herzleiden verstorben. Es überkam ihn ganz plötzlich, da er mit dem Herzen nicht mehr bei den Menschen weilte. Leider war er nach wie vor der Meinung, dass das Volk mit Druck und Angst geschröpft werden muss und das im Namen der Kirche! Damit der Vatikan auf ewig reich und mächtig bleibe!" Gerhard Schmonzen machte eine Atempause. „Ich mache Ihnen einen Vorschlag: Wir bleiben bei unserem Vertrag. Ich werde Ihnen schnellstmöglich einen neuen Pfarrer für Ihre Gemeinde zukommen lassen, halte auch die anderen Bedingungen ein. Sobald ich den Posten des Erzbischofs übernommen habe, erhalten Sie eine nicht unbeträchtliche Wiedergutmachung für Erlittenes durch den Pfarrer Brecht!"

Der alte Haudinger runzelte die Stirn: „Wo ist der Haken?" Der Generalvikar verschränkte die Hände auf seinem Schoß: „Der Erzbischof hat in Ihrer Kirche, zu unserem Gott, dem Herrn gebetet und genau wie ihre Gemeinde seine allheilige Stimme vernommen. Nur leider ist er daraufhin wahnsinnig geworden und in den Wald gelaufen. Drei Tage haben wir ihn ergebnislos gesucht."

Der Josef nickte. „Und unser Mürgelberg wird dank Ihnen vom Vatikan geehrt und Gottesfürchtige aus aller Welt werden kommen und Wallfahren."

Der Generalvikar nickte ebenfalls. „Mit einem Teil der großzügigen Wiedergutmachung könnte man z.B. mehrere Pensionen oder ein Hotel errichten. Oder beides."

Der Josef streichelte seinen langen grauweißen Bart. „So großzügig?" „So großzügig." antwortete der bald amtierende neue Erzbischof Gerhard Schmonzen.

Der Pfarrer Ferdinand Brecht wurde am Tag seiner Krankenhausentlassung direkt an der Zimmertüre von einem Chauffeur abgeholt. Die Fahrt ging sofort zum neuen Erzbischof Schmonzen. Ohne Umschweife teilte der Erzbischof dem Pfarrer Brecht seinen neuen Standort mit: Afrika! Der Flug würde in einer Stunde gehen.

Auf nimmer Wiedersehen! Der Pfarrer versuchte davonzulaufen. Aber für diesen Fall war schon vorgesorgt. Der neue Erzbischof Schmonzen, lieh sich von dem Dorfältesten Josef Haudinger aus Mürgelberg, ein paar starke Burschen aus, die für diesen Tag und ein paar spezieller Gefallen fürstlich entlohnt wurden. Ein paar Knochenprellungen später, saß der Pfarrer Brecht erst brav mit Begleitschutz in der Limousine, dann im Flugzeug. In Afrika erwartete den neuen Pfarrer ebenfalls ein durchsetzungsbereiter Geleitschutz.

Winniefred und ihr geliebter Manfred kosteten inzwischen seine Außendienstlichen Aufträge aus. Es war alles wie im Märchen. Drei wundervoll lange Abende und Nächte verbrachten sie miteinander. Winniefred fand in dem von ihr besuchtem Juweliergeschäft wunderbare Eheringe und bat ihren Geliebten in ihrem Hotelzimmer um seine Hand. Manfred sagte überglücklich ja. Damit die Sache auch wirklich Hand und Fuß bekam, beichtete Manfred seinem Chef, dass er sich bei seinen außendienstlichen Aufträgen Hals über Kopf in die Frau Scheitelbaum verliebt hatte und sie auch ihm gegenüber nicht abgeneigt war. Er bat um den Segen vom alten Kollmannsberger und um ein Versetzungsgesuch.

Der Kriminaloberrat war wie immer in erster Linie daran interessiert keine neuen Skandale zu provozieren und seine Pension zu retten. Natürlich gab er seinen Segen und stimmte sofort einer Versetzung nach Großfahrenheim zu. Er rief schnell bei seinem alten Kollegen an, um die Versetzung von Manfred Heroldsbacher dingfest zu machen. Ende der Woche bekam Manfred bereits seinen Freifahrtsschein zu seinem neuen Leben mit Winniefred. Beide beschlossen, sich ein Haus in Großfahrenheim zu kaufen. Manfred bat darum, seinen alten Vater und seine alte Freundin Emma mit unterzubringen. Vorausgesetzt Winniefred kam mit den beiden aus und die alten Leutchen stimmten einem letzten Ortswechsel zu. Winniefred lernte die alte Emma schnell lieben. Auch Manfreds Vater, der Ignaz Heroldsbacher, war ein angenehmer Geselle. Aus einem wurden drei Häuser. Drei schicke Bungalows nebeneinander. Platz für alle. Und Winniefred war noch lange nicht arm. Trotzdem war sie oft traurig. Ihre Kinder lehnten aus Solidarität zum verstorbenen Vater ihre Einladung zur Hochzeit ab. Es kam auch niemand zu Besuch. Niemals mehr.

Es wurde eine Doppelhochzeit auf dem Standesamt. Sie feierten zusammen mit Manfreds Freund, dem Gruber Michi, der seine geliebte Gisi heiratete. Der Michl ist wegen seinem Job als Pathologe von seiner Familie verstoßen worden und die Gisi war schon ewig mit ihren Eltern verkracht. So kam es, dass gegenseitig für Trauzeugen gesorgt und der Wunsch nach einer kleinen

Hochzeit im stillen Kämmerlein, tatsächlich durchführbar war. Alle vier wirkten glücklich und zufrieden und strahlten mit der Sonne um die Wette.

Peter gab über all die kommenden Jahre den Verdacht gegenüber Manfred und Winniefred nicht auf. Einen Löwenanteil seiner Freizeit benutzte Peter, um eigene Ermittlungen im (abgeschlossenen) Fall Scheitelbaum /Hackl voranzutreiben. Leider erfolglos. Dabei überschritt er oft seine Grenzen. Er lauerte Winniefred über Jahre hinweg überall auf: z.B. beim Bäcker, beim Gärtner, in der Apotheke. Winniefreds Leben hatte einen dunklen Schatten. Entweder Peter glänzte nur „zufällig" durch seine Anwesenheit oder er stellte sie immer wieder zur Rede: „Gestehst du endlich?" Nichts und niemand hielt den besessenen Mann auf. Und man wusste nie, wann er auftauchen würde. Aber Winniefred war ein Fels in der Brandung. Und mit ihrem Manfred an der Seite überstand sie die jahrelangen Attacken. An Manfred traute er sich nicht heran. Es hagelte deswegen Beschwerden auf Peters Dienststelle. Es war ein Wunder, das der Danziger, trotz allem, eine steile Karriere hinlegte.

Das letzte Gespräch:

„Also, hier bin ich." eröffnete Peter das lang herbeigesehnte Gespräch. Winniefred kicherte. „Ich auch, also? Stell deine verdammten Fragen."

Peter atmete tief ein. Endlich war der Sieg sein. Er holte ein Aufnahmegerät aus seiner Tasche. Rasch schaltete er es ein: „Gestehst Du endlich den Mord an Deinem ersten Mann? Und den Mord an dem Freund von Deinem Mann? Und, das der Manfred Dich gedeckt hat? Hat die Anna Maria Hackl auch mitgemacht?"

Winniefred machte ein tieftodtrauriges Gesicht. „Ach Peter, ich bin so schwach, meine Stimme, ich kann nicht mehr so laut und so lange reden."

„Kein Problem, ich komme näher, so, jetzt sprich!" Er hielt seiner geständigen Tatverdächtigen sein Ohr und sein Aufnahmegerät in die Nähe ihres Kopfes. Winniefred krächzte: "Was ich dir nach all der langen Zeit endlich sagen wollte, ist: „Leck mich am Arsch, du blöder Wixer! Lieber sterbe ich hier und verkaufe meine Seele, bevor ich mit dir auch nur übers Wetter rede! Fahr endlich zur Hölle!"

Das war zuviel für Peter! Die alte Schabracke hatte ihn zum letzten Mal verarscht! Er zog ihr ruckartig das große Kissen unter dem Kopf heraus und drückte es ihr, so fest er konnte, auf das Gesicht! Er bemerkte nur ein kurzes, schwaches Aufbäumen und hörte ein dumpfes knackendes Geräusch. Da klopfte es und gleichzeitig wurde die Tür zu Winniefreds Zimmer aufgestoßen. „Kaffee und Kuchen zur Stärkung!" Pfleger Daniel betrat mit Schwung und einem gut bestückten Tablett das

Pflegezimmer. Es fiel ihm prompt aus den Händen. Peter erschrak über den Lärm des zerberstenden Geschirrs, ließ das Kissen los und starrte auf seine Hände.

Daniel drückte sofort den Alarmknopf neben der Tür und lief zu Winniefred, riss das schwere Kopfkissen von ihrem Gesicht. Aber es war zu spät. Winniefred war tot! Er konnte keinen Puls mehr fühlen. Der Kopf der alten Dame sah verrenkt aus und kippte ohne Halt zur Seite. Genickbruch!

Die Kolleginnen kamen herbeigeeilt, blieben aber im Türrahmen stehen. Sie starrten verwundert auf das zerbrochene Geschirr auf dem Fußboden und die sichtlich tote Frau Heroldsbacher. Und da war noch der Besuch. Peter Danziger starrte immer noch entsetzt auf seine Hände.

Pfleger Daniel ging zu seinen Kolleginnen, erklärte kurz die Situation. Die Stationsleitung rannte daraufhin zum nächsten Telefon und verständigte panisch die Polizei.

Daniel sperrte sicherheitshalber die Zimmertür von außen ab. Peter setzte sich wieder. Er sah seinem Opfer ins Gesicht. Das Miststück lächelte! Sogar im Tod triumphierte Sie noch! In der Ferne waren die ersten Polizeisirenen zu hören.

Ende

Zeitfracht Medien GmbH
Ferdinand-Jühlke-Straße 7
99095 Erfurt, Deutschland
produktsicherheit@kolibri360.de